EDAF

MADRID - MÉXICO -BUENOS AIRES

**Mariano José Vázquez Alonso**

# LA BALADA DEL FUEGO FATUO

EDAF NARRATIVA BOLSILLO

Dirección en Internet: http://www.arrakis.es/~edaf
Correo electrónico: edaf@edaf.net

Edaf y Morales, S. A.
Oriente, 180, n.º 279. Colonia Moctezuma, 2da. Sec.
http://www.edaf-y-morales.com.mx
edaf@edaf-y-morales.com.mx

Edaf y Albatros.
San Martín, 969, 3.º, Oficina 5.
1004B Buenos Aires, Argentina.
edafal3@interar.com.ar



*Noviembre 2000*

Depósito legal: M. 40.693-2000
ISBN: 84-414-0801-7

PRINTED IN SPAIN IMPRESO EN ESPAÑA

CLOSAS ORCOYEN S. L. Pol. Ind. Igarsa - Paracuellos de Jarama - Madrid

*A Pablo y Gonzalo, mis hijos*

Mi agradecimiento a:

Bernal de Bonaval
Pero da Ponte
Airas Corpancho
García Burgalés
Martín Soares
Pero Anes Solaz

trovadores galaicos de los siglos XII y XIII, en cuyas fuentes bebí para iluminar esta obra.

# Índice

*Págs.*

# I. El regreso

Aquí tuve mi escondrijo, cerca de la orilla del río, aquí estuve encogido, olía la humedad de la tierra, olía la carbonilla en el aire, me había organizado de forma habitable debajo de un montón de tablas, y a través de las rendijas veía pasar los trenes sobre el terraplén, veía los remolcadores con las chimeneas levantadas, cómo pasaban debajo del puente, cómo el humo salía negro, cómo los viajeros se asomaban a las ventanas y en el viaje de ida miraban atrás, hacia la ciudad, y en el viaje de vuelta dirigían los rostros hacia la ciudad...

PETER WEISS: *La conversación de los tres caminantes.*

# I

Para mi desolación creo que las cosas no se han modificado.

Por supuesto acepto que en ningún momento especulé con la posibilidad de un cambio determinado, de una transformación surgida en el instante más anónimo y generada por la mano más sorprendente, a lo largo de estos años de ausencia. No existió —hubiera resultado insoportable— tiempo propicio para fomentar una nostalgia de Ultramar. El recuerdo quedó desterrado una vez cabalgada la primera legua que me alejaba de todo esto. Pero aun así, aun ignorando qué suerte de avatares correrían gentes y posesiones voluntariamente abandonadas —patrocinando día a día la propia desvinculación con el pasado para asegurar mi supervivencia—, el reencuentro con esta pequeña porción de tierra perdida en el confín del mundo, ha constituido una especie de fraude.

No es justo que todo se matenga idéntico a cómo lo dejé. Tal suerte de estabilidad, de permanencia, se me antoja un descaro, una humillación difícil de superar.

Mi sorpresa por la falta de novedades fue algo que no pude encubrir —yo, a quien las circunstancias impusieron el aprendizaje de todas las técnicas del disimulo— y que ellos, sin duda, advirtieron fácilmente. Resultó completamente inútil la farsa tramada desde el principio, a fin de patentizarme los estragos que el tiempo y la desgracia les causó durante mi ausencia. Se pavonearon yendo y viniendo con sus cuitas, mostrándome sus nuevas mujeres, sus hijos más recientes, cacareando una alegría vidriosa que me cuidé de tomar por sincera. Todo fue un engaño. Y si no grité, si no escupí el asco y el desencanto a todos y a cada uno de ellos en particular, si, en una palabra, no les hice partícipes de mi desprecio, no fue por conmiseración sino por simple cansancio. Supuse que cualquier manifestación emotiva, por breve que pudiera ser, incrementaría mi agotamiento, el cual últimamente había alcanzado cotas inimaginables. Por todo ello les dejé hacer y callé guardando también ciertas formas, adoptando una discreta compostura en honor de los compañeros de viaje, ahora huéspedes transitorios de mi casa.

Digo «mi casa» y pienso que estoy chanceando; porque no puedo denominar como tal, este conjunto hostil y fétido de establos, patios embarrados y esas dos o tres dependencias cuyas paredes de adobe cuarteado —haré una única salvedad— prometen derrumbarse en cualquier momento. Y sin embargo aún debo reconocer que hubo un tiempo en que me sentí orgulloso de ostentar su propiedad. Inaudito. Toda esta miseria más que avergonzarme, me exaspera. Parece como si este lugar en su descarada sordidez haya estado aguardando mi regreso para exhibir ante mí todas sus inmundicias y decirme: no más que esto tuviste nunca, Payo de Montemor.

Una vez mis tres caballeros cruzados se hubieron retirado a sus aposentos —imagino que Gondín habrá procurado nueva provisión de paja seca y les habrá instalado en la esquina más resguardada de los establos, pues se negaron rotundamente a compartir mi lecho—, y el resto de mi gente, debo llamarla así, fue desapareciendo tras ofrecerme sus últimos aleluyas y parabienes, pude quedarme a vaciar mi copa y dar rienda suelta a esta especie de enojosa tribulación que me sacude desde el primer momento de la llegada.

No debió suceder así. Nada debió ocurrir de este modo: el tiempo, enquistado como una larva entre estas cuatro paredes ya podridas; las zarandajas de unas gentes que a todas luces hubieran preferido mi ausencia indefinida; los rostros prematuramente marchitos en los que brillan apenas ojos de fetos adultos; los silencios que suenan a monsergas resabiadas, a lamentos, a reconvenciones. Nunca debió jugárseme esta mala pasada. Pero de no ser así, ¿cómo, de qué otra manera hubiera podido ocurrir, qué se pretendía, dónde estaba el merecimiento? Arrojo mi copa contra el fogón y el sonido de sus rebotes demuestra palmariamente la falsificación de sus metálicos componentes. Vuelta otra vez al fraude. Siento ganas incontenibles de orinarme, de esgrimir mi frío miembro como patético venablo y lanzar contra los frisos carcomidos, los revestimientos de pacotilla, las colgaduras de esas pieles mal curtidas y los arcones de cuero moruno, mi chorro dorado y purificador. Anegar en un lodazal de estiércol humeante mi aula regia.

La borrachera me consuela piadosamente. Constituye el único apoyo en estos momentos en que el cansancio se hace brutal y la repugnancia por mí mismo —extraña sensación que vivo por primera vez— me pringa de humores excrementicios. Siempre he confiado en el poder terapéutico del vino, aunque sea el de este país, flojo y ácido como una ramera de Cafarnaúm. No importa. Las adhesiones a esta mixtura fiel son muchas y definitivas. Con él curaron mis heridas el primer día que rompí lanzas; con él untaron mis llagas en el cautiverio

—¿quién las paliaría, quién sería el loco, el proscrito que se aventuraba a compadecerse del agonizante infiel?— y supongo que si existe algo meritorio en mí, habrá tomado forma y se habrá expresado cabalmente al amparo del vino. Mis borracheras son revelaciones divinas o, en el peor de los casos, ayudas de samaritano: breves y oportunas.

¿Dónde estuve realmente durante estos años? ¿Quién me garantiza —además de unas cuantas cicatrices, de unas lacras que van tarando ominosamente mi cuerpo— que realmente me he movido de este rincón agreste, que crucé el mar, peleé, admiré y padecí en las tierras lejanas de Oriente? ¿Qué pruebas avalan irrefutablemente tal aserto? ¿Quién se avendría a creerme? ¿Por qué?

Ya no queda demasiado vino. Sorprendentemente, el sueño tampoco parece llegar. En pocas palabras, el hogar sigue sin mostrarme su faz más amistosa. No tiene por qué hacerlo ya que en realidad me detesta en la misma medida que yo a él. Pero aunque así sea, voy a quedarme aquí. Lo peor de todo es que no tengo otro sitio adonde ir.

Mañana, frescos y descansados por un sueño reparador, mis compañeros de viaje reemprenderán su camino. Una vez hayan cruzado el foso —ese canal maloliente, esa zanja estercolaria que aún siguen denominando foso—, y se distancien ladera abajo en busca de sus tierras, habrán desaparecido los últimos testigos de mi aventura. No se necesitarán muchos días para que hasta el más leal de los patanes no vea en mí sino al amo voceador y acomodaticio de siempre, al Payo de Montemor inmutado, al señor regalón y aburrido. Un telón de sombras se abatirá sobre este tiempo pasado y yo mismo —yo mismo— claudicaré ante la monotonía y la desidia. ¿Cruzado en Tierra Santa? Una quimera que nunca pudo influir en nadie; un sueño que seré el primero en rechazar porque ya en este instante empieza a resultarme inconcebible.

Grito pidiendo más de beber. Inútilmente. A estas horas solamente me obedece un silencio de ruina.

Ignoro quién me arrastró al lecho la pasada noche.

Al despertarme, unas náuseas ya caducas encharcaron mis entrañas. Al vestirme la cota —¿durante cuánto tiempo aún me ha de jugar la costumbre tales pasadas?— estuve a punto de caer de bruces sobre mis vómitos nocturnos. La debilidad es muy grande todavía, pero habrá que superarla si no quiero ser motivo de chanza hasta para mi propio paje.

Gondín me obsequió con una socarrona mirada de complicidad —tolerada a medias por mi flaqueza matutina— cuando vino a noticiarme que los caballeros, a punto ya de partir, me aguardaban para la despedida.

—¿Dónde están, pues, mis hijos, Iscariote? —le grité.

No pareció inmutarse demasiado, el viejo zorro.

—Don Roque y don Alvar andan tras el jabalí, mi señor. Un jabalí grande como un buey, que no para de hacer destrozos por los bancales del molino. —Esto me dice.

Así que los herederos de la casa de Montemor están de cacería sin preocuparse por abrazar a su padre, cruzado en Tierra Santa durante lustros. Mal que me pese la buena lógica se impone y no por ello he de seguir pateando el trasero de mi paje. Las quimeras no dejan huellas más profundas que un jabalí cebón, Payo de Montemor, y si el presente no te place recuerda que no se ha hecho exclusivamente para que tú lo goces.

Camino hacia el patio. Gondín me sigue a pocos pasos con andares trastabillantes que en nada obedecen a sus años aún pujantes. Si me paro, él se para también y me mira entre apesadumbrado y temeroso, sin dejar por eso de frotarse el dolorido trasero. Me dan ganas de soltar la gran carcajada pero me contengo no ya por él, truhán entre arribista y desconfiado (y no por eso peor que los otros), sino porque hoy no tengo la menor gana de malgastar mis fuerzas abatidas.

Sin incidentes llegamos al viejo pozo. Aguantando las riendas de las monturas están dos mocetones de ojos vivos que parecen desear que la ceremonia finalice pronto. Entre las pulidas losas del suelo —ya noté cómo en las esquinas faltan más de cuatro, señal inequívoca de que algún malnacido las utilizó para poner remiendos en otra parte—, nacen guedejas violáceas y brillos acuosos de un sol apenas nacido y ya lavado por lluvias repetidas. ¡Sé de sobra que estoy aquí, en mi tierra de brumas y aguas, para que nadie se moleste en recordármelo! Los avisos no son necesarios. Mi cabeza aún funciona.

Los caballeros —han montado sus corceles mientras inspeccionaba ese cielo preñado de nubes amenazantes— me saludan gentilmente. Berenguel de Cas, Pero Lubián, Martín de Lobeira son mis fenecidos compañeros de viaje a punto de reemprender una marcha que ya no existe para mí. Presumiblemente ahora deben sentirse en la obligación de tratarme no como al camarada de largas —solamente yo sé hasta qué punto penosas— jornadas sino como al señor que les ha brindado pasajera hospitalidad. Todo lo cual no quiere decir que sus ademanes reflejen signos de modestia o circunstancial inferioridad. Todavía continúan encarnando su papel de cruzados, cosa que les complace notablemente según puedo ver.

Por lo que a mí respecta, no pongo objeción a que se pavoneen un poco, pues conozco las miserias que llevan a cuestas y el corto tiempo que les resta de ocultarlas bajo la cruz de sus pectorales.

—Buen día, caballeros.

—Bueno lo tengáis vos, caballero.

No cabe duda de que las cosas están bien cuando así lo parecen. Y aquellos bastardos se están perdiendo la función por correr tras un jabalí de doce arrobas. ¡Hermosa hazaña!

Los dos mozos, muy en su papel de avezados palafreneros, siguen sosteniendo las riendas; intercambiando a hurtadillas miradas de entendimiento; esperando que en cualquier momento suceda algo digno de contar. Y temiendo, al mismo tiempo, que la ceremoniosa reunión de tantos señores de costumbres desconocidas pueda ocasionarles un mal irremediable. Todo entra en lo posible. Me sonrío para mis adentros o, tal vez, sólo me trague una mueca, un rictus de amargura, al recordar escenas en las que interpreté obligatoriamente similar papel.

Me sorprendo parloteando frases de ocasión sin mucho convencimiento. Los animales piafan y patean con nerviosismo las húmedas losas. Alguien —yo debí dar la orden— trae corriendo grandes copas con vino caliente que los jinetes beben lentamente. Observo el cielo con interés acentuado, hago nuevos comentarios y expreso mis mejores deseos por un venturoso viaje. Debo reconocer que mis demostraciones de buena voluntad carecen de un sentimiento por demás sincero; que ya todo esto —y cuántas más cosas— me parece una farsa estúpida, un gesto sin sentido. Solamente deseo que se marchen, que me abandonen cuanto antes; que concluya rápidamente una escena resobada.

—Tened buen viaje, caballeros.

—El Señor quede con vos, caballero.

Berenguel de Cas no ha podido reprimir su agobiante vanidad y ha vuelto a estirar la pintada cruz de su pecho.

Llueve. Un gañán varea distraídamente la recua de cerdos, cuyos bárbaros husmeos musican la despedida.

Ya marchan los tres ladera abajo en perfecto orden jerárquico. El primero Martín de Lobeira, el último Pero Lubián. Aceptan las normas sin necesidad de establecer un previo acuerdo; conscientes de la importancia que entrañan los menores gestos de su gloriosa empresa de cuyo recuerdo habrán de vivir largos años; de cuyo alimento —naturalmente manipulado, mitificado con generosidad— se nutrirán noches eternas junto al fogón del invierno.

Amortiguada por la distancia y la lluvia, me llega la voz orgullosa y bien timbrada del señor de Cas, a punto de cruzar en este momento, el puentecillo que salva el río:

*... So lo ramo verde frolido*
*bodas facen a meu amigo*
*¡e choran ollos de amor!*

Para el caballero Berenguel de Cas las angustias y privaciones del regreso interminable parecen haberse diluido. Su canto no me suena familiar porque ya nada tiene que ver con las romanzas a que me tenía acostumbrado; mortecinas y patéticas incluso en las ocasiones menos extenuantes, simples tapaderas de su temor jamás yugulado. Ahora el caballero Berenguel empieza a pisar terreno firme. Todo cuanto puede esperarle en sus dominios por sucio y cativo que sea, nunca empeorará lo ya vivido. El infierno de lo desconocido ha tocado a su fin. El sacrificio de la promesa ya prescribió.

¿Por qué sigo acodado en esta barbacana que nada protege, calado hasta los huesos y tiritando de frío? Ya se han ido. Nunca más los veré. No vale la pena.

## II

Quizá lo más difícil sea admitir plenamente la nueva situación: Voy a vivir aquí y no tendré más compañía que las gentes de la casa.

De esta guisa procuro moverme, relacionar mis actos, ordenar mis pensamientos en el convencimiento de que no he de abandonar estas tierras mientras viva. De que el mundo —antaño inimaginable— que se extiende al otro lado de los últimos valles y de las montañas que nos protegen del Norte volverá a ser, con el tiempo, algo impreciso, utópico, otra vez inalcanzable. Tendréis que soportarme lo mismo que yo a vosotros, me digo siempre que tropiezo con esas miradas sibilinas que me observan en silencio y desconfianza a lo largo del día.

Escasas jornadas han pasado desde mi regreso. Un tiempo muy corto para digerir toda la información que se me proporciona —las vacas no han parido en los dos últimos años; el rigor de las heladas quemó repetidamente los sembrados; mis hijos han tenido que enfrentarse, por Carnestolendas, con las huestes de Traba, etc.—, pero muy largo ya para reafirmar la primera sensación de mi llegada: todo sigue igual. La cruzada un día emprendida por Payo de Montemor no fue otra cosa que una ilusión, un sueño de los sentidos, una locura abortada. Por todo ello no hay otra solución más que la de acomodar mi vida a lo que tengo en derredor y sacar de todo esto el mejor partido.

Al principio, quiero decir cuando aún no había pisado estas tierras, cuando no formaba parte de ellas pero ya me encontraba muy cerca de hacerlo, supuse que tales quehaceres —cobrar rentas, pagar al judío, cabalgar tras el ciervo y el jabalí, gozar del vino y del buen fuego— serían una amable tarea, una buena cosa. Hay quien da la vida por algo semejante y yo mismo antes, no ha mucho, quizá lo pensara; pero no, no. Faltaría a la verdad afirmando que pude llegar a semejantes extremos. Carezco de hábitos patriarcales ni creo haber nacido para fundador de estirpes. Dejo estas monsergas para muchos que conozco. Que disfruten, que se entierren con todo eso.

Al día siguiente de mi llegada, Gondín guardó bien escondidas —no tengo interés por saber dónde— la escarapela, el yelmo y mi capa cruzada. En su lugar me trajo una casaca de pieles y unas inmensas abarcas de madera, significando muda y definitoriamente cuál ha de ser mi puesto y género de vida en adelante. No era necesario: he comprendido perfectamente, granuja, y no mandaré azotarte por eso.

En lo que respecta a mis hijos, todavía no he logrado hablar con ellos. Naturalmente hemos compartido el alimento alguna vez, revisamos las caballerías y hasta tuvimos oportunidad de vaciar un par de esas copas de latón pintado que, por curioso arte, abundan en mi pazo. Pero no hemos hablado porque apenas hubo tiempo. Pocos días después de mi llegada partieron, prefiriendo la torre del Vincio a este solar.

Hacer esa afirmación no me produce emoción especial. El que entre ellos y yo no se haya establecido, de momento, una comunicación más prolongada es algo que me parece completamente natural teniendo en cuenta que no nos conocemos. He permanecido alejado por un espacio de tiempo superior a la mitad de sus vidas y durante esta ausencia no existieron noticias que nos relacionaran. Eran niños cuando partí y son hombres ahora. Éste es el único cambio apreciado. Por lo demás tampoco tenemos —dejando a un lado la sangre que nos une— mucho en común. Y, según advierto, nuestro recíproco extrañamiento ha quedado bien patente nada más vernos.

Desde donde logro recordar —temo que ahora empiece el tiempo de hacerlo— siempre existió un latente sentimiento de hostilidad, una aviesa confrontación entre ellos y yo, pese a que vivían todavía la infancia cuando partí. Mi varón primogénito, el que para suerte o desgracia suya ha de seguir perpetuando mi nombre —sin que tal cosa infiera una marcada importancia—, siempre manifestó ser un cachorro impertinente y levantisco, amigo de su placer y de hacer cumplir su voluntad. En esto no da muestras de haber alterado sus hábitos. En cuanto al otro, a la semilla de discordia, al pequeño matricida, mejor es que evite comentarios No le he perdonado ni creo que llegue nunca ese momento, así el diablo me lleve. No es, por tanto, demasiado fuerte mi dolor al ver con cuánto despego han acogido ambos mi nueva presencia. He carecido de tantas cosas a lo largo de estos años que bien puedo ahorrarme su amor filial. Cosa bien distinta es la que me impulsa a mencionarlos en esta tarde —tan gélida y ventosa que se hace obligado pegarse a la lumbre hasta casi chamuscarse las piernas—, recordando la cualidad común en ambos que les induce a la inevitable destrucción, al caos preconcebido.

Me sorprende hallar en mozos tan garridos y pletóricos esta conducta sin igual. Las actividades a que se entregan, aparentemente más variadas y complejas que las practicadas por el resto de los jóvenes de su edad y condición, no se encaminan a un desarrollo de las fuerzas, habilidades o instintos naturales que, con seguridad, les serían provechosas en el mundo aciago que les ha tocado vivir. Por el contrario su interés parece ser otro: una desmesurada preocupación por demostrar a sí mismos y a quienes les rodean —ya sé que tienen pintorescos secuaces— que nada de cuanto es, de cuanto se puede hacer, goza de su aprecio. Les he visto disparar el arco y adiestrar halcones con la maestría que otorgan una larga práctica además de un raro talento. Topé hermosas tallas salidas de sus manos, pieles sabiamente curtidas, cueros primorosamente repujados. Pues bien, ya fuese uno u otro, encontraron siempre la palabra maldiciente para calificar su arte. He comprobado también cómo, antes en mi ausencia y ahora a mis espaldas, escarnian y destruyen sus propias obras. A la vista de tales hechos y de los prolijos comentarios que me llegan acerca de ellos, he pensado en imponer a estos cativos donceles un castigo ejemplar. Sin embargo, la probable inoportunidad de la medida me ha contenido. Quiero ver hasta dónde llegan, pues aguardo con serenidad sus futuras provocaciones. Por último añadiré que mentiría de no afirmar que tanto don Roi como don Alvar dan muestras, a veces, de una valentía que se adentra en la temeridad.

Al reseñar lo que antecede —Gondín se maravilla de ver por las noches a su señor enfrascado en labores de escribano— comprendo que el porvenir de esta casa es incierto, ya que el interés mostrado por mis vástagos hacia sus futuras posesiones no es precisamente el punto que más les caracteriza. Aun estando las cosas así, aun sabiendo que mi propia vinculación a este nuevo mundo no es ardiente, ni siquiera pretendida con mediano deseo, voy poco a poco tomando contacto con las gentes y cosas que pueblan este solar de Montemor que caprichosamente el destino me deparó por cuna.

Después de la fugaz ceremonia de pleitesía —peregrino ritual de confusión, suspicacia y adulaciones—, Gondín, al que todavía no me he cansado de considerar como la propia sombra, me acompaña puntualmente a la identificación de todos y cada uno de mis sirvientes, mílites y feudatarios. No son muchos, pero sí ciertamente más de los que yo esperaba. En el desconcierto y la anarquía que presidieron mi ausencia, sorprende comprobar cómo pudo subsistir este cortejo de ganapanes; qué fines —para mí inexplicables— les indujeron a permanecer afincados a una heredad en quiebra; qué es lo que todavía pretenden, o qué aguardan. A este respecto no he querido hacer preguntas pues aparte del mayor desconcierto que originaría con ellas, presupongo la inevitable falacia de unas respuestas fabricadas apresuradamente con el único objeto de complacerme; porque, estoy seguro, alguien deberá asumir el puesto de lameculos de turno. Nunca se sabe cuáles pueden ser las reacciones de un amo atrabiliario y sorprendente que no dudó en consumir sin beneficio para su hacienda buena parte de su vida en tierras del Preste Juan y que regresa cuando ya se le daba por muerto; que aún no ha demostrado interés por las cacerías y que omite deliberadamente los detalles de sus posibles hazañas. Para ellos debo ser un elemento inquietante, un peligro en potencia, una nueva calamidad. Quizá tengan razón, pero no por eso voy a dar explicaciones, a mostrar mis particularidades y propósitos sin más ni más. Nada de esto entra en mis planes, si es que ya me formé alguno. El tiempo hablará.

De momento me limito a observarlos. Son torpes y la mayoría se muestran serios y parcos de palabra. Gondín, que parece tener un cierto predicamento sobre más de uno, me cuenta con pelos y señales la historia de los palafreneros, del marmitón, de una vieja corcovada, al parecer antigua aya de mi difunta esposa, y de tres o cuatro servidores más, incorporados durante mi ausencia. Ésta es mi corte, escuálida y miserable como corresponde a un barón despreocupado por el propio lucimiento.

Reparo en que nadie pregunta qué ha sido de Martín Doaz y Nuño Perdomo, los fieles y desventurados escuderos que me siguieron a ultramar con sueños de una gloria que culminó en desgracia. Me gustaría hablar de ellos; agradecería que alguno de los que les conoció y envidió se me acercase para inquirir detalles sobre su desgraciada suerte. Pero nadie lo hace, ninguno se atreve. El hecho de que no estuviesen a mi lado en la hora del regreso obliga a guardar silencio. Temen saber más de lo que deben o, simplemente, se cuidan de mi cólera. ¿Para qué indagar el destino de los ausentes cuando ya bastante difícil resulta soportar el propio?

## III

Me dicen que el hermanastro de mi mujer, Pero Muñiz, y su hijo —aquel rufián esmirriado— abandonaron esta casa poco después de mi partida, para unirse a las gentes del conde. Me alegro de una deserción tan provechosa. Gaitán de Lugrís y Xoan de Men continúan en la torre del Vincio, en el confín de mi hacienda, vigilando, por lo que se cuenta, las desguarnecidas tierras que limitan con el feudo de los Bares. A lo que veo, ésta es la razón que les impidió darme la bienv enida y delegar la información del estado de mis cuentas en esta especie de mayordomo pajarero que me importuna a todas horas con sus chismes.

—Vendrán mañana, mi señor —asegura Gondín, procurando suavizar lo que a todas luces debiera considerar una descortesía imperdonable—. Las cosas andan demasiado revueltas por estas tierras para dejar que los lobos campen a su antojo.

Me callo. Prefiero hacerlo a responder con la ira de mis punteras. Vendrán mañana; seguramente lo harán. Arribarán con el aire altivo de los nobles guardianes del patrimonio de su señor, acompañados de mis hijos que prefieren su vecindad a la mía. Sé que no voy a tener palabras para ellos. Desconfío de mi comportamiento que, con seguridad, distará mucho de ser el apropiado, porque hace tiempo que olvidé las fórmulas aceptadas y el ritual imperante. Es natural. Mis propósitos todavía no están clarificados. No tengo demasiadas órdenes que dar y tampoco me preocupa demasiado la justeza de su cumplimiento.

Gondín me ha preguntado cuándo pienso llegarme a Compostela para dar gracias al señor Santiago por mi feliz regreso y beneficiarme —aún más— de los jubileos de este año. Si hubo atisbos de ironía en su pregunta, cara la pagó. Mi mirada —no fue precisamente odio lo que puse en ella— lo dejó paralizado un buen rato. Se alejó de mí sin recular y desde entonces no he vuelto a verlo. Situaciones como ésta hacen palpable la dificultad de integrarme rápidamente a las gentes y al ambiente que me rodea. ¿Cómo explicar, por ejemplo, que la protección del santo haya dejado de interesarme hace mucho tiempo; que los jubileos nunca me fueron provechosos; que las gracias santificantes, los beneficios apostólicos, las rogativas y ofrendas hayan secado mi corazón, torcido mi brazo, cegado mis ojos hasta convertirme en lo que he sido: un cruel e ignorante peón que derramó más sangre que agua hay en mis aljibes? Pero no vale la pena hablar. He renunciado a las explicaciones, a la charlatanería provechosa. En lo tocante a esto sé ciertamente a qué atenerme y de antemano acepto su fruto.

Me siento cabe al fogón. Avecinado a las llamas —lo único limpio y pujante de esta casa— me aletargo y dejo de saber quién soy. Un poco antes comprobé que olvidar ya no es trabajoso si centro mi atención en el juego de esas lenguas doradas, rojas, blancas, que bailan a escasos metros de mis ojos. La lluvia aún sigue golpeando las pieles que protegen los huecos de las paredes, mas el sonido me parece muy lejano, casi ficticio, porque los ruidos, poco a poco, van diluyéndose también con la traición de la noche. Es fácil abandonarse, no ser, cuando la sangre caliente riega los miembros con eficacia y su empuje barre los humores nocivos. Busco una posición más cómoda y casi estoy a punto de dormirme cuando me llega la tonada:

*¿Non vos nembra, meu amigo*
*o torto que me fecestes?*
*Posestes de falar migo,*
*fui eu, e vos non veestes.*

Alguien —sé quien es— ha tomado el laúd y juega a trovar.

No me disgusta que sea precisamente ésta la forma de romper un silencio que empezaba a protegerme como el mejor de los ungüentos. Verdaderamente me sorprende que haya en la torre quien dedique parte de su tiempo a lances de esta guisa. Honradamente diré que me complace. Y aunque podría sugerir al muchacho —cuitado zagal en la flor de una granular pubertad— que vigilase la afinación de su instrumento y cuidase con más amor la entonación, no pienso interrumpirle por mol de silenciarle avergonzado. ¿Pero fue el azar el causante de que se escogiera esa balada? No me propongo indagarlo. Pero la inquietud producida por lo que oí me impide relajarme, renunciando a un embotamiento al que mi cuerpo se hallaba dispuesto. Lo certero de la alusión me ha encalabrinado. Abandono mi asiento:

—¿Quién anda ahí? —pregunto a las sombras.

No hay respuesta. No hay más que un susurro, la huella de un eco que va resbalando sobre las paredes como un grumo viscoso, una lengua de mancillado silencio que repta hacia fuera.

Aun admitiendo el engaño, quiero pensar que estoy solo

*¿Non vos nembra meu amigo*
*o torto que me fecestes?*

Súbitamente —no acabo de acostumbrarme a la impredecible y virulenta ignición de estos viejos robles— el fogón es una constelación de chispas enloquecidas. Hay unos segundos fulgurantes en lo que todo, hasta el desvencijado arcón de tejo, parece rutilar en una atmósfera ingrávida y exultante. Mis ojos, sin embargo, se han detenido —pertinaz juego de coincidencias— en una leyenda que orla el friso de la chimenea. No hubiera podido leerla sin esta explosión de luz. Tampoco era necesario; al menos in mente siempre he tenido muy presente el viejo lema: «SEMPER AUDAX».

* * *

Cinco, tal vez seis años, no más. El caballo inmenso de belfos humeantes y grupas poderosas. El caballero inmenso también, con el pecho en el que me reclino, duro como el haya; los brazos cubiertos de hierro; las manos que sostienen las bridas, enguantadas en escamas metálicas —no logro recordarlas desnudas, acariciantes—. Trato de agarrarme, de mantenerme precariamente en la silla porque el caballero confía en que a mi edad debo saber, al menos, guardar el equilibrio en una montura al galope. El caballero da por sentado un cierto número de principios que si bien no son muchos, porque su imaginación es parca, sí son inconmovibles. Atravesamos los prados enfangados, las colinas con rumores de primavera incipiente, los vados, el sendero ancestral. Cabalgamos tan de prisa que apenas si puedo respirar. Tiemblo y gozo sin saber adónde nos dirigimos, cuál será la meta, si hay alguna, escogida por el caballero para esta galopada. Ignoro qué va a suceder en el próximo instante y tal desconocimiento me atrae, me intimida, me acongoja y enardece mientras procuro olvidar el dolor de mis pobres nalgas despellejadas y la nuca golpeada insistentemente contra el pecho de roble y acero de este hombre gallardo, frenético, intolerante, cautivador y pletórico que es Nuño de Montemor, mi padre. Y cuando estoy a punto de perder el sentido, tasca el freno, detiene la montura bruscamente, me coge en volandas y me apea. Extrae de su vaina el venablo plateado, reluciente como un cacho de pedernal, de sol de invierno, y me lo tiende entre carcajadas que retumban ensordecedoras en mis oídos.

—¡Corre, muchacho! ¡Acósalo, acósalo! —me grita.

Y ya no sé si ríe o se enfurece, si aconseja, reprende o se burla de mí.

Veo las astas del ciervo, sorprendido un momento, entre los brezos altos y corro hacia él; corro a trompicones con el venablo alzado en cruel y ridículo gallardete. El animal asustado pega unos brincos y se aleja, se pierde en la espesura del bosque infinito. Pero yo sigo corriendo sin sentido, espoleado por las exclamaciones, las risas, los vituperios y fanfarronadas del caballero. Al fin, tropiezo y caigo de bruces sobre un charco; irremediablemente vencido, burlado, agotado, golpeo con mi puño, tercamente armado, la tierra enfangada. Y mientras la impotencia me invade en oleadas de vergüenza, oigo redoblar las carcajadas del caballero que —¿será indulgencia?— me grita desde la cima de su montura:

—Otra vez será muchacho, no lo dudes.

* * *

Vuelve el sueño a doblegarme. Cede la tensión de imágenes redivivas; se apagan las fosforescencias inútiles del pasado. Me apoltrono en un sopor caldeado por los últimos y poderosos rescoldos que ya no distingo y me sumerjo lenta —¿definitivamente?— en esa onda sutil, aplanadora, que diluye generosamente las mentiras gloriosas, el aguijón de un recuerdo mordaz, las alusiones desveladas a medias, etc.

## IV

Oscilo entre la adopción de una perenne hilaridad y el dramatismo de una conducta inflexible y provocadora. Lamento perder el tiempo en estas disyuntivas que, naturalmente, me mantienen en una posición de reserva pero la situación no es para menos. Cualquiera de mis órdenes, movimientos o vagos pasatiempos genera un aluvión de interrogantes, un arenal de indecisiones. Se preguntan; siguen todavía debatiéndose en la duda de qué es el amo, cómo es el amo, qué pretende. A todas horas y en cualquier sitio adivino las mismas insatisfechas preguntas:

—¿Qué te ha dicho?

—¿Por qué no habla?

—¿Adónde se fue?

—¿Qué quiere ahora?

Y aunque oigo más de lo conveniente, simulo no enterarme. Necesitan tiempo, componer su anarquía, aceptarme. No es fácil cambiar; sé lo que eso significa por propia experiencia y no se las auguro muy felices. Mi regreso supone una catástrofe para ellos, que no logran hacerse la menor idea de cuál va a ser mi futura actuación.

Al margen de esta curiosa expectativa de que soy objeto, he decidido desentumecer mis miembros —cosa no demasiado apetecible en este invierno desaforado— y empezar a tomar contacto con mis tierras. Si he de hacerlo, cuanto antes comience mejor será.

La visita de Gaitán de Lugrís y Xoan de Men tiene bastante que ver con esta decisión. Al fin ambos vinieron —encastillados en no sé qué aires de ingenua prepotencia— a rendirme pleitesía. Curiosamente les acompañaban mis dos hijos y la entrevista, más que un encuentro cordial, adquirió las apariencias de una manifestación de fuerza. En pocas palabras vinieron a decirme que aun reconociéndome por su señor natural, fueron tantos los trabajos y sinsabores que conllevó la salvaguardia de mi feudo durante estos largos años de ausencia, que no juzgan pretensión descabellada el llegar a ser copartícipes en el mandato y beneficio de las tierras de Montemor sabiendo —y esto lo recalcaron entre petulantes y cínicos—, como debo saber, que muy poco es lo que puedo hacer sin su apoyo.

Les oí sin interrumpirles —creo que ésta fue mi mayor muestra de desprecio— esperando que en su discurso saliesen a relucir las contradicciones y torpezas propias de su ignorancia. Sin embargo, alternándose en la exposición de acontecimientos y veladas pretensiones, el parloteo de ambos tuvo la fluidez y seguridad de una lección trabajosa pero concienzudamente aprendida. Reconozco que nunca les hubiera creído dotados de semejante oratoria, aunque dudo que sean capaces de repetir una prueba igual, para lo que les sería imprescindible otros diez años de práctica.

Confieso que en distintas circunstancias y por bastante menos que esta desfachatez les hubiera rajado la testa allí mismo, pero hubo algo que me contuvo: las miradas cómplices que en el transcurso de su monólogo dirigieron solapada pero reiterativamente a mis dos hijos, los cuales permanecieron en todo momento silenciosos y como desinteresados de las pretensiones de mis hombres de armas. Comprendí de inmediato. La felonía no había partido de Gaitán de Lugrís y Xoan de Men sino de los otros, de los vástagos de Montemor. Esta suposición —casi diría plena seguridad— no me afectó en exceso. Empiezo a ver las cosas en su justa perspectiva y tal canallada parece formar parte de un juego natural: la alianza contra el intruso. Por supuesto, el sujeto debo ser yo.

Ante esta situación de hechos consumados —ya tengo enemigos entre los míos— he adoptado la argucia impuesta por las circunstancias, es decir, una postura de comprensiva diplomacia. Aceptar la alternativa me asquea —aún recuerdo las mentiras pronunciadas en aquel otro pacto de ultramar, si bien entonces yo no era más que un emisario irrelevante— más que la traición que la origina. Bien vistas las cosas, desde el momento en que no me atreví a zanjar rotundamente este contubernio, yo mismo empecé a formar parte de la traición. La actitud de estos villanos es, hay que decirlo, más noble y arriesgada que la mía. Ellos exigen claramente y yo, sin aceptar, transijo. Por otro lado, si no he sido capaz de cortar sus pretensiones de raíz —¡que corriera la sangre hasta ahogarnos a todos!—, ¿por qué, cumpliendo sus deseos, no les entrego lo que piden, aún más, les regalo la totalidad de un feudo cuya posesión carece de sentido para mí? ¿Por qué no abandono todo y me retiro a una ermita? ¿Por qué no me castro, no me elimino? Todavía no he encontrado respuesta acertada para esas nuevas y lamentables preguntas. Quiero pensar —éste es mi exclusivo consuelo—, que no fue la cobardía la que me obligó a pactar; que, posiblemente, existan otros argumentos, de momento ignorados, que avalen esta claudicación pasajera.

Los cuatro partieron satisfechos. Puntualizaré: el talante de los enfeudados mostraba la satisfacción y orgullo de los vencedores; en cuanto a los otros, a los impacientes herederos de Montemor, sería aventurado establecer un juicio pues su hermetismo y displicencia no facilitan las conjeturas.

Al despedirnos quise ofrecer un último gesto fraternal y les propuse que se quedaran en el pazo:

—Las noches aún son largas y frías, pero cerca de la lumbre y con vino caliente el invierno es menos riguroso. Comprendo que Xoan de Men y Gaitán de Lugrís prefieran regresar al Vincio pero cuando menos, quedaos vosotros y hablaremos de tantas cosas que mi ausencia silenció por fuerza —les dije.

Por un segundo se cruzaron las miradas. No había dudas en su acuerdo.

—Discúlpanos, señor padre, pero hay todavía jabalíes en las tierras altas y éste es el tiempo de darles caza —alegó el primogénito hablando por los dos.

Advertí que no se preocupaban en absoluto por la verosimilitud de la excusa. Comprendí.

—Otra vez será —respondí y les di la espalda sin esperar a que montasen.

El primer triunfo les pertenecía.

## V

He recorrido las dos terceras partes de mis tierras. Las cabalgadas han sido incesantes durante las últimas jornadas, pero el cansancio que siento cada noche al poner de nuevo los pies en esta casa, en este reducto desvencijado a punto siempre de hundirse en su propia miseria —y extrañamente resistente, pese a todo— no es una queja de los músculos, de la carne. Mi agotamiento es de otra índole, de una especie más funesta y demoledora que ni siquiera logra suavizarse con el descanso, porque no viene de afuera. La fatiga causada por lo inútil, por lo irremediable, comienza a hincar el diente en un espíritu ahora desvalido. Todavía no sé a ciencia cierta cuáles son las verdaderas razones que me obligan a llevar a cabo toda la actividad a que me estoy entregando, si bien sería muy conveniente encontrar, aunque no más fuera, motivaciones superficiales.

Esta ignorancia de la íntima razón de mis actos, sentida ahora por primera vez, me obliga a un ajetreo agotador que no es más que otra forma de escamotear la realidad. Mis acompañantes —para quienes la conducta de su señor debe estar justificada— se resienten ya de tanto esfuerzo. Lo leo en sus rostros, en el pendular de sus cabezas abatidas, en el agostado saludo de cada mañana. El caso de Gondín es evidente; la desgana resulta en él perfectamente natural por cuanto no es amigo de correrías e incomodidades, pero el otro, cuya disposición es completamente distinta y que asimismo parece hastiado de tanta expedición, me sirve de referencia para valorar el grado de mi actividad; de la fiebre que voluntariamente padezco para contrarrestar una enfermedad mil veces peor.

En fin, las cabalgadas persisten, constituyendo lo poco que se sucede a sí mismo con un cierto rigor. Del amanecer a la puesta de sol cabalgamos sin apenas descansos; protegiéndonos de una compañía que a ninguno de los tres complace plenamente pero que, a fin de cuentas, es la menos arriesgada que pude seleccionar.

Tampoco fuera del solar me aguardaban sorpresas; las mismas áreas de cultivo, los mismos caseríos, las mismas viejas construcciones. Nada se ha emprendido, ni siquiera restaurado durante estos largos años que parecen no haber existido más que para mí.

A medida que nos acercamos al villorrio voy reconstruyendo esquina por esquina, piedra a piedra, todos sus componentes sin riesgo de equivocarme. Recuerdo claramente —nada más dibujar su silueta en lontananza— el número y características de los hayedales, de los castañares, de los penedos en las lomas que resguardan cada una de las aldeas; el trazado irregular de los senderos, las fuentes escondidas y fecundas, los calveros en el bosque, los molinos dispersos, etc. Todo me resulta tan familiar e inmodificado que en más de una ocasión me detengo al borde de una alberca, de un estanque fortuito, para constatar en mi propio rostro, los estragos que en él fueron marcando un tiempo y unas latitudes aquí desconocidas.

¿He conseguido algo con este reencuentro de mis tierras perdidas? No quisiera contestarme, no me atrevo. Las gentes —abundancia de mujeres, de niños enclenques atosigados ya por faenas adultas, de viejos a la espera de una muerte liberadora— me reciben con distintas formas, con más toscos gestos, pero con idénticos temores y desconfianzas a los engendrados en la torre. Soy presumiblemente una amenaza, un dolor, un nuevo jinete del Apocalipsis. Me tantean con sus ojos esquivos; espían cada uno de mis movimientos, barajan, con inexacto criterio, las particularidades de mi persona y de mi carácter, por unas pocas palabras que dirijo al herrero, por una carcajada inevitable ante un lance burlesco, por un juramento o por una simple y destemplada orden. Al amo siempre hay que temerle, pero ¿cómo será éste?, ¿qué se podrá esperar del recién venido?, ¿a qué habrá de prestársele mayor atención?, ¿de qué nueva forma nos perjudicará? Leo iguales interrogantes en todas las pupilas, en todas las bocas fruncidas por repetido gesto de cansancio. No hay ceremonias ni cánticos laudatorios: ni un miserable ramo de olivo, de laurel; cuanto más, un compartido sobresalto que no habrá de extinguirse fácilmente. Cabe preguntarse si la despreocupación de mis hijos, de mis mayordomos, ha engendrado un comunal sentimiento de independencia, que mi aparición, mis ahora repetidas visitas pueden yugular definitivamente. ¿Habrán gozado estas gentes de cierto bienestar? ¿Saborearían, aun cuando fuese pasajeramente, una precaria tranquilidad durante mi ausencia? No, la pregunta carece de sentido si se miran bien esos rostros contritos, esos cuerpos derrengados, combados inexorablemente hacia la tierra que los ha de devorar con premura. Nunca debieron existir para ellos mejores condiciones, ni tan siquiera otras. Siempre la misma rutina, idéntica mugre y muerte similar. Si me reciben, si me hablan con temor y suspicacia, no están alterando las reglas ni me convierten por ello en nueva diana de su odio; simplemente desempeñan su papel. Nada predice que yo sea, que pueda ser peor que los otros, mis antecesores en el feudo; lo que está sucediendo ahora no se basa en hipótesis, sino más bien en tajante realidad: estoy aquí y soy el señor; tal hecho basta para alimentar su pánico. Ignoro si los otros, los anteriores barones de Montemor, los que hicieron esculpir en hierros y piedras, ínclitos «SEMPER AUDAX», los egregios patrocinadores de hazañas, vesanias y estupros, tuvieron en su día bien presente el pequeño detalle. Es seguro que sí, que conocían a la perfección las consecuencias de su posición privilegiada y las aceptaban gustosos; que no perdían su tiempo en dudas; que desterraban los escrúpulos gratuitos; que, lejos de especular, actuaban. ¡Qué rotunda y simple diafanidad la de mis ancestros! No obstante, me siento incapaz de emularlos, de admirarlos. Ahí debe radicar mi mal. Siendo el señor, el amo, ha poco era cautivo, siervo también yo. Perteneciéndome la tierra, aún no me atrevo a considerarla mía; me bandeo, por tanto, entre dos aguas, oscilo, no encuentro mi lugar en mi propio dominio. Es por esto, pienso, que toleré las pretensiones de Xoan de Men y Gaitán de Lugrís sin hacer correr su sangre; que no desterré a mis hijos ni apruebo que Gondín me abra paso entre los expectantes y aglomerados aldeanos a base de zurriagar tesoneramente sus espaldas.

Cabalgamos. Desde las faldas de las montañas enemigas que nos cierran al Norte hasta los pantanos meridionales; de las fragas intransitables a los valles de Poniente oreados ya por aires marinos. Recorremos tierras enfangadas, enverdecidas, mansas; sorteamos regatos, cruzamos florestas, salvamos encrucijadas. El feudo. Las blandas laderas quejumbrosas, las fantasmales sombras, los rumores incesantes. Tierra de Montemor. Corazón de un ancestral solar que albergó los indómitos adalides de razas sagradas. Galopamos durante leguas y leguas, modificando incesantemente nuestro rumbo, recorriendo palmo a palmo los barbechos, las umbrías, labradas y solanas. ¿A dónde ahora, mi señor?, preguntan los acompañantes, los ocasionales escuderos, reventados por una fatiga tenida hace tiempo por gratuita; angustiados en su papel de servidores de un loco; anhelantes de un descanso improbable. Y yo les marco una nueva dirección, otro rumbo imprevisto. Así durante horas y horas. Bajo la caricia de un sol apocado, de la lluvia tenaz, del viento encrespado y tornadizo de un invierno que no quiere sucumbir. Adivino sus ojos interrogándome en las breves paradas, maldiciéndome, esperando que de una vez recobre el juicio este amo desbocado y lunático y ordene regresar a la torre. Al solar donde mal que bien podrán aliviarse, humedecer el gaznate con restos de un vino ácido, comentar las penalidades de otra jornada frenética, de otro infierno regalado por este hombre a quien, sin duda, le secaron el seso los calores de Oriente. Pero no ha debido sonar la hora porque todavía formulo un nuevo deseo:

—¿Qué se hizo del molino de las Brañas?

Se miran con desaliento, con recelo. Contesta uno:

—No está por estas partes, mi señor. Queda al otro lado del berrocal.

Y renovamos la galopada, la marcha incesante, la continua escapada hacia no sé dónde. Me repito a cada paso que estas correrías tienen por objeto reconciliarme con la tierra, afianzarme en ella. Me voy inventando a medida que devoramos leguas —¿o será siempre la misma?— nuevas disculpas, sobadas razones que justifiquen esta peregrinación alocada. Porque siempre pueden esgrimirse altruistas evasivas, absoluciones fabricadas por el inquieto escarbajeo de una conciencia no satisfecha. Pero no basta. Mi amor por estos predios —que duró tan largo tiempo—, no es lo suficientemente profundo como para que me deslome en estos desaforados ajetreos. Existen otras razones, otros motivos subyacentes a esa vidriosa lucidez, que impulsan mi conducta sin yo saberlo claramente. Creo adivinar en los espacios enramados, en las grietas rocosas, en las caprichosas superficies vegetales, nombres, rostros, figuras que nada tienen que ver con las de unos hijos rebeldes o de vasallos felones. Es posible que sean esas máscaras las que me empujen a correrías insanas, a empresas sorprendentes hasta para mí mismo; pero aún hay más, porque intuyo nuevas fuerzas extrañas e inalcanzables a las que no sé dar nombre ni origen, pero a las que me someto con obediencia involuntaria.

Sea como fuera, a costa de lo que fuere, ya no se podrá decir que Payo de Montemor ignora su tierra. He procurado que mi presencia se hiciera patente en todos los rincones; se impregnase de los humores que brotan del suelo, se aplacase en las sombras repetidas, se potenciase en las breves paradas. Nadie osará dudar que el amo está de regreso y vigila. Para todos deben estar muy claros los motivos que le impulsan a ello; indiscutibles sus intereses. El barón recién llegado no se entregará a la molicie por tiempo esperada, no exhibirá trofeos llamativos ni blasonará de hazañas desmesuradas. Pero si sus triunfos permanecerán ignorados, también su ausencia quedará borrada, inexistente. Suficiente será saber que de nuevo está él entre los suyos. Tales son los argumentos con que pretendo convencer —ya que a nadie le incumbe saber la verdad, si es que hay otra verdad— a estas gentes que me ven cabalgar como un poseso, que analizan mi figura y atuendo cuando, al fin, acepto el cuenco de agua fresca de unas manos llagadas. Porque mi actuación no debe admitir fallos y mi prestigio ha de estar a salvo.

Éste es, en síntesis, el extenuante juego a que entrego mis días. Si con él lograse finalizar el eclipse de los años perdidos, congraciarme a la idea —al principio tan insultante— de que mi desafortunada aventura de ultramar no ha tenido más visos de realidad que un largo sueño recordado en su menor detalle, daría por bien empleadas estas agotadoras correrías. Pero de momento no me atrevo a sacar conclusiones porque todavía me veo atenazado por las sombras de una conducta estéril.

Ya en el solar, al abrigo de una noche que se bate fieramente sobre las huellas de mi jornada, embotado por un cansancio que no me abandona, acompañado por el chisporroteo alborozado de este fuego redentor, creo sentir pasos lejanos, voces que se cruzan, risas amordazadas. Y de nuevo emergiendo de tal sonoro acolchamiento, se alza entre quiebros el blando y torpe desgranar del laúd que llega hasta mí como una bocanada de marchitas evocaciones:

*Señor de corpo delgado*
*en forte ponte eu fui nado*
*que nunca perdí cuidado*
*nen afán, desque vos vi;*
*en forte ponte eu fui nado*
*señor, por vos e por mí.*

* * *

Podían ser las yeguas piafantes, el redoble del timbal destemplado, el martilleo del herrero punteando las últimas piezas, el ácido olor de sudores, el chirriar de las poleas, el fulgor de los yelmos al sol de junio, las voces de mando, los llantos, las pláticas, el pendón de fiesta erguido en la torre. Quizá fueran todas esas cosas, cada una en particular o, más bien, algo inasible, voluptuoso y jamás sentido antes de ahora, que flota entre ellas, por encima de ellas. Nadie se fijará en mí, pienso, y es por eso que lo palpo, lo admiro, lo envidio todo. Si los criados, los siervos me empujan, me dicen ¡hola!, ¡eh, fuera de aquí, muchacho! Si me gritan que no estorbe, si profieren juramentos inusitados, si uno de ellos con malas artes me suelta un mojicón y los demás se ríen, y se engallifan, yo no les veo, no les atiendo. ¿Por qué? ¿Para qué? Todo es luz, risa, bramidos, ajetreos, desatinos, en esta jornada irrepetible. Porque es lo que me digo: abre bien los ojos, Payo, no te pierdas nada, que todos los días no parten las huestes a tierra de infieles.

¡Ahoé, ahoé! por la ladera que bordea la ciénaga se alza una nube de polvo rojizo, blancuzco, ahora ya casi transparente, y a su través se dibuja la silueta de una nueva carreta más grande que las anteriores, que las llegadas en la mañana temprana y delante y detrás de ella galopan caballeros con los corceles engualdrapados y cabrioleantes ¡Ahoé, ahoé! Ya se vislumbra el estandarte tremolante al viento, azur y blanco, azur y blanco porque son las mesnadas de Pero de Munxía y de Can de Loeis; aún más allá —todavía no han salvado el riachuelo—, cabalgan pesadamente otros jinetes: siete, diez, doce, cuento yo, arrojando entusiasmado puñados de polvo al cielo, brincando de satisfacción al comprobar cómo las huestes acuden a la llamada de mi padre, Nuño de Montemor, que marcha a conquistar tierras, a ganar trofeos, a cortar cabezas negras de sarracenos allá en el Sur, tan lejos como no puedo imaginar. Sólo me entristece el hecho de que en la torre no haya rapaces a quienes deslumbrar con mi nueva condición de hijo del caudillo, del conquistador, del héroe; que tenga que disfrutar en soledad; que nadie me haga caso; que sigan gritándome como si fuera un pequeño villano ¡eh, eh, muchacho, largo, largo de ahí! Pero no importa, no importa, apenas si les hago caso porque a mi alrededor mil cosas me atraen, me encandilan y sorprenden hasta que ya no puedo más y descanso un poco, solamente un rato, en la caballeriza vacía. Y después, cuando se ha comido y bebido hasta reventar y los caballeros no saben cómo eructar y los mastines, hinchada la tripa hasta el suelo, desprecian los abundantes despojos; en ese tiempo en que todos se palmean y juramentan y hacen votos por su triunfos; en esa hora en que el sol cae brutalmente desde lo más alto y en el aire nacen vahos espesos, olores fermentados que producen bascas, me arrastro a favor de un seto de jaramagos y llego al robledal donde los escuderos abandonaron las lanzas, los mandobles, las cotas y los escudos que voy tocando, acariciando uno a uno, tan calientes al sol como brasas plateadas, tan lisos y suaves como lajas, como escamas celestes. Dejo quemar lentamente mis palmas en aquellas superficies porque no siento el calor, ni los acerados filos, ni los cegadores destellos metálicos, nada, nada, no siento más dolor que el no ser uno de esos caballeros, ahora bien cebados y rijosos, ahora elevando sobre sus cabezas las copas henchidas de vino sangrante, y no poseer yo también una armadura como éstas, un hermoso escudo de cuero, una tizona de doble filo. Y entonces alguien me sorprende y grita que me aparte, que no ensucie los atalajes, las rodelas, los especulares listones, que me largue de allí si no quiero verme zarandeado y contrito. Pero su voz me llega apagada por los humores del vino y la digestión pesada; y aunque termino por obedecerle, lo hago con lentitud y dignamente porque sé que algún día también daré órdenes.

Ya más tarde, ¡cómo pudieron esperar tanto!, suenan de nuevo los cuernos y los timbales, los hombres de armas se ponen en pie, acuden los escuderos, se despliegan las divisas, chillan los perros atropellados y todo vuelve a encresparse con los gritos y cánticos, con el barullo y ajetreo de la inminente partida. Entonces, en ese mismo instante, acuciado, impulsado por una fuerza irrazonada, corro sin que nadie pueda detenerme —nadie, nadie podrá hacerlo—, hasta el lugar donde se encuentra ya izado, debidamente montado en su corcel, el caballero de Montemor. Y allí, agarrándome tercamente a sus piernas, a sus borceguíes de hierro, le suplico, le grito, le ruego: ¡Llevadme, llevadme, llevadme con vos! Y el caballero, el señor de este feudo, el intrépido caudillo, el hombre que me ha sentado en su caballo para largas galopadas; el que nunca me mira cuando caigo enfermo; del que nunca supe si me quiere, desprecia o ignora, gira en su torno la mirada complacida —ahora que el silencio se abate sobre todas las cabezas—, la orgullosa, aclaradora mirada de padre satisfecho, de guerrero encelado y la posa luego en mí para decirme:

—Otra vez será muchacho, otra vez.

Ya no me concede más tiempo; levanta su brazo armado y, ante la seña, el trompetero lanza el toque de partida, los jinetes pican espuelas; chirrían en sus goznes las carretas, se alzan aún más los estandartes y el polvo asciende en nubes rojizas, espesas y asfixiantes.

De esta forma la gran bola de ruidos, de jolgorio, de aires marciales se desplaza camino del puente y del vado, alejándose del solar, sabe Dios por cuanto tiempo.

Presa de una rabia nunca tan fuerte, tan desgarradoramente sentida como en ese momento de renuncia y abandono, me tiro al suelo, araño la tierra sañudamente y lloro, lloro.

# VI

Me es obligado hablar de algo que ya juzgaba desaparecido.

Hoy amanecí acuciado por las bulbosas imágenes de la reciente pesadilla. La garganta emporcada por la última náusea, la piel húmeda de sudores insanos. De un brinco abandono el jergón y corro a mojar la cabeza en la torturante frialdad de las aguas del pozo, cuyas esquirlas enjuagan mis ojos agazapados todavía en el sopor nocturno. Insisto en mis abluciones mañaneras con el propósito —raramente alcanzado— de liberarme de esos quebrantos, de esas angustias nocturnas a las que desde mi perdida infancia era extraño. Y así, cuando la claridad cenicienta de lo que promete ser un brumoso día de abril acaba de romper por Oriente —mencionar, pensar tan siquiera el punto cardinal conlleva inevitable, escalofriante sacudida— y el silencio se atrinchera en sus últimos reductos medio quebrado ya por esporádicos cacareos y nerviosos relinchos, me afano en alejar los residuos de la pesadilla agarrándome a esta nueva realidad que ahora comienza y en la que necesito creer. Pero en mis oídos, en la sangre que los riega, suenan todavía los persecutorios tantanes de la noche, los ruidos opacos. Siento las presencias acongojantes e invisibles que me cercaron y sobre todo sigo viviendo ese vacío lancinante en el que se repite una vez y otra la definitiva ceremonia de mi muerte.

El desacostumbramiento a tales ensoñaciones nocturnas me produce un natural malestar que se prolonga, más o menos suavizado, durante gran parte del día, pero que a esta hora previa a la aurora, se torna difícilmente soportable. No quiero creer en el poder de los sueños, en sus añagazas; no soy Ahmed el Rasch el Benaftli ni su cohorte de quiromantes; no me someteré a nuevas tiranías de las que —lo presiento— nunca lograría zafarme. Me rebelo contra mi propia debilidad que urde trampas al menor descuido. Es por esto que procuro alertar mi cuerpo con nuevos estímulos, presumiblemente inadecuados, pero fácilmente utilizables. Palpo las mansas piedras —¡hasta qué punto han sido ellas también torturadas!— que forman el brocal del pozo. Admiro, entre repetidas salpicaduras de este agua que dicen curó desde siempre males de ojo (el primer barón construyó el pazo para usufructuar en exclusiva este don preciado), la pequeña máquina granítica en cuya basa el cantero esculpió la consabida leyenda familiar y una fecha que el tiempo y la humedad borraron impunemente. Hago funcionar el mecanismo de poleas chirriantes a causa de la desidia; me complazco en el golpe sordo del cubo sobre las aguas apenas visibles, froto mis pies descalzos y ateridos; observo cómo los flecos de la bruma huidiza ralean sobre el tejado de las caballerizas, a mi diestra y se diluyen en ese arco de medio punto —milagrería arquitectónica que costó más de una cabeza— que a mi zurda da paso a la destartalada estancia de ceremonias. Froto pies, manos y ojos, todos mis miembros ateridos pero en mejor estado —lo ratifico— que durante esas horas pasadas en el amargo lecho.

Cuando la mañana se abre paso entre dudas y remoloneos —¿será el día naciente esa parva luminosidad que ya genera contrastes en las barbacanas?— y el patio empieza a poblarse de tórtolas aventureras y gallinas itinerantes, el regusto de mi sueño descabalado —ese monstruoso instante del que reniego— porfiadamente repetido también a lo largo de las pasadas noches simula licuarse, se resquebraja y trastoca, si bien en realidad no hace más que encuevarse en áreas más profundas de mi cabeza. Sea como fuere, no he de pormenorizar ya más el contenido de mis noches, a nadie consultaré su significado. Prefiero la ignorancia y acepto su existencia como un tributo más que pago por un regreso tan poco afortunado.

—¿Adónde iremos hoy, mi señor? —me preguntan.

—No habrá cabalgada —contesto.

—Todavía no visitasteis las tierras del Vincio.

—Lo sé mejor que tú, bellaco.

—¿Qué mandáis entonces?

—A su tiempo lo sabrás.

Vestido con un leve sayal de lienzo, descalzos los pies, encrespados cabellos y barba descuidada, no debo ofrecer un porte demasiado marcial para dar órdenes. Poco antes de que apareciera Gondín —cuyo aspecto ha experimentado notables mutaciones en los últimos días con aires medio guerreros, escarpines de borrego y cinturón castrense del que pende corta espada romana salida no sé de donde—, había topado yo con mi propia imagen reproducida con escalofriante nitidez en un charco del patio. La impresión lamentable que me produjo esta visión —réplica exacta de un mendigo maronita de los mercados de Tiro, de Sidón, de la simpar Edesa— ha debido ser, en cualquier caso, mayor que la producida en mi nuevo escudero que me acepta vestido de esta guisa como su señor natural y recoge, como corresponde, mis destemplanzas y malos humores matinales. No, no cabalgaremos hoy. No son necesarias más correrías por mis tierras; no es preciso prodigar más insistentemente mi presencia. He reconocido a los vasallos, con ellos he hablado y comido con ellos su miserable pan. Si realmente existía un propósito definido que justificase estas andanzas premeditadamente atropelladas, supongo que ese fin se ha conseguido de alguna manera y el tiempo dirá el resto. En cuanto al hecho —expuesto con disimulado sarcasmo por mi paje-escudero— de haber ignorado las tierras del Vincio, ¡por Cristo que no me afecta! Todavía es prematuro airear decisiones pero si llegado el momento fuese obligado adoptar las más duras, Dios sabe que lo haré. Pero ahora —el ahora cuyas dimensiones se me escapan en continua incertidumbre— no quiero más cabalgadas, más premuras, más cansancios. Es algo así como un definitivo rechazo, un punto final a mi propio y voluntario desafío que ha venido desbaratando mi negligente intimidad. Ahora necesito ronronear a mis anchas, medir el grosor de las murallas, pesar en buenas arrobas el comején que desbarata los maderos de esta casa y calcular también mi propia medida. Ahora que ya mostré generosamente mi barba y mis pendones a lo largo y ancho de la hacienda, forzoso es entregarme un poco a la quietud del abandono. Ya sé, Gondín, buen viejo bellaco, que las tierras vincianas, las extremas torres fronterizas, los agrestes bosques de saúcos, olmos y avellanos todavía me ignoran y desafían; no lo echo al olvido, amigo. La afrenta sigue viva, el escarnio es manifiesto, pero todo se andará que no he de robarles, por vanidad, su triste primavera. ¿Qué más has de saber tú, cativo? Mis fuertes herederos siguen al amparo de los valientes oficiales, ¿te place la noticia, bribón?, pues no me vengas con solapadas monsergas acerca de lo que debo hacer y lo que no. Confórmate con saber que tienes un amo prudente —ya sé que te cuesta digerirlo— o si lo prefieres, sagaz. Lo demás corre, debe correr por mi cuenta.

# VII

He mandado llamar a Pero Lupiáñez, maestro cantero cuya nombradía se acrisoló en tierras compostelanas, para que me asesore en las reformas que pienso acometer en la torre. El mensajero regresó de Iria con la nueva de su enfermedad reincidente. No sé por qué imaginaba una respuesta de corte parecido. Cualquier disculpa es válida —aun creyendo en la dolencia de ese hombre— para demorar una obra sin sentido. Acometer mejoras en este caserón destartalado es empresa digna de una mente alucinada como la mía. ¿No habrá más importantes, más urgentes cosas, que apuntalar con remiendos lo que ya parece sentenciado por la ruina? cuchichean los sirvientes, los mozos de esta casa, aún no despojados del don especulativo. A fe que tienen razón los villanos, pero me resisto a seguir el aviso.

—¿Crees tú que todavía se puede salvar la torre, fortalecer las murallas exteriores, ensanchar el foso? —pregunto a Gondín que me alcanza en este momento una copa de vino especiado.

El pobre diablo —¿dónde habrá olvidado la espada corta y los paramentos de romería?— detiene el paso, ladea su testa rala, me mira estupefacto:

—Poco entiendo de fortificaciones, mi señor —responde al fin.

—¿Y de qué entiendes entonces?

Baja la mirada, titubea.

—Yo os acompaño —dice, y me tiende la copa.

¡Ah, pícaro, y cuánta razón tiene! Es por eso que le miro de hito en hito, bebo lo que me da y guardo silencio.

Resumiendo: Quédome sin consejo, pero con las palabras de este hurón de despensas royéndome los oídos, machacándome el seso largamente. Porque no sé hasta qué punto me gustaría poder afirmar que la compañía inquebrantable de mi paje-escudero, de mi portaestandarte amojamado se me vuelve innecesaria. Es lo cierto que nunca llegué a imaginar en años mozos que mi madurez tendría por paladín un ser tan encomiadamente pusilánime, tan levemente cabrón como este criado socaliñero. Alejo comparaciones y procuro liberarme del influjo de aquellos nobles, leales escuderos que tuvieron por nombre Martín Doaz y Nuño Perdomo de cuyo sacrificio jamás me olvidaré. En cuanto a este Gondín, forzado es que reconozca la fidelidad de sus intenciones.

—Pues sabe que tu señor está dispuesto a reformar la máquina de sus posesiones de tal guisa que más de uno habrá de temblar por ello —resumo en tono vagamente amenazador.

—Que sea para bien, amo —responde.

Todavía no sé por dónde empezar o, más bien, si he de empezar por algún sitio. Sin embargo me afirmo en la idea de fortalecer estos muros aunque solamente sea para hacer patente el hecho de que hay alguien que vive tras ellos y los alienta. Naturalmente la desafortunada coincidencia de que ese maestro cantero haya enfermado cuando justamente más lo necesito no va a frenar mis intenciones.

Finalmente el sol domina nuestros días. Un verano tardío, pero floreciente envuelve los prados, las carballedas, los sotos al otro lado del río. Ahora que ha llegado esta luz regocijante que salta entre las hojas y las piedras musgosas, hasta los troncos abatidos por el invierno parecen miembros vivos de una tierra renovada; hasta las murallas arruinadas parecen bastiones inexpugnables.

Agobiado por lluvias incansables no podía suponer que, al fin, llegarían estos fulgores que todo lo transforman y que aún considero como fenómeno extraño a la tierra en que ahora vivo. Pero si hago un poco de memoria, me doy cuenta que no hay motivos para sorprenderme, ya que no fueron sueño los abundantes y jolgorientos baños de mi infancia sin los cuales creíamos perecer de ahogo; las pajas previamente humedecidas para soportar las largas noches de insomnio; las atosigantes jornadas en que fue parido mi primogénito; las vigilias de asfixiante quietud en que murió doña Laya, ama consorte de Montemor por gracia de mi señor padre. No cabe duda que mi larga ausencia desvirtúa los hechos y relega evidencias. Pero ya nos pondremos al día.

Superviso los trabajos que se llevan a cabo en el foso. Hice venir de la aldea media docena de mozos robustos para que ayuden a mi gente en los trabajos de limpieza de esa cloaca; para que ensanchen su cauce y acometan la circunvolución entera del pazo, obra dejada a medias por mis abuelos en tiempos del buen rey don García.

El hedor de las ramas putrefactas, de las basuras, de los barros y líquenes que forman ese cieno negro, se esparce por todas partes en oleadas espesas y mefíticas. Miro los torsos desnudos, los movimientos inhábiles de estos gañanes diestros en el estercoleo de las trochas, en el arreo de las bestias o en cualquier otro de sus parcos y obstinados menesteres, pero incapaces de llevar a cabo cualquier trabajo que suponga la menor novedad en su quehacer, y me voy afianzando en la idea de que muy poco habré de conseguir con tales artesanos y las escasas posibilidades que ofrece mi pobre baluarte. No obstante sigo dando órdenes y mostrando un interés en los trabajos más propio de la construcción de una fortaleza que de unas modestas reformas.

Al mediodía, Gondín, que se crece en su nuevo papel de mayordomo y capataz de obras por nadie designado, hace sonar un cuerno afónico y los peones suspenden la labor, emergen de las trochas y caminan en busca del condumio suministrado y elaborado por esa vieja córcova y alucinada que a sus pechos —fistulares colgajos que serán ahora— amamantó la infancia de mi mujer. La miro desde aquí, sentado a horcajadas en los sillares de lo que en su día fue hermosa almena, sintiendo ante su presencia una mezcla de repugnancia y venial compasión. A duras penas logra arrastrar una pota de barro de singular tamaño incrustada en un carrillo de tablazones sobre el que bailan en danza estrepitosa un número indeterminado de escudillas de peltre. Pasa delante de mí, a quien no mira ni parece reconocer, cabizbaja y trastabillante; oigo su jadeo asmático, el ronroneo de sus encías desdentadas, el insoportable crujido de sus huesos que están pidiendo a gritos un definitivo reposo en la tumba. Inútil hablarle, imperdonable la chanza. Miro cómo se distancia —no todas las Parcas me permitirán semejantes privilegios— y coloca con la ayuda de algún zagal, pota y escudillas sobre una tarima prestamente rodeada por los mozos hambrientos. Yo también me acerco y recojo mi porción que voy a comer bajo la sombra de un nogal.

* * *

He decidido no mirar la arena, demasiado blanca, exageradamente luminosa, verdugo de mis ojos en última instancia, mientras galopo a marchas forzadas por la más breve senda de la playa. Cualquier otro camino hubiera sido mortal —no necesitaba el aviso—, pero he aquí que, finalmente, ha llegado el mediodía y la luz, la terrible y cegadora luz, injuria mis pobres ojos hasta el punto de tener que galopar con ellos entornados la mayor parte del tiempo, expuesto al ataque frontal o a la estratagema impensable del eterno enemigo. He salido de Tiro antes del amanecer. He de llegar a Sidón anticipándome a la noche, o nada de todo esto tendrá sentido. Oigo a mi izquierda, siempre a mi izquierda, el apagado lametazo de unas olas sordas, extrañamente remansadas, que tampoco me atrevo a mirar porque su canto se me haría irresistible y el azur en que vienen envueltas me hechizaría sin duda. No puedo detenerme y refrescar mi cuerpo asediado por este sol justiciero; desentumecer mis piernas agarrotadas; empapar de salitre mi cabeza recalentada hasta la desesperación, aprisionada en su yelmo, en su cepo de hierro licuado. Sobre todo, eso, mojar mi cabeza con blancas espumas, con líquido azul y benéfico; dejar que el agua bañe mis ojos, penetre la boca, inunde mi cerebro a punto de estallar. Tal es la índole de lo que pienso en mi cabalgada, codo tras codo, legua tras legua, y no puedo dejar de hacerlo porque en el mismo instante en que cese mi deseo, sucumbiré con él; necesito imaginar la posibilidad de su satisfacción, inventarla si es preciso, para seguir manteniendo las bridas, espolear el vientre de la bestia que se agota bajo mi peso, continuar galopando hacia el norte preciso, hacia Sidón. Llegar cuanto antes porque siempre puede ser tarde. No, no quiero pensar en una demora que sería nada menos que mi desgracia irreparable. Pero, ¡Dios, Dios!, ¿quién puede asegurar que sigo avanzando hacia el Norte, hacia mi salvación? ¿No se habrán modificado los puntos cardinales, diluido, ahogado en esta perenne absorción de las aguas, y esté cabalgando yo hacia inexistentes lugares, hacia latitudes perdidas? Pero no, el agua sigue a mi izquierda, no me abandonó nunca; yo la oigo, me torturo con su sonido, me enveneno con su promesa, pero ella sigue a mi costado izquierdo, a no más de cincuenta toesas de sueño inalcanzable, casi pegada a mí. Entonces, ya no cabe duda, galopo hacia Sidón.

## VIII

Eran dos los campesinos que Gondín, secundado por ese doncel cuyas nalgas presumo habrán conocido repetidamente los arrebatos de su miembro perforador, hizo traer a mi presencia en esa hora bochornosa de la siesta. El calor era tan pegajoso, tan oprimente, que en balde procuraba yo mantener cerrados los párpados en espera de que un corto sueño reparador —las noches vuelven a transcurrir en largas vigilias que socavan mi antigua resistencia— me aliviase la desazón y los malos humores. Grave asunto será el que obliga a estos dos pícaros a interrumpir mi descanso, pensé, y me vi en la obligación de lanzar un chaparrón de juramentos con más ira de la pertinente, cosa que no pareció inmutarles demasiado. «Escucha, señor, lo que estos hombres tienen que decirte —adelantó mi paje— y juzga tú mismo si el asunto que nos trae justifica la molestia de quebrantar tu descanso.» Y sin más preámbulos empujó hacia mí al más viejo de los dos aldeanos que ya mostraba síntomas de arrepentimiento por el paso que estaba dando. El hombre frotó uno contra otro sus pies descalzos —prisa tendría en dar la nueva que ni tiempo gastó en calzar sus abarcas—, buscó con la mirada la aprobación de su compañero, carraspeó nervioso y comenzó un relato entrecortado y quejumbroso.

Al principio y teniendo en cuenta la prolijidad de los detalles con que el mensajero pretendió justificar el atrevimiento de importunarme, alargándose en consideraciones acerca de la honradez de su familia —fácilmente comprobable— e impetraciones a los santos de su devoción —no demasiados, por fortuna—, a punto estuve de resarcir mi fastidio ordenando que le llenasen las costillas de vergajazos. Pero Gondín que, sin duda, espiaba en mi rostro las crecientes muestras de inminente cólera, propinó al gañán un nuevo y contundente empellón y le instó —adelantándose de modo más venial a mis intenciones— que fuese derecho al grano y no me incomodase con monsergas enfadosas.

El hombre tragó saliva, solicitó de nuevo aquiescencia de su mudo compañero y abreviando prolegómenos afirmó que una semana antes, cuando se encontraba en compañía de su hijo mayor —y señaló con el codo a su acompañante— aprestando las primeras gavillas de la siega, vieron cruzar al toque de ánimas tres jinetes armados de punta en blanco, que internándose raudamente por los sembrados hicieron en ellos terribles destrozos por largo tiempo y a guisa de pura diversión, hasta el punto que la mayor parte de la cosecha —cuyos diezmos se aprestaban a traer al pazo en los próximos días— había quedado prácticamente arruinada. Que a pesar de la hora, todavía soleada, que les había permitido ver el hecho con gran precisión —aunque nos hallábamos distantes como a dos tiros de honda, mi señor, y asustados y llenos de zozobra— y de las pruebas fehacientes del desaguisado, habrían jurado que no se trataba, dada la extraña rapidez de los movimientos, el insólito porte de los atuendos y el silencio que envolvió su fechoría (el labriego se santiguó rápidamente) de simples hombres de armas, sino más bien de seres dotados de malignos y desconocidos poderes que estaban solazándose a sus anchas, con aquel imperdonable estrago.

Todas esas curiosas particularidades que envolvieran la vileza habían sido el motivo principal por el que no se decidieron a venir antes, como tampoco se sintieran animados a confidenciarse sobre el asunto con los vecinos de la aldea.

—Pero cuenta a mi amo lo más capital —insitió Gondín ante el escaso ánimo mostrado por el lugareño en continuar la curiosa historia.

—Bien cierto es que algo más hay, noble señor —terció el hijo, como saliendo del mutismo soslayado en que se había mantenido hasta entonces.

—¡Pues habla presto y acabemos de una vez! —repliqué.

—Veréis —y el tono del mozo parecía decir: contaré lo que sé y tenga Dios piedad de mi alma—. Ayer mismo y no mucho después de romper el alba, marchaba yo hacia las praderías del molino de Argaos con medio saco de maíz al hombro, cuando se dibujaron sobre las lomas de Poniente las figuras de los tres jinetes de quienes mi padre acaba de hablaros.

—¿Y cómo sabes tú que se trataba de los mismos? —interrumpí un poco mohíno al oír tan fácil aserto.

—Albazanos eran los corceles, mi señor; carmesíes las gualdrapas y negros como la noche sus petos de cuero. Todo parejo a lo que viéramos días antes —precisó el mancebo.

—Continúa, entonces —le dije.

—Con la presteza a que ya nos tenían acostumbrados, galoparon la suave ladera, trazaron un gran círculo alrededor de un sotillo de abedules y desenvainando sus tizonas, se abalanzaron sobre uno de vuestros rebaños que en esa hora temprana comenzaba a pastar en las riberas del río. Gran matanza consumaron en un santiamén, noble señor, y rara crueldad mostraron al pasear ensartadas en la punta de sus espadas las cabezas de los pobres animales que, una tras otra, fueron arrojando a las aguas que en aquel lugar, bien lo sabéis, forman torrentera —contó el mozo, de corrido.

—¿Nadie más que tú presenció la villanía? —pregunté.

El mancebo pareció titubear un instante. Resuelto, al cabo, prosiguio:

—Por esto hemos venido, barón, porque vuestro desventurado zagal bien cerca estaba del rebaño y lejos de echar a correr, quedóse en el sitio como estatua de sal, esperando que al siguiente tajo sería su cabeza la que rodaría por el suelo. Pero los atacantes se limitaron a limpiar en su espalda la sangre de las armas chorreantes y a señalar su frente con la punta de las espadas. Así fue cómo pudo ver claramente quienes habían sido los agresores.

—¿Y por qué no está él aquí en lugar vuestro? —pregunté con tono airado.

—¡Ah! mi señor. En cuanto los caballeros desaparecieron camino de las tierras altas, salí de mi escondrijo y corrí a su encuentro. El desgraciado a punto estaba de perder el sentido, mitad por el miedo pasado y mitad también por no saber cómo podría convenceros del infortunio. Así pues, lo recogimos en nuestra casa, tranquilizámosle como mejor supimos y quedamos todos —señaló a su padre cuya mirada no se apartaba del suelo— de acuerdo que con las primeras luces del día vendríamos a dar fe de lo sucedido. En eso quedamos, señor, pero el cuitado zagal pasó la jornada presa de más temblores que si tuviera cuartanas, y sin querer más hablar ni probar bocado. Cuando antes de la aurora me desperté, lo topé colgado por el cuello de una viga, frío ya de muchas horas —concluyó el mozo.

Callaron todos. Yo mismo guardé silencio sin decidirme a formular la pregunta que punzaba mi ánimo y que, realmente, era ya lo único que importaba.

—¿Reconoció el pastor a alguno de esos bellacos?

De nuevo se creó un mutismo en el que sólo las respiraciones jadeantes, cerradas, ominosas de los aldeanos quebraban la penumbra de aquella improvisada sala de audiencias.

—¡Habla! —le conminó Gondín, en cuyos ojos adiviné un inesperado brillo de rencor.

El muchacho adelantó unos pasos. Su mirada, que ya no supo apartarse de la mía, se me hizo de sobra conocida. Impetraba clemencia por la confesión que ya no puede callarse más tiempo, aun a riesgo de recibir el castigo que presupone.

—En su delirio, noble señor, el zagal no dejó de repetir una frase: «¡Xoan de Men, no me matéis!»

Esto fue lo que oí y nada más quise indagar. Allí mismo di orden de que se trajese a la torre el cuerpo de mi desdichado servidor para recibir conveniente sepultura cerca de estos muros.

—Repartid la carne de esos animales entre los menesterosos de la villa —añadí—. Dad vino fresco a estos hombres y que nadie más sepa lo ocurrido.

Temblaban, temblaban aún como juncos verdes cuando se precipitaron a besar mi mano.

—Bien está —los aparté—, dejadme solo.

* * *

No se necesita mayor claridad. Si cabía alguna duda en la espera, en el previsible desenlace de los acontecimientos, en la impensable solución del conflicto, ahí están los hechos contundentes como mazas de guerra, como lanza enemiga, que atestiguan sin componendas la hostilidad aviesa de mis propios hombres, de mis hijos. Xoan de Men era el único nombre que podía pronunciarse sin que mi cólera cayese con mortales rigores sobre el delator. Y tan seguro debía estar del hecho el pobre aldeano, que omitió calculadamente la identidad de los otros agresores dando por sentado que yo sabría imaginarlos. Bien, he ahí las hazañas: no asediaron el pazo ni masacraron robustos garzones, no me retaron a duelo ni cometieron honestas fechorías dignas de hombres de armas. Lo que hicieron fue ruindad innoble, insulto rastrero y doblemente infame ya que lejos de considerarme caballero, barón de tierras legítimamente heredadas —timbres de gloria jalonan mi sangre, la misma que corrió por aquel bravo conde Gonzalo, vital hostigador de hordas vikingas—, me han juzgado labriego de mieses, rabadán de ovejas; en pocas palabras: villano rico y cicatero. Al obrar como hicieron no me arrojaron el guantelete del torneo sino el escupitajo del deshonor. Un agravio que estigmatiza al receptor y preserva el orgullo del que lo infiere. Nada me sorprendería que careciesen de motivos y obrasen por el simple acicate de la injuria. Pero no, reconozco que tal comportamiento sería demasiado valdío, extrañamente caprichoso. Hay que pensar que el hecho de que mis hijos me humillen en público, que mis propios alféreces patenticen claro desprecio por su barón es, más bien, una artera maniobra para llevar al ánimo de los vasallos el convencimiento de que no merezco ni títulos, ni tierras ni, mucho menos, el señorío de sus personas. De esta manera la rebelión de los súbditos no debería ser tachada de felonía, ni sería merecedora de condena. ¡Ah!, los malditos urdieron una buena estratagema, un hermoso plan. Reconozco que la astucia supera con creces su cobardía y que seres de tal calaña representan una amenaza que no debo despreciar.

Gondín, con cualquier motivo, regresa al aposento, mosconea en torno y me interroga con esa mirada insatisfecha, demandante de un acto de justicia, de un castigo ejemplar y memorable que no favorezca dudas acerca de quien es el señor aquí y cual su poder. Sin embargo, ¿qué puedo decirle si, en verdad, tengo que decir algo? En este momento, una vez más, mi propia identidad se me escapa, se diluyen mis atributos en una duda constante. ¿Qué quieres, qué esperas tú, qué esperáis todos de mí? Él me sostiene la mirada con insolencia.

—Los canteros aguardan tus órdenes, señor —dice.

* * *

Su nombre es Laya, dijera Pero Gonsálvez sin demasiado interés. Yo había comentado solamente: «Laya no es nombre de estas tierras.» «Tal vez, pero eso no estorba a su dote.» «¿Acaso es rica?» «Mucho más que tú y que yo, Payo de Montemor.» «Habrá pues caballeros que la pretendan.» «Le resultaría difícil poder contarlos a todos, créeme.» «¿Y por qué tú no estás entre ellos, Pero Gonsálvez?» «Porque he nacido para otras empresas que la de aspirar a la mano de una dama.» «Quizás pudieras emprenderlas mejor consiguiendo una rica heredera.» «Chanceas, amigo; para lo que yo pretendo, me basto solo.» Y lo había dicho molesto, casi indignado por esa burla a la que no le tenía acostumbrado. Caminamos entonces hasta el final del prado en el cual apenas si quedaban vestigios del torneo en que consiguiéramos sendos trofeos. Yo golpeé amistosamente su hombro protegido todavía por la malla de hierro. No quería ofenderte, buen amigo. Él se zafó de mi brazo.

«No estamos hechos para lo mismo», dijo, pero se arrepintió muy luego, se volvió hacia mí y me estrechó fuertemente. Después, mientras hablábamos de otras cosas y el escudero venía a nuestro encuentro conduciendo los dos corceles de lomos bien cepillados y secos, vi cómo la doncella de nombre extraño se alejaba del palenque, jugueteando con sus amigas y damas.

Por Carnestolendas Pero Gonsálvez, mi compañero de torneos, de trovas y retozaduras abandonó su pazo y marchóse a vivir con los eremitas de San Rosendo, allá en las montañas peladas, en los salvajes riscos del Mamed. Poco después del año, moría de fiebres malignas. A la doncella tampoco volví a verla en mucho tiempo, pero ya no pude olvidar su nombre ni cancelar el recuerdo de su cuerpo de gacela, su rostro moldeado con nieve y oro, su voz sonando a brisa temprana. No pude, no pude evitar su imagen apretándose en mis ojos cerrados, en mis oídos sordos para otras muchas cosas cuando, cada noche, al calor de un lecho de lanas o pajas, según cuadrase, el nombre de aquélla tan sólo vista una vez, enjuagaba mi boca, se modelaba en unos labios cuarteados por deseo insatisfecho y la fábula de su cuerpo era de nuevo descubierta por mi piel delirante que recomponía formas desconocidas, las acariciaba, las apretaba entre músculos extenuantes, las hacía penetrar incontables veces por mi dolorido miembro hasta que, derramada la propia semilla, liberado pasajeramente del recuerdo, ahondado en un cansancio de resudores, de lamentos buscados, de placenteras vergüenzas, me amigaba de nuevo con el sueño aniquilante. Sí, las noches de vigilia, de agotamiento, de tormentosas eyaculaciones. Nunca sabré cuántas fueron, cuándo finalizarán o si habrán de tener su recompensa. Laya, mi señora, mi placer fantasmal. ¿Dónde podré encontrarte?

# IX

Están finalizando las reformas. Los sirvientes, los mesnaderos se pasean por las barbacanas exteriores, miden con la vista la profundidad y anchura del foso recién limpiado, comprueban la resistencia de los bloques graníticos en las almenas recompuestas y dan muestras de complacencia al advertir que, en general, el pazo presenta un nuevo aspecto: más bizarro y guerrero.

—¡Eh, tú, Xoan de Lupo, trae más argamasa!

—¡Vosotros, limpiad esa tronera!

—Os hemos ganado en dos cuartas, Roel Bolindo; fijaos en la altura del parapeto.

Se animan, vocean sus apuestas, baladronan. Cuando me ven acercar —no suelo alterar su trabajo con mi presencia— cambian levemente el tono de sus bromas, guardan un poco más de silencio, pero no muestran síntomas de apocamiento o prevención por el hecho de que me mezcle entre ellos. El capataz de obras es un hombrecillo menudo y tosedor empedernido que fue ayudante de Pero Lupiáñez en la construcción de la Colegiata de Santa María de Fresneda.

—¿Queréis que se modifique alguna cosa, barón? —Sé que me lo pregunta por respeto, por puro formulismo, en la certeza de que habré de encontrar satisfactorio su trabajo puesto que es él quien entiende y no yo.

—Todo está bien, maestro de obras. Cuidad, sin embargo, de abrir más aspilleras en aquella pared.

—Se hará como gustéis —y se aleja para dar las órdenes oportunas, posiblemente molesto por recibir una sugerencia con la que no contaba. De todas formas, sobradamente sé que no es mucho lo que se puede hacer para convertir estos muros en una digna fortificación. Sería necesario comenzar todo de nuevo, buscar una mejor situación, trazar los planos, disponer de gentes más expertas, contar con fondos abundantes. Esto es lo importante: dinero para financiar la construcción. Pero de momento ¿dónde topar ese oro? No tengo la menor posibilidad de que mis finanzas mejoren, ni siquiera de acabar el año sin recurrir al judío. Me contentaré por tanto con los remiendos hechos, con estas modificaciones carentes de toda pretensión que sustituyen ese otro sueño imposible.

Me alejo en dirección al río. Las voces, a mis espaldas, se alzan festivas, sin cortapisas. Parece como si para estos hombres, cansados de trabajar en faenas rutinarias, la oportunidad de restaurar unas almenas adquiriese visos de romería; mejor que así sea. Nunca descarto la idea de tener que emplearlos en tareas menos inocuas.

Tras de mí, alguien se ahoga en breve carrera.

—¿Os traigo vuestro corcel, mi señor?

Gondín no renuncia a su papel de sombra tenaz, de proveedor de minucias.

—Caminaré hasta el vado —respondo.

—¿Queréis que os acompañe? —pregunta.

—Tampoco es necesario. Vuelve a la torre y vigila que todo esté en orden.

Aún permanece unos instantes indeciso; después comienza a desandar el camino sin demasiadas prisas. ¿Será cierto que me tiene verdadero afecto este pícaro leal a quien nunca designé como escudero perpetuo? Todo parece indicar que sí, pero he llegado al punto en que no me atrevo a dar por ciertas ni siquiera manifestaciones tan fútiles como ésta.

* * *

¡Qué selección más fácil fue aquélla, Payo de Montemor! No abundaron las ocasiones de esta índole en tu vida porque si, por fortuna, ellos no eran los únicos, bien claro tenías que eran los mejores. Venid a mi lado, fieles y nobles y bravos y serenos compañeros que no habréis de tener más cantores de gesta que el silencio de mi memoria. ¿De qué me habláis ahora? ¿Qué nuevas y empolvadas hazañas de muerte vivís en el otro mundo? ¿Acaso ya no me reconocéis como entonces? «Iré a Tierra Santa, Martín Doaz.» «Dejadme que os acompañe, barón.» «A Tierra Santa partiremos, Nuño Perdomo.» «Con vos quisiera ir, mi señor.»

Las noches son claras, tan claras como no se recuerdan parecidas en los últimos veranos aunque en su manto de añil y plata, como ropaje de caballero Perceval, no se incruste estrella alguna. «En Jerusalén las veremos todas», dice Martín Doaz sentado junto a mí, soñando a mi lado, configurando un futuro que ya tocamos los tres con imaginada precisión. «En Jerusalén las noches serán tan plácidas y reconfortantes, estarán tan iluminadas por estrellas errantes y benéficos cometas que uno se avergonzará por entregarse al sueño», vaticina Nuño. Sin duda habrá de ser así, pienso yo, que exulto de alegría por la proximidad de la partida.

Ahora ya no caben dudas, todo está decidido, cabalmente resuelto, satisfactoriamente auspiciado. Y durante las noches de ese verano —el último que pasaremos en Montemor, compañeros— seguimos perfilando detalles para el aventurado viaje, reconsiderando las experiencias de aquellos pocos que dicen haber atravesado la mar y pisado la tierra del Salvador, calibrando sin pecadora soberbia los timbres de gloria, los benditos hallazgos que nos proporcionará nuestra empresa. «¿Habéis pensado, amigos, que de esta tierra y generación seremos los primeros en viajar a Tierra Santa?» Sí ya lo habían pensado y también a ellos les hace vibrar la idea y los encalabrina de gozo y justificado orgullo. «¿Es cierto que atravesaremos desiertos dorados y espejeantes, cien veces más grandes que este reino, barón?» «Eso dicen, pero no temáis, porque esos arenales están sembrados también de vergeles tan frescos y placenteros como jamás hayamos podido soñar.» Las preguntas continúan, surgiendo en sus bocas como aguas de fresco manantial. «¿Por ventura serán los turcos más fieros que los bigornios del señor de Braga?» «Puede ser, Martín Doaz, pero nosotros estaremos protegidos por el señor Santiago.» «Bien cierto es eso, barón, y que tampoco ha de desmerecer la fuerza de nuestras espadas.» Los ojos siguen perforando la noche, columbrando en sus pliegues las maravillas de lo porvenir. Vigilias en que ninguno quiere ser el primero en retirarse al lecho, en que las demandas —para las que siempre hay una respuesta acomodada, fantástica, impredecible— fluyen cual chorros de primavera. «¿Y cómo serán sus ciudades?, ¿qué color tendrán las aguas del Jordán?, ¿embarcaremos en el reino de Francia?, ¿soportarán los corceles el rigor del viaje si tenemos que cabalgar hasta Constantinopla?, ¿qué diría nuestra señora Laya —Dios tenga piedad de su alma— si conociese tan grande proyecto?» Estas y mil cosas más se inquieren, se razonan ilusoriamente, se desean con una impaciencia que torna poco soportable los días de la espera.

Los días de la espera que, pese a todo, se acaban rápidamente sin que ninguno de los tres se percate claramente de ello. Porque siendo tan escaso el equipaje, son muchos los asuntos que necesitan ser previstos. Hay que dejar las tierras que se abandonan —nadie sabe por cuanto tiempo— en manos de alguien en cuya responsabilidad se aúnen dotes de mando y de prudencia. Resulta imperioso buscar fondos para financiar este largo,

largo viaje. Conviene establecer alianzas con los vecinos para que el feudo no sea presa fácil de su codicia. Hay que pagar deudas, hacer nuevas hipotecas, fijar provisiones. ¿Cuándo partiremos, mi señor? Ya pronto, amigos.

Ellos fueron los mejores, mis escuderos.

* * *

Desde esta loma se divisa en tardes claras —la de hoy es una muestra— los confines norteños de mis tierras. La vegetación se hincha y va ascendiendo en distintos planos como una gran burbuja a punto de reventar hasta convertirse en perfiles montañosos, agrestes y bruscamente recortados. En invierno la nieve se aposenta en las cimas —una mancha blanca, vagamente contorneada—, durante lo más fiero de la estación. Pero esa huella fantasmal tiene vida corta y no son necesarios muchos aguaceros para limpiar las cumbres pedregosas.

Tras las montañas comienzan las tierras de Bares. Esos linderos fueron siempre los orígenes de un pleito ancestral plagado de fulgurantes razias y enfrentamientos hostiles. Desconozco el motivo de esas pugnas que se mantienen desde generaciones atrás como un timbre de honor común, pero recuerdo que no solía transcurrir mucho tiempo sin que se reprodujesen. Siempre las desencadena el más fuerte, de lo contrario no sería digno de ostentar el poder; el más débil tiene que resistir valiéndose de lo que sea.

A lo largo de los años, la historia de estas luchas limítrofes ha corrido suertes muy dispares, pero cuales fueran los resultados, la balanza sigue estando a favor del de Bares. Mi padre y el padre de mi padre nacieron y murieron en el honorable odio a sus vecinos y se supone que yo albergaré los mismos sentimientos si he de ser digno heredero. Y como el código por el que se rigen ambas familias no tiene demasiadas imposiciones, todo el mundo está acorde en alimentar esta animadversión, la cual, dicho sea de paso, ayudó a mantener en forma a los barones de esta Casa. Para tenerla siempre presente y proteger, en resumen, nuestro feudo de la codicia vecinal, se construyó la torre del Vincio.

El Vincio es un paso angosto, casi un desfiladero entre las montañas litigantes. Un paraje húmedo, escabroso, ventilado por corrientes insanas y pródigo en nefastas leyendas. Constituye el lado malo de estas tierras, el rincón del que los campesinos apenas si quieren hablar, el predio al que nunca se acercan. En cuanto a la torre no es más que un bastión roqueño, un adusto baluarte frenador de las correrías ajenas. Se construyó mucho antes de nacer yo, y en él se turnaron parcos destacamentos para facilitar su defensa. Nadie se acostumbró a morar en su recinto sombrío de forma prolongada. Pero, a lo que puede verse, Xoan de Men y Gaitán de Lugrís han debido tomarle afecto. No se acongojan por su ambiente protervo, no lo abandonan. Me dicen que los pocos hombres que les acompañan se están convirtiendo a su lado en seres de rapiña. Mis hijos les secundan.

No he querido, de momento, visitar el Vincio porque temo que será necesario regar con sangre aquella tierra y todavía no es llegado el tiempo de que eso suceda.

En las noches, mis gentes encienden un pequeño fuego en las esquinas más resguardadas del patio y lo cercan en apretado círculo. Veo, al pasar, sus rostros convertidos en máscaras deformes por el resplandor de las llamas y los bordes inquietantes de la oscuridad; las voces surgen de negros agujeros como pústulas movedizas, y las manos tratan de apresar lo que no existe. Sin embargo, contradiciendo ese mundo fantasmagórico, se percibe claramente el golpeteo de los dados de hueso contra las piedras. Ponen en danza la suerte y juran con ganas.

Como hace largo tiempo que no se oye el laúd, he preguntado a Gondín:

—¿Qué se hizo de aquel mancebo de las tonadas?

—Enfermó de extraña enfermedad, mi señor.

—¿Cuartanas acaso?

—Nadie lo sabe; delira y tiene desaforadas sudoraciones. Es el caso, barón, que por dos veces ha intentado quitarse la vida —me detalla.

He mandado que le sirvan una ración de mi vino. Tal vez su mal no sea tan extremo.

No acierto a responder por qué esta noche precisamente, me hubiera gustado oír una canción. Algo tan desenfadado y sutil como las alegres improvisaciones a las que tan dado era Berenguel de Cas. Quisiera que el sueño llegase a mí —capricho de doncella regalona, de niño primerizo, ya lo sé— bien arropado por el decir de una jugosa tonada. Pero es un deseo que no satisfaré porque nadie parece estar en vena.

Hoy mi cabeza está plagada de malos presagios.

## X

Delante de mí —arrastrando a la fiera sobre unas angarillas improvisadas— camina el garzón que, según se afirma, habrá de dar en el futuro un buen soldado. No lo escogí; vino al pazo pocos días después de mi regreso y pidió quedarse a mi servicio aun sabiendo que no habrá soldada para él y que bien se le puede encomendar trabajos a los que no está acostumbrado. Esto debió ser por las calendas de agosto y desde entonces reconozco que no ha dado motivo de queja. Calla, obedece y está siempre dispuesto a cumplir las más ingratas labores. Me ha pedido autorización para que Gondín y el viejo Vermún —en su día magnífico arquero— le enseñe el manejo de la espada y le practique en el tiro de ballesta. Se lo he concedido porque no ando sobrado de buenos infantes y nadie sabe qué nos depararán los tiempos futuros. Me complace que progrese en sus artes y que goce ya de cierto prestigio. «¡Ojalá pudierais disponer de muchos servidores como éste, mi señor!», repite su maestro cada vez que me detengo a observar las prácticas de milicia. Al principio no quise dar importancia a tales progresos: «Tal vez corra sangre bastarda por sus venas, ¿acaso sabes con certeza de dónde procede?» Pregunto en son de chanza. Gondín abre unos ojos tamaños y aclara prestamente: «Es el huérfano del herrero de las Brañas, barón; conocí a su padre desde niño.»

—Bien, bien, eso no impide que algún hidalgo conociera mejor a su madre —ríe la broma pero no de buena gana; este escudero mío es un sentimental.

—Ve, ve y muéstrale un modo más ventajoso de protegerse con el escudo —advierto, a fin de concluir la charla. Pero sí, creo que vale ya para algo bueno este mozo a quien suelo incorporar en mi escolta cuando salgo de cacería.

Ahora, satisfecho por haber tomado parte activa en el lance, comenta los pormenores y arrastra sin aparente fatiga la pieza cobrada. Gondín, que a mi diestra cabalga un poco rezagado —¿por qué sabe guardar tan bien las distancias cuando le conviene, este avispado cabrón?— mantiene un encrespado silencio y distrae la caminata acariciando la caperuza de mi halcón.

Surge la noche de la tierra, de la mansa niebla que se alza como un sudario, como un aliento de húmeda muerte. Graznan las cornejas encimadas en los vetustos chopos y en el vacío que deja un viento inesperadamente acallado, crujen las ramas astilladas, las hojas secas al paso de los corceles. El otoño se acaba, se agotan las tardes veteadas de luces, el encendido plumaje del campo, la dorada y parda y roja alegría vegetal.

Volvemos al solar después de la caza.

Como dije, la jornada no ha sido infructuosa. Al fin cayó la presa tanto tiempo codiciada y su testa colgante de las angarillas va trazando un reguerillo sangriento sobre los helechos. Los mozos marchan contentos, animosos, imbuidos de una preocupación centrada solamente en el trofeo. De vez en cuando vuelven a resaltar los puntos más cruciales del ojeo y la captura. También, de vez en cuando, giran la cabeza para comprobar, supongo, si yo les sigo, si todo va en orden.

Porque esta cacería, a pesar de su feliz resultado, no ha sido precisamente gloriosa. Surgieron en el instante supremo unos escarceos de duda; hubo ligeros amagos de indecisión, de pusilanimidad por parte de aquel a quien no le está permitida tal falta de ánimo; aquel que tiene que dar ejemplo en todo momento. ¿Dejaré constancia de lo sucedido, de este mínimo acontecimiento que no merece más que un rápido olvido o, por el contrario, continuaré mortificándome con su ambiguo recuerdo? Cualquiera diría que no vale demasiado la pena; que lo acaecido no fue más que un incidente sin relieve, una falsa ilusión producida por los sentidos pasajeramente embotados. Pero si esto es así, ¿de qué otras relevantes gestas se compone mi actual existencia? ¿Cómo atestiguar que, de alguna manera, sigo viviendo?

Habíamos cabalgado desde la amanecida. Horas y más horas cruzando la floresta, sorteando vaguadas, subiendo riscales por fraguas que las mismas alimañas habrían despreciado como senderos. Eran muchos los afanes que nos estaba costando la jornada y la suerte seguía manteniéndose bien esquiva. El cansancio y el fastidio nos habían ganado largamente al comprobar que después de rastrearlo todo, de ojear y acechar hasta el último cubil, hasta el menor rastrojo, salvo las esporádicas capturas del halcón, por ninguna parte se topaba la fehaciente huella de una verdadera pieza.

Hacía poco que el sol doblara su cenit. Un viento más que desapacible ponía en fuga nubes sureñas cargadas de un agua amenazante. La tarde nacía con inquietante cariz. A intervalos de luminosidad casi hiriente sucedían otros en los que el cielo se ahogaba en penumbras de mal agüero y un soplo negro, maligno, extendíase con tal urgente saña por la tierra que, al ser tocados por él, todos sentíamos un repugnante escalofrío. Mi gente se encontraba frustrada y mohína, pero estaba claro que la idea de regresar con las manos prácticamente vacías a nadie satisfacía.

No sabría precisar en qué momento acercó Gondín su cabalgadura a la mía para decirme:

—Por las tierras altas, los jóvenes barones hicieron, en vuestra ausencia, grandes presas. Y creo que aún debe merodear por allí ese puerco montés a quien nadie logra dar muerte.

Hubiera preferido que no hablara, que no se mencionara el ingrato recuerdo de aquellos que guardo para mí, sin encontrar todavía solución. Pero ya era tarde. Los dos mozos habían oído la sugerencia y acuciados por la idea de una suculenta captura, esperaban mis órdenes. Muy a disgusto cedí:

—Vayamos, pues, hacia el Norte.

Al galope cruzamos las llanuras teñidas por la luz cetrina hacia los parajes que nunca hubiera escogido.

Pocas veces me parecieron mis tierras tan adustas y preñadas de amargura como entonces. Pero no voy a hablar de esto. El caso es que a media tarde nos encontrábamos a menos de un par de leguas del Vincio. Mis acompañantes que, en circunstancias muy otras no se hubieran avenido gustosamente a cabalgar por aquellas fronteras, olvidaron sus prevenciones, encandilados como estaban ante la posibilidad de una captura. Se rastreó de nuevo; como por arte de magia, husmearon muy pronto los mastines huellas recientes, y todos nos dispusimos a dar un cumplido final a la jornada. Desmontan los arqueros, ajusto mi lanza y precedidos por el ladrar de los perros y el ulular del viento en los peñascos, caminamos ojo avizor sorteando el zarpazo traidor de los lentiscales bien tupidos.

Sin dar tiempo a la suposición, alevosa, flagrantemente, algo se mueve delante de mí. De entre unos brezos, de una confusa y astillada masa vegetal surge la inmensa cabeza, la cerviz hirsuta y las babeantes fauces. Ahí está lo que buscamos, la presa segura, el amenazante botín que se para nada más vernos, que nos mide con un atrevimiento que agobia. El corcel asustado se encabrita y me desmonta. Hay un momento de confusión, de terror en torno a mí. Pero ya estoy en pie de nuevo con la afilada pértiga en la diestra y a pocos pasos, clavados en los míos, ahí están también esos dos ojos fríos, incisivos, crueles. Unos ojos que conozco, que miré de cerca muchas veces, que me invitaron a exaltar el odio, a poner a prueba mis arrestos, a sopesar mi valentía, a justificar una razón de vida que, al parecer, aún se muestra interrogante. Unos ojos que ahora me analizan burlones, retadores, descarados, sabedores de su poder, jueces implacables, condenatorios. Ojos de turcomán asesino, de vengadora deidad, de vasallo insumiso, de hijo rebelde. Los veo avanzar hacia mí, seguros de cobrar su deuda, de aniquilar definitivamente algo que les pertenece y también —¿por qué no?— obsesiona. Me quedo inmóvil; sí, es cierto, permanezco inerme y como ausente. Insensible ante la probabilidad de que todo pueda acabar de repente aquí mismo por culpa de esos ojos.

Una voz desesperada grita muy cerca de mí: «¡A un lado, mi señor!» Y sin apenas darme cuenta basculo el cuerpo hacia un costado y oigo cómo pasan silbando a un palmo de mi torso, dos, tres, cuatro saetas que se incrustan en esa cabeza que ya casi me roza. Y entonces, no sé cómo, alzo la pértiga y clavo la aguzada punta que se quiebra entre esos dos ojos que ahora se detienen, que ahora no guiñan reidores, que ya parecen convertirse en pequeñas masas de cuarzo líquido. Y desenvaino también mi daga que hinco una y otra vez en esa piel rala, martirizada por viejas cicatrices anónimas, de cuya entraña brota un chorretón de sangre caliente y espesa que baña mi brazo y mi rostro.

* * *

Saltan las cabezas limpiamente rebanadas. Al principio dan un par de botes sordos contra el suelo como melones en sazón y luego ruedan locamente sobre la tierra calcinada. ¡Cuán fácil, mi señor, cuán fácil es cercenar pescuezos sarracenos! Cómo imaginar que fuesen tan quebradizos estos barrabases morenos. A quién se le ocurriría pensar que las formas del miedo tuviesen una envoltura tan débil. Sí, tenéis razón, pero seguid así, así, no al pecho, no a la flexible cintura que se hurta con agilidad al golpe burdo. ¡Recto a la cabeza, al cuello desnudo que estos barraganes llevan siempre bien alzado! Los cuerpos decapitados aún se mantienen unos segundos erguidos sobre las monturas; la sangre mana de las venas cercenadas como rojos pozos artesianos. Después se balancean grotescamente y caen trompicándose entre el polvo de los cascos. Igual que muñecos de serrín en festividad romera. ¡Cuán fácil, mi señor, cuán fácil...!

Es el primer combate y lo veníamos esperando con impaciencia. Que no se emboten las espadas en la molicie, que no mengüe tanto ardor contenido, decíamos entonces. Hay que esperar, hay que acatar las órdenes de los jefes francos que conocen bien estas latitudes, aconsejábamos. Las cosas toman otro cariz cuando se las ve de cerca y ahora estamos en Ultramar: es fundamental aprender el arte de la paciencia. Tendremos sobradas ocasiones de batirnos, de luchar por lo que nos trajo hasta aquí. No desesperéis, aguardad. Pero ¿cuándo, mi señor, cuándo? No hemos recorrido medio mundo para solazarnos en muelle holganza; no abandonamos nuestras tierras para contemplar los mercados del Oriente. Lo sé bien, Martín Doaz, lo sé bien, Nuño Perdomo, pero no soy yo quien decide. Pronto llegará el momento, ya veréis, y nuestra gloria no será menor porque nos hayan obligado a retrasarla. Dicen que el sultán prepara sus ejércitos para la campaña de invierno, que las vanguardias se acercan a Seforia, que la batalla es inminente...

... ¡Aquí, defended el pendón cristiano! ¡No dejéis que rompan el cerco! Alinead vuestros escudos, formad la muralla de hierro, no os deleitéis en mirar a vuestras víctimas, ¡atacad, atacad! El aire se torna rojo, la tierra es una esponja que se empapa de rojo. Apenas si se puede ver el cielo entre el bosque de lanzas y espadas que se cruzan por doquier; de nubes de flechas tan espesas y negras como enjambre de langostas...

Es el primer combate en Tierra Santa pero ¡qué buen principio, noble barón! Jamás viéramos tantos esclarecidos y bravos caballeros en la pelea; jamás tantas hazañas. La mortandad es terrible, el aire es fétido e irrespirable, pero el triunfo ha sido grande, grande, señor: ¡Qué fácil la victoria con la ayuda de San Jorge y San Yago!

* * *

No recuerdo ambiente tan festivo en la torre como éste de hoy. No, ni siquiera el día de mi regreso. Por supuesto que entonces no había que celebrar algo tan alegre, tan magnífico como la captura de este jabalí cebón. Un trofeo como no se recuerda igual en muchos años, una pieza digna de cacería real, un verdadero tesoro, una auténtica victoria. ¿Quién osaría comparar tal acontecimiento con aquel arribo de un amo casi olvidado? ¿Qué importancia ofrecía la efeméride salvo una posible y siempre odiosa complicación del estado de cosas? ¿Cuántas ventajas más?, ¿qué otros dones? Naturalmente la calidad de los hechos actuales habla por sí sola y, en lo que a mí toca, quiero entenderlo así. Una buena cacería es algo memorable, fausto y digno de la mayor congratulación; especialmente en este solar de Montemor que no abunda en acontecimientos felices. Por lo demás, es bien sabido que un cerdo montés grande y difunto tiene que oscurecer el renombre del mejor de los amos.

Se han encendido nuevas antorchas en el patio transformado alegremente en cocina improvisada y el bullicio —todo el bullicio que puede manifestar esta parva comunidad perdida en el confín de los montes— llega hasta el último rincón, pues exceptuando tres o cuatro hombres, entre los que incluyo al bueno de Gondín, el resto se han convertido en jolgorientos pinches y marmitones de ocasión. Gritan y se atosigan tan pletóricos de alegría que se juraría que no han comido caliente desde la Natividad. Pero no se trata simplemente de eso. Nuestra escasez nunca rozó límites tan precarios como para celebrar con tal despliegue de entusiasmo una perspectiva de ranchos suculentos. Adivino distintas razones que justifican este proceder. Para mi gente comienza a tener sentido un amo que finalmente se decide a comportarse con normalidad: que refuerza su torre y cobra buenas piezas en las cacerías. Sin duda es esto. Y su satisfacción me congratula en cierta medida porque me voy haciendo viejo y quizá también los necesito.

—Apartad esos trébedes —grita uno.

—Vigilad el fuego —ordena otro.

Y transportan enormes marmitas, hacinan la volatería sobre mesas improvisadas, descuartizan la res entre exclamaciones de júbilo; chillan, se estorban, escaldan pieles y atizan por todas partes pequeñas hogueras que arrebolan sus caras sudorosas. Alguien —sí, ahora lo distingo: es uno de los mozos que me acompañaron hoy— alza la voz entonando:

*... Por facer romaría puxe en meu corazón*
*a Sant Yago un día, por facer oraçón...*

Pero los demás se burlan y conminan a que trabaje más y cante menos porque no has nacido para juglar, ignoras el arte, amigo.

—Otros lo hacen peor y os complacen —se disculpa el mozo, un poco avergonzado.

Hierven las potas de barro de las que se alzan nubes de vapor salpicadas de chispas menudas y brillantes como estrellas fugaces. Huele el aire fuertemente a tomillo, a laurel, a sangre coagulada, a despojos y también al dulzón y espeso aroma de la muerte. Todo se mezcla: ruidos, olores, tinturas y voces clamorosas en la noche jocunda y desordenada.

Tomo asiento en un poyo, a la vera de la muralla recompuesta, y bebo el vino tinto que ha poco me trajo un sirviente. Éste es mi mundo, pienso, ni demasiado bueno, ni brillante, ni tan siquiera prometedor; el mundo para el que desde siempre estuve destinado. Y ya no cabe rebelarse, poner el ceño adusto, imaginar quimeras. Nada va a cambiar, me digo, y sigo bebiendo a pequeños sorbos este vino ácido y grumoso que encharca mis tripas sin grandes delicias.

*... Por facer romaría puxe en meu corazón...*

Se cumple un año —¿solamente?— de mi regreso. No sé cómo ni por qué, justamente caí ahora en la cuenta del aniversario. Tal vez fue la luna, tan blanca, grande y necia, remontando las almenas de levante quien me dio el aviso; porque también era luna llena aquella noche en que llegué a estos lares. Berenguel de Cas, siempre tan despegado, tan ocupado consigo mismo, se mostraba aquel día untuosamente solícito: «Al fin pisáis vuestra tierra, caballero; todo se da por bueno cuando llega este momento», me decía, con aquella voz suya tan engolada, aparente y bien timbrada. Y también: «¿Creéis que nos será posible hacer noche en vuestra torre?; os veo de talante alegre y lo comprendo, amigo, ¿cuántas leguas hemos de recorrer aún?» Martín de Lobeira y Pero Lubián le miraban de reojo y nada decían. Cuando a mediodía desmontamos para tomar un bocado y dejar que las caballerías paciesen un rato, el señor de Cas se mostró muy preocupado por su atuendo y prolongó sus abluciones más tiempo del usual. Debía ser cierto que llegamos a Montemor. Y aun no queriendo hacer demasiadas cábalas, no podía resistir yo la tentación de imaginar los presumibles cambios que habría sufrido mi hacienda durante la interminable ausencia; cómo sería el recibimiento, cuántos los rostros nuevos, qué suerte habrían corrido los veteranos. Y —lo que se me hacía muy importante— de qué manera volvería a encajar en ese ambiente perdido tantos años atrás. Pero, no, no deseaba entregarme a vaniloquios excesivos —me lo había proscrito desde el primer instante de la partida— porque muy pronto, ¿no era cierto?, iba a mezclarme con los míos.

Después vino el derrumbamiento; ahora, la aceptación. Como si nunca hubiera pasado nada, como si jamás me moviera de aquí. Las gentes que me rodean ya no me analizan, ni se preocupan, poco o mucho, por saber qué pienso, a qué clase de demonios invoco o cualquier otra cosa de parecida especie. Está claro que para ellos es suficiente el hecho de aceptarme. Al parecer y sin que nadie lo propugne todos hemos firmado el mismo pacto y los que no lo han hecho —ellos, los rebeldes— no muestran intención de querer cambiar. Para ésos basta con la vigilancia que no cesa y con el propósito de un rigor que, llegado el momento, carecerá de perdones.

La historia de este proceso ha durado pues —el disco celeste me lo acaba de confirmar— un año. ¿Cuánto tiempo es un año? Para las tierras de Montemor, una siembra y una cosecha, es decir, una nueva forma de esclavitud. Para ti, Ahmed el Rasch, que calculas el valor del tiempo insertándolo en trígonos astrales, en conjunciones que nunca llegué a comprender bien, que buscas el mejor equilibrio entre la parte y el todo, que te burlas de ignorancias presentes, y de medidas al uso, para ti, mi señor el Benaftli, seguro que un año es la explosión de una de esas burbujas de tus baños aromáticos; el tintineo de una cuenta de jade, la caída de un pétalo de jazmín; un año es nada. Y aun así, también tú estabas hecho y te consumiste en estas naderías temporales. En cuanto a mí, el año transcurrido constituyó una prueba más y bien dolorosa ciertamente, de que encontrar mi sitio en este mundo no será una empresa fácil.

Vuelven a llenar mi copa. Sigo bebiendo.

## XI

Nada he vuelto a saber de ellos, pero sería gran falsedad decir que ya los relegué al olvido. Cada noche, cuando en el silencio que salvaguardan estos muros, se inicia la cabalgata de aquellos que de alguna manera tuvieron que ver con este solar vetusto, jamás faltan a la cita. Parece como si con su presencia aparente y repetida quisieran afirmar su condición no de pretéritos fantasmas, sino de adversarios vigentes y maliciosos, lo que en verdad son. Es imposible rechazar su presencia, relegarlos a un plano de simples quimeras, de puros ensueños, porque cuanto más me esfuerzo en despreciarlos más insisten en no dejarse aniquilar. En noches de pesadilla creo verlos pasear la estancia con bravuconería, haciendo sonar ostentosamente sus espuelas, golpeando las losas del pavimento con sus escarpines de hierro para llamar mi atención, para reclamar mi mirada que les rehúye, para dejar bien sentado que son ellos los únicos señores de este feudo y que tan sólo una compasión despectiva hacia mí les permite tolerar de forma transitoria mi presencia en el solar. Al fin, cansado de evitarlos, avergonzado por mi apocamiento que ya no admite más justificaciones, me alzo en un arrebato de ira, les hago frente, les increpo: ¿Qué pretendéis, hijos bellacos y felones? ¿Cuál es el asunto que os impulsa a quebrantar mi descanso? Ellos se miran, sonríen con sarcasmo, se apoltronan en mi escabel y cruzan los brazos sobre sus petos de cuero con ademanes de la mayor insolencia. Les observo un instante: son fuertes, todo su cuerpo rebosa el vigor de unos años mozos que ignoran la molicie; sus rostros casi lampiños, pero del todo ausentes de aquellos rasgos que podrían recordarme su infancia, exhiben los surcos de cicatrices aún frescas. Yo les engendré; Laya los parió, pienso mitad con dolor, mitad con rabia. Ellos parecen haber oído mi pensamiento y lanzan una carcajada unísona y escarnecedora. Empuño mi daga y me abalanzo sobre ellos. Es inútil. Han desaparecido como por ensalmo, dejándome arrebatado por una cólera que tardará largo tiempo en remitir.

En la torre, y menos en mi presencia, nadie los menciona. Sé que no lo hacen por respeto, ni siquiera por solidaridad con un dolor que cuido muy bien en no mostrar. Simplemente los omiten por miedo, que suele ser un buen consejero. Pero no me importa la razón de su silencio. En el fondo lo agradezco igual aunque jamás deba manifestar mi agradecimiento. Y es por esto —habrá otras causas, pero no las alcanzo al presente— que a menudo debo enfrentarme en reto abierto a la mirada incisiva de Gondín.

—¿Qué me ves, qué me estudias? —le increpo, rebelándome contra mi propia, mi ignominiosa debilidad.

—Disculpa, señor —responde atosigado—, pero parecióme por un segundo ver cómo el tiempo ido resbalaba desde tus ojos a tu barba.

—¿Y qué tiempo era ése, amigo?

—Cierto que no lo sé muy bien, mi amo. Quizás el de tu ausencia —se rasca un brazo, atormentado por insectos contumaces—, el de esos años de tu esplendor de Oriente.

Gondín, Gondín, mejor será que te vayas, pobre iluso ignorante. Déjame al amor de esas glorias que solamente viven en tu imaginación y de cuya verdadera índole te avergonzarías, si me atreviese a deslizar un breve recuerdo en tu oído. ¡Mis glorias y esplendor de Oriente!

* * *

Ya hemos perdido la cuenta de los días, de las decenas de leguas caminadas desde aquel infausto en que caímos prisioneros. El sol, hora tras hora, día tras día, desplomándose torturador sobre nuestras cabezas, sobre nuestros cuerpos ultrajados, cuartea las sienes, abrasa la memoria y poco a poco nos va derritiendo el seso hasta convertirlo en un sucio amasijo de impotencias acumuladas. A punto estamos de olvidar el triste nombre, el sustantivo cruel de nuestro infortunio. Al borde nos encontramos de una locura sin retorno. Una locura que, a fin de cuentas, es ya lo único deseable, porque sumergidos en ella quizás nos liberásemos de la conciencia de nuestro dolor, de este sino funesto. Pero aunque la mirada vidriosa y extraviada pronostique claramente otro estado y los movimientos desesperados de nuestro cuerpo corroboren a veces la demencia, aún nos queda un resto de cordura implacable. Ellos deben saberlo bien cuando nos azotan si, en un alto del camino, nos alejamos dos pasos de la cadena para lamer el envés de una piedra de apariencia menos ardiente; si nos abalanzamos para beber ansiosamente los orines de una acémila. Los guardianes conocen a la perfección la resistencia de sus prisioneros. Jamás ríen con nuestros gestos disparatados, con los borborigmos animales, con los sonsonetes a que tan a menudo nos entregamos para mitigar la desesperación. Para ellos aún no pertenecemos a la casta de los orates. Seguimos formando parte de la mísera especie de los infieles cautivos, despreciables y cuerdos. Tienen razón los malditos; su experiencia debe ser grande en estos menesteres. Imposible, pues, el engaño de la locura, que se hace desear como un bien inalcanzable.

Desde Jezrael, desde el mismo día de nuestra desgracia, apenas si ha sufrido cambios el sitio que a cada uno se le adjudicó en las cadenas. Los que van muriendo por el camino —y cada día es mayor el número de los cadáveres— son arrastrados por los demás durante horas y horas, desencadenándoseles finalmente cuando el hedor de sus carnes descompuestas hiere el olfato de los guardas. Entonces y una vez cortados grilletes y eslabones, en el lugar que ocupaba el prisionero atan una rama seca, una piedra, cualquier cosa que sirva para contabilizar las bajas al final del viaje. Los claros en nuestras filas son cada vez más numerosos, pero los que resistimos seguimos ocupando el mismo puesto. Gracias a estos huecos, a partir de mediodía he logrado distinguir, tres hileras más adelante, la figura renga y destrozada de mi fiel compañero Martín Doaz. Los tres caímos en emboscada —bien los vi luchar mientras tuvieron con qué—, pero juro que ignoraba cuál pudiera ser su actual destino. ¡Os traje en pos de la gloria y ahora soy yo quien os sigue camino del tormento, del cautiverio o, en el mejor de los casos, de la muerte!

Cuando llega la hora en que el sol se acuesta tras las peladas montañas de azogue y el aire se hace un poco más respirable, busco con la mirada a Nuño. Pero es inútil, somos todavía muchos los que restamos con vida y nada me garantiza que él esté con nosotros. Liberado será si ha muerto, pero tampoco me cabe la esperanza de tal fortuna.

Cae bruscamente la noche y el viento helado en que se envuelve agita los míseros harapos y hace presa en mis huesos. La caravana se detiene al inicio de una cañada reseca. Tiritamos como posesos. Ya no sé qué resulta más torturador, si el sol alucinante o la gélida negrura. ¿Pero para qué calcular —pienso— si tal vez, con un poco de suerte no vea nacer el nuevo día?

Los guardianes aflojan un poco los grilletes y nos empujan hacia los improvisados rediles. A tientas nos arrastramos sobre la tierra hecha grietas, en procura de la bosta seca de los animales que servirá de combustible para entibiar los cuerpos de los soldados.

Muy cerca de mí suena el entrechocar de unas cadenas y una voz quebrada y familiar desliza en mis oídos el mensaje:

—Ánimo, mi señor, aunque nos conduzcan a las mazmorras de Baalbek.

Ahora ya es seguro: el fiel Nuño Perdomo tampoco ha muerto.

# II. La obra

Sería fácil determinar en qué consistía aquella idea, pero nadie podría precisar su influencia. Una idea grande y conmovedora se diferencia de una idea vulgar (quizá también ininteligiblemente vulgar y absurda) en que se encuentra en un estado líquido sobre el que navega el yo hasta alcanzar la lejanía infinita e, inversamente, hasta que los espacios del mundo consiguen anclar en el puerto del yo, de modo que al fin no se puede distinguir entre lo que no nos pertenece como propio y lo que es del infinito.

ROBERT MUSIL: *El hombre sin atributos*

# I

El proyecto ha permanecido en mi cabeza, vigilante, obsesivo, inmodificable desde el primer momento. En espera de que algún día pudiera hacerse realidad; de que finalmente abandonase su incómoda posición de aspiración insatisfecha y dejase de roer mis momentos de soledad en las interminables vigilias. Se ha mantenido agazapado, pero visible, como una bestezuela que se hallara a salvo en su cubil. Seguro de que el resto de mis pretensiones, aunque se multiplicaran y agigantaran fuera de toda medida, jamás lo iban a desterrar; que ni siquiera el paso del tiempo influiría en su deterioro. En pocas palabras: ha sido un proyecto impenitente, porfiador y más tenaz que el hierro. Naturalmente soy consciente que su ejecución comportará dificultades —prefiero llamarlas simplemente así— de muy ardua resolución. Obstáculos ante los que cualquiera con más poder y menos convicción que yo, cedería. (En el fondo es mi vanidad la que se complace en no querer renunciar ante la complejidad de la empresa.) Sé también que este tipo de impedimentos no son solamente foráneos sino que la mayoría —y esto es lo peor— radican dentro de mí y resultan muy difíciles de extrañar. Tampoco quiero ignorar que además de los previsibles, habrán de surgir legión de inconvenientes que ahora mismo no puedo calibrar. Aun así estoy decidido y éstos son mis propósitos:

Voy a construir un nuevo castillo. Una fortaleza inexpugnable y poderosa que se convierta en el más seguro bastión jamás visto por estas tierras. Una fortificación recia y pensada de tal manera que nunca llegue a sentir vergüenza de que lleve mi nombre. Una obra orgullosa y fiera que dará sentido a mis días. Esto es lo que me propongo, lo que deseé ardientemente nada más regresar y advertir la actual mezquindad de mi hacienda. El proyecto que he venido madurando a lo largo de esta larga espera.

Reconozco que distraje su ejecución con subterfugios tan vanos como esas reformas acometidas que no se pueden calificar más que de remiendos momentáneos, sin más valor que el de un burdo engaño que a nadie puede satisfacer. Pero ahora, realmente asentado en mis tierras, me urge acometer la empresa Todo está ya pensado: El emplazamiento, la forma y las dimensiones. Tengo escogido al hombre que ha de construirlo y las tierras que habré de hipotecar para sufragar los gastos.

De momento no he creído oportuno divulgar el menor comentario y el hecho de ser creador y único iniciado en el futuro proyecto me causa una satisfacción especial. Gozaré de este placer no compartido durante unos días —todavía no fijé fechas— en los que tengo que ultimar algunos detalles. Después se harán inevitables las confidencias que no tienen por qué ser abundantes ni meticulosas. Debo ser cauto ya que no soy joven y por el contrario tengo suficientes enemigos. Me repito a cada momento que es obligado dominar los impulsos y no permitir que una palabra de más dé al traste con mi plan. Sin embargo me resulta asaz embarazoso evitar a Gondín que ahora más que nunca parece estar en posesión de un sutil entendimiento, de una extraña virtud capaz de leer en el fondo de mis pensamientos. A veces, mientras paseo nervioso el patio o me siento cabe la higuera y trazo en la tierra un bosquejo rudimentario de lo que pretendo construir, lo descubro observándome atento, pendiente siempre de todo lo que me acontece como un guardián benévolo pero no por ello menos obstinado que mis vigilantes de otros tiempos. Hay momentos en que no puedo disculpar esa discreta presencia y le tiro una pedrada que el muy ladino esquiva con presteza impropia de sus años.

—¿Qué buscas ahora, bribón? —le pregunto.

Él se aproxima cautelosamente, sin agotar una distancia que lo mantenga a salvo de mis arrebatos.

—Os vi solo y pensé si necesitaríais de mis servicios —se disculpa.

Le hallo tan frágil y atemorizado que a punto estoy de soltar la gran carcajada. Pero es menester guardar el tono si no quiero destruir mi predicamento.

—Bien sabré cómo llamarte cuando tenga menester —digo con voz airada.

Se aleja como a pesar suyo, con esos movimientos precisos que raramente pierden la dignidad, aunque ya empiece a notársele un extraño cloqueo en las ahuesadas pantorrillas. Me sorprende el tiempo que también yo dedico al estudio de este hombre, de este curioso ser cuyos antecedentes se me aparecen muy difuminados, ya que juraría no haberle prestado la menor atención antes de mi partida a Ultramar.

Creo recordar que mi padre lo relegó a menesteres variopintos y poco brillantes —ignoro si tenía algo en su contra— que, por cuanto me dijeron, cumplió siempre con eficiencia. Pero, en resumen, ¿de dónde procede este Gondín?, ¿de quién es hijo? Estoy seguro de que por más indagaciones que hiciere nadie sabría darme respuesta, ya que parece como si él mismo se afanase en querer olvidar su origen, en borrar cuanto pudo acontecerle antes de entrar al servicio de mi casa. También me gustaría saber de qué prolongadas tretas se valió para sobrevivir durante mi ausencia, soportando los indudables caprichos de los «jóvenes barones», como él acostumbraba a nominar a mis hijos rebeldes. Pero me inclino a suponer que gracias a su notable astucia —bien me cuidaré de condenarla— supo encontrar una aceptable fórmula de convivencia y, hasta es posible, de predicamento. Errado andaba yo en los primeros tiempos del regreso cuando muy a la ligera le juzgué de simple pajebufón y llegada es la hora en que sin saber plenamente por qué, te haga justicia aunque nada más sea en mi fuero interno: Gondín Gondínez, noble truhán, mi pernicorto escudero.

Preparados están los escasos avíos para el viaje. No será largo. Como mucho, tres o cuatro jornadas, a paso de buen corcel, para ir y volver de la villa; tal vez una más para resolver los asuntos que allá me conducen.

A título de precaución aconsejable he mandado llamar a Vermún Dolmedo, mi buen maestro de armas, y le he confiado la custodia del solar y de sus gentes. No di muchas explicaciones, e insistí en la brevedad de la ausencia que en ningún caso me alejaría de la hacienda. Tan sólo eso. En cuanto a mis posibles acompañantes, cabe siempre la duda en la elección. Ir solo no me parece muy cuerdo y la asistencia de Gondín —suplicada por él, muda, pero insistentemente desde que olfateó la partida— no pasaría de ser una presencia simbólica. Así pues, he decidido incluir a Fernán Franquino, uno de los dos infantes que más se han destacado últimamente en artes de milicia.

—¿Hemos de llevar halcón y mastines, mi señor? —me pregunta, suponiendo equivocadamente la naturaleza de la expedición.

—Bastará con el primero. Pero cuida de no olvidar tu ballesta —le sugiero.

Tengo prisa por concluir las primeras y fundamentales cuestiones: los asuntos con el judío y con Pero Lupiáñez, a quien definitivamente encargaré de la obra. Pienso que nadie más que él puede llevarla a cabo y poco he de valer si no consigo en esta ocasión convencerle de mi empeño. Bien está que con la dispensa otorgada por su pasada enfermedad, rechazara cortésmente mi primer encargo. Pero la construcción de mi castillo no ha de tratarse con el mismo rasero que unas simples mamposterías. No cederé. Mi obra requiere el maestro más hábil, los materiales más nobles. Si es preciso, a rastras lo traeré de mi caballo.

Bien temprano abandonamos la torre. La amanecida es blanca y fría como mano de muerto. Los vapores de la tierra húmeda se despliegan sobre el campo como brocatel de novia, en soplos huidizos y vagorosos que se pierden en la lejanía. En un recodo del camino me vuelvo para contemplar sin afecto el irregular dibujo de las murallas achaparradas; los toscos volúmenes de torres y dependencias que constituyen la totalidad del mezquino solar. No, no puedo resignarme a esta miseria, a la penuria de esta fábrica que se mantiene a duras penas, a esta indigencia que me hiere y me debilita.

A medida que nos alejamos del pazo y nos adentramos en las carballedas umbrías, en las sendas musgosas que bordean los regatos, los penedos, los prados ahora abandonados, siento cómo crece dentro de mí una desconocida alegría y tengo que hacer grandes esfuerzos para no delatar mi estado. Hace tiempo que no me sentía tan bien dispuesto, tan seguro de que estoy, al fin, en el buen camino; de que la obra que pronto se iniciará, bien vale la pena.

—¿Conoces alguna tonada, Fernán Franquino?

Gondín, que cabalga muy cerca de mí, no sabe reprimir un gesto estupefacto.

—Dime, ¿sabes o no, entonar? —insisto.

—Alguna trova recuerdo, amo, cuando llega la ocasión.

—Pues haz memoria y no te amilanes.

El garzón enrojece como un pavipollo y busca en la persona de Gondín un valedor para su inexperiencia puesta a prueba. El otro calla y me mira con socarronería.

—¿A qué esperas, muchacho? Complace a nuestro señor —le espeta con falsa acritud.

El doncel se arrellana en su montura, se tienta el cuello vigoroso, carraspea ligeramente y fija la mirada en las copas de los abedules lejanos.

*A que vin antre as amenas*
*¡Deus, cómo parece ben!*
*Eu mireila das arenas*
*Des í penado me ten;*
*Eu das arenas a mirei*
*E des enton sempre penei.*

Todo está bien, todo aparece momentáneamente claro, pero la duda no renuncia a hincarme su diente maligno. ¿Y si algo falla?, pienso, ¿y si el judío —mal diablo lo lleve— se muestra remiso en aceptar mi propuesta; si exige más réditos de los convenidos o quiere en aval y usufructo las mejores tierras de cultivo? ¿Cederé si desgraciadamente eso sucede? ¿Claudicaré como un villano hambriento? No, pienso que no habré de admitirlo. Esos sembrados son el granero del feudo, no podría prescindir de ellos. Por otro lado creo que tampoco voy a contentarle fácilmente. Él se dará cuenta que necesito más oro del que nunca le pedí. La obra es de notable envergadura y será menester recurrir a jornaleros de la villa porque mis gentes no rendirían lo suficiente. Además, las primeras cosechas requieren muchas manos y sería obligado esperar hasta finales del estío para tenerlas disponibles. Demasiado tarde. No, no, le convenceré, estoy seguro de que sabré persuadirle; porque ante una situación como ésta me sobrarán palabras convincentes; inventaré argucias, apelaré a cuantos medios me sean necesarios y él acabará por admitir mis razones y prestará su oro.

Hace tiempo que mis acompañantes guardan silencio. Se acabaron las trovas y las puyas recíprocas en las que Gondín se muestra con frecuencia maestro consumado. Supongo que solamente él conoce el objetivo de este viaje, que silencia discretamente. En cuanto al mozo, apostaría mi mano derecha a que todavía imagina que estamos en una nueva partida de caza. Con frecuencia le veo otear el cielo en busca de un posible botín para el halcón que orgullosamente lleva sobre el guantelete. Su sorpresa crece por momentos cuando dejamos pasar impunemente bandadas de torcaces y faisanes sin el menor comentario, sin el más leve intento. Debe estar sufriendo cruentos desengaños, pero sabe encajarlos sin caer en enojosas recomendaciones. Muestra buena disposición este mozo y me complace; tiempo tendrá de sufrir mayores desdichas.

Al mediodía hacemos un pequeño alto para tomar un bocado. Al caer la tarde cruzamos las tierras meridionales y la salitrosa vaharada del mar cercano llega hasta nosotros y nos conforta.

—¿Has visto alguna vez el mar, Fernán Franquino?

—Nunca, barón.

—Pues con suerte lo verás mañana —le prometo sin mucho entusiasmo.

Y caminamos ya en la noche. Una oscuridad rumorosa, adormecida en los primeros rocíos nos envuelve, mientras la luna se desboca allá arriba entre nubes amenazadoras; y si por un instante topa un hueco en el cielo, todo se transforma con una claridad fugitiva que hace del camino conocido una tierra extraña y embaucadora, un sueño de la razón, un peligroso engaño. Reverberan las arenillas del sendero como luciérnagas de camposanto y las hojas de los helechos se cubren de minúsculos diamantes. Mi cabalgadura —una yegua joven y nerviosa— se encalabrina frecuentemente por culpa de cualquier sombra inesperada y debo refrenarla con dureza. Pienso, sin embargo, que algo de seso tiene el animal, porque también yo hubiera preferido una mayor negrura, una noche menos quimérica y fantasmal.

—Descansaremos en la alquería de Labazos.

—Como tú mandes, señor.

Cruzamos las últimas lomas y llegamos al cabañal al tiempo que una lluvia despiadada nos empapa. Los aldeanos, más asustados que sorprendidos por el inesperado arribo de su señor —¿qué es ese galope?, ¿quién llega a estas horas?—, sacan presurosos de la arqueta el negro pan de centeno, el vino aguado, los restos del último queso y nos preparan la cena frugal, avivan las brasas, mullen la paja del lecho.

Pronto Gondín, con el estómago satisfecho a medias, se infla en un ronquido plácido e inacabable. El mozo Fernán, ovillado en una esquina —ya no hay cacería y Dios sabrá qué nos espera mañana—, da las primeras cabezadas. Afuera la lluvia azota las quebradizas paredes y en el lar aún crepitan los últimos rescoldos.

Pienso en los torreones. Diría más bien que los estoy viendo. Definitivamente son tres, porque ya no lo admito de otra manera. Los dos más bajos flanqueando la muralla de septentrión, el gran lienzo protector de los vientos invernales, del cierzo helado, del constante granizo. El otro, perfectamente cuadrado, alto, cimero, soberbio con su saledizo de gran vuelo en el cornisamento, con la barbacana señera apoyándose en su vientre. Ésa será mi madriguera. La veo bien cumplida, definitivamente acabada, coronando mi sueño. Desde ella contemplo el roquedal, la vaguada, los lejanos prados. Estoy arriba, rozando las gruesas nubes del otoño y domino mis tierras. Solo. No pueden impedírmelo, no se atreverían.

Hemos entrado en la villa a la hora del ángelus. Las últimas campanadas llegaron hasta nosotros nada más atravesar el arco avieso de la gran puerta norteña, como un quejido de bronce herrumbroso más impregnado de lamento funerario que de toque festivo. Abandonando las primeras callejuelas regadas de excrementos, piltrafas y abundantes orines, desembocamos en la plaza.

La plaza es un cuadrado abierto a cuyo lado poniente da la fachada de Santa María. El pórtico es bajo y estrecho, rematado por un agnus dei de granito oscuro. Los contrafuertes son gruesos como murallones, de buena piedra de sillería mandada labrar por el primer arzobispo. Bajo los arcos juguetean los críos medio desnudos y famélicos entre grupos de mendigos lacerados que tienden sus manos hacia nosotros. Es día de mercado y el bullicio y hacinamiento son tan grandes que apenas si hay lugar para el paso de nuestras cabalgaduras. Los aldeanos, ocupados en exponer sobre el suelo los frutos, las berzas, las aves y las semillas, obstaculizan nuestra marcha. Mis acompañantes apenas si logran abrir camino entre la barahúnda de los mercachifles que tienen prisa en concluir sus tratos; que vocean las mercancías a punto de agotarse y que tampoco pierden ocasión de preguntarse quién será ese caballero que pasa escoltado por tan singulares escuderos. Fernán Franquino que todo lo mira, que se ríe a carcajadas con los trucos de los juglares en el atrio, con las chanzas de los monjes vagantes camino de la tahona; que golpea los costados de Gondín a la vista de una buena moza, está en su salsa entre sorprendido y regocijado. Abandonar la solitud del pazo para mezclarse en este jolgorio no es cosa de todos los días.

Doy una moneda a Gondín y hago las recomendaciones.

—Tomad y esperadme en la posada —les digo.

—¿Acaso no vamos contigo, mi señor?

—Para lo que voy a hacer, no os necesito. Bebed una jarra a mi salud, pero cuidad de que el vino sea manso. Esperadme allí —ordeno.

Ellos no lo piensan dos veces y más satisfechos que chasqueados, vuelven grupas. Les veo alejarse apartando a duras penas una recua de buenos puercos sementales. Se paran aquí y allá, contentos de toparse en la villa y libres de mi presencia.

* * *

Constantinopla, al fin.

La pesadilla de una travesía que nos minó salud y entusiasmo, que a punto estuvo de acabar con nuestras vidas, ya no es más que un mal recuerdo. Estamos a las puertas de Oriente, en el umbral de nuestra gloria, en el inicio de unos sueños largamente acariciados, gracias sean dadas a Dios. Nada importa que estos griegos soberbios y acaramelados —¿cómo es posible que un hombre se complazca en aderezarse con perfumes y melindres de mujer liviana, barón?— nos regalen sus miradas más desdeñosas; que las madres recojan precipitadamente sus criaturas a nuestro paso; que tiendas y mercados cierren sus puertas al saber que nos acercamos. No somos rufianes, ni endemoniados ni leprosos, aunque nuestras capas raídas atufen a vómitos pasados y la sarna constante roa nuestra piel. Somos cruzados del Señor, amigos, y no abandonamos la tierra que nos vio nacer para enriquecernos con la vuestra, ni para deleitarnos en estas molicies sino para luchar contra el sarraceno y defender las santas reliquias. Quedaos en paz con vuestras doradas cúpulas, con esos mosaicos policromados, con los jades preciosos, los mármoles y oropeles que de poco habrán de serviros sin la fuerza de nuestras espadas.

Pese al desprecio griego y a la maledicencia de los francos, la alegría de pisar nuevamente tierra, de sentirnos a salvo de las asechanzas de un mar eterno y aniquilador —¡qué lejos queda Marsella!, ¿en dónde los sotos verdes de Montemor?— nos hace ir de aquí para allá antes de que llegue la orden de ser confinados en los campamentos que el emperador ha dispuesto para la tropa.

De esta forma nos atiborramos de increíbles imágenes; nos perdemos en las calles tan largas, espejeantes y luminosas; nos estremecemos ante las fachadas de mil templos y palacios hechos de pórfido, alabastro, y de otras piedras y materiales cuyos nombres desconocemos, cuyas artes no pueden describirse. ¿De dónde saldrá tanto oro y tanta seda y tal cantidad de brocados y púrpura, compañeros? Mirad esas fuentes primorosas de las que a todas horas mana un agua reconfortante, contemplad cómo la brisa que llega del puerto mece las palmeras, oled el enervante aroma de las especias.

Nos cogemos de las manos para no extraviarnos entre la multitud que llena las plazas siempre rebosantes de mercaderes, de aguadores, de músicos y asentadores; de nobles damas vestidas de raso y terciopelo, de mayordomos altivos, de eunucos y esclavos hercúleos de piel azabachada. No, no es posible admirarlo todo, no hemos nacido para esto, barón. Nuestros ojos no están adiestrados para captar la gloria de esta gran ciudad, la magnificencia de Bizancio. Aquí nos sentimos como patanes, como rústicos ignorantes que no conocen más que el humo de las aldeas, el adobe de las chozas y la compañía vaheante de las bestias. ¿Pero acaso no somos más que esto? ¿Hemos cruzado tierras y mares, arrostrado peligros mortales para llegar tan sólo al convencimiento de nuestra pobre condición? ¡Qué ingrata certidumbre en medio de tanta gloria, noble señor; qué amargo trago! Y yo no sé qué responderles, cómo animarles y convencerles de que están errados, pues me faltan las palabras y me siento más confuso y atribulado que ellos. Pero por fortuna pronto se desvanecen estas negras reflexiones porque la curiosidad es tan grande que apenas si nos deja tiempo para remansar los pensamientos.

Después de la forzada quietud de muchos días, las andanzas por esta Babilonia nos hincha los pies doloridos y a cada paso tenemos que descalzarnos para reventar las ampollas de nuestras plantas. Pero no importa, barón, sigamos contemplando un poco más estas riquezas, oyendo las incomprensibles voces de estas gentes que no paran de hablar con tan buen talante y compostura que parece como si todos fuesen sabios maestros.

¡Dios! Es verdad que estamos en Constantinopla, amigos, pero recordad que es aquí donde comienza el verdadero camino.

* * *

# II

Ya es un hecho: se construirá el castillo. Su paseo de ronda estará en pie para las calendas del próximo julio. Tal cosa prometió maestre Pero Lupiáñez. Un año, barón, algo menos si el invierno no viene muy cargado en lluvias, y vuestra fortaleza estará terminada, de la mano de obra yo mismo me ocuparé, confiad en mí. Eso dijo; son sus palabras, tres veces repetidas, y no frutos de mi imaginación. ¡Claro que tengo confianza en ti, buen maestre! No deseo otra cosa que compartir mi sueño, hacerte valedor de mi mejor empresa y hablar contigo de ella. Para que siendo tu voz y no la mía la que parle de matacanes voladizos, de plataformas almenadas, de saeteras, de garitones y puertas de medio punto, me convenza de que todo será realidad muy pronto. Confío en ti, no puede ser de otra forma; nadie más que tú gozará de mi favor en esta empresa. Te creo amigo, me es imperioso creerte aunque a fuer de serte sincero deba decir que todavía mi cabeza no asimila tanta fortuna: el judío presta su oro sin reticencias, tú aceptas gustoso mi propuesta y hasta te entusiasmas con ella; comprende, pues, que mi confianza se halle atosigada.

—¿Haremos noche en el mismo lugar, barón?

—Cierto. Así veremos si cuidaron nuestro azor como es debido —respondo.

Mis escuderos ya no se preocupan más que por el descanso de sus gordos culos; en eso cifran ahora sus ambiciones.

Tan pronto dejamos la villa, les informé de cuál había sido el motivo de nuestra visita y de cuáles sus resultados. El más joven se quedó de piedra con la noticia; el más viejo la oyó como cosa sabida. «¿Buscarás nuevos sirvientes, señor amo?», pregunta el mozo Franquino. Al parecer, ése era el único interrogante molesto: su futura subsistencia. Cuando les hube tranquilizado al respecto, murió su interés. Ahora lo centran en una sopa de berzas y un lecho de pajas. Pero no hay motivo para el disgusto. Ellos no tienen obligación de afirmar su prestigio, de enmendar sus fracasos, de instaurar su gloria. Disfrutan de un seguro anonimato y de una insípida bonanza, ¿por qué exigirles que compartan mis empeños? En fin, disculpemos el ardor que me impulsó a hacerles partícipes de esta alegría y del cual solamente es responsable la propia y enquistada soledad.

Mientras bajamos el sendero de Labazos —firme y espectral la luna en un cielo yermo— pienso con patente amargura en la abundancia de mis años, ya que para auspiciar un proyecto como el que se acometerá en breve, necesaria me hubiera sido la juventud. Y no envidio precisamente el vigor que entonces tenía mi cuerpo sino más bien el fresco y animoso espíritu que tuve un día. Tarde van a renacer tus ímpetus, Payo de Montemor; para la vejez preparas tu obra y lustras tu gloria, me digo. Pero a lo que ha sido quemado no se le puede exigir que fructifique y pienso que habré de amigarme con lo que ahora soy, con lo poco que tengo.

—¡Mirad allá! —exclama Gondín súbitamente. Y su grito, porque no de otra manera se ha de calificar el aviso, desgarra la quietud de la noche.

Sobre la línea de las cercanas lomas, destacándose nítidamente contra el horizonte oscuro, galopan tres jinetes; el sentido de su marcha es paralelo al nuestro, su disposición idéntica. Si el paso de nuestros corceles fuese más raudo y nuestros brazos portasen izadas lanzas guerreras, se diría que esas tres figuras, perfiladas en la noche como tres rotundos y aviesos presagios, podrían ser nuestras propias sombras. Pero no siendo así, reconozco que la aparición es sorprendente.

Los escuderos han frenado sus monturas. Un temor que percibo denso y agobiante como fétido aliento, les invade. Ambos me miran suplicantes y esperan angustiados mi consejo.

Mientras tanto, los tres desconocidos cambian inesperadamente de dirección y vienen a nuestro encuentro, las lanzas bajas y en disposición de ataque. A poco más de un tiro de ballesta se detienen y por un momento nos señalan retadores, con el apoyo de la luna cómplice que, brillando a sus espaldas, impide reconocerlos. Después —todo es rápido e imprevisible como un mal deseo— vuelven grupas y se pierden velozmente en el soto boscoso.

Mis hombres, dominados por un terror ominoso, permanecen estatuarios esperando que de un momento a otro vuelva a surgir la proterva aparición. Para animarles fustigo mi corcel con seco espolazo que acompaño de un grito estentóreo y salvaje. A regañadientes me siguen ladera abajo. Cuando divisamos los primeros y familiares cercados, parece que el ánimo ha regresado a sus cuerpos.

—¿Quiénes habrán podido ser, barón? —pregunta, aún trémulo por la emoción vivida, el mozo Fernán.

Gondín guarda silencio y su mirada me escruta.

—Lo ignoro, amigo —respondo. Pero mucho temo que mis palabras suenen poco firmes.

En la dehesa de Labazos encontramos de nuevo el calor de una lumbre que pronto entorna los párpados de mis atribulados compañeros.

Eran ellos, no hay duda. Han vuelto a jugar, agazapados en la noche, su artificio de observadores fantasmales para confirmarme en la sospecha de que mi naciente alegría tiene que ser equilibrada con una justa zozobra. El diablo sabe desde cuándo, desde dónde nos habrán venido siguiendo; rastreando nuestros pasos como rencorosos sabuesos, calculando con malvada astucia el instante más oportuno para hacer notoria y espectacular su presencia. Conocedores de mi propósito comienzan su trabajo de espías amenazantes. Éste será su primer paso; tras el vendrá el peligro confirmado, el ataque certero, la meta de su rebeldía. Estoy seguro de que lo tienen todo bien trazado, calculada la presa, barajadas las menores posibilidades de fracaso, repartido el futuro botín. Supongo que también las jornadas deben ser largas en la torre del Vincio y en su complicidad hallarán las fuerzas necesarias para acometer la próxima felonía. Pero me conforta saber que, pese a todo, aún hay en mí arrestos para hacer frente a su ataque.

Pasé la noche en vela, reconsiderando los detalles que envolvieron la aparición de los jinetes; recordando la conversación mantenida con Pero Lupiáñez y Xoel de Avia, mi financiero judío. En el transcurso de esas horas he pasado cien veces de la dicha al estupor, de la animación al infortunio sin que apenas hubiese descanso en la transición. Me ha sobrado tiempo —no tengo memoria de haber vivido jamás una vigilia tan larga y acuciante— para juzgar mi conducta del modo más arrebatado. Me he calificado de loco y de necio, de osado y pusilánime, de hombre ponderado y de cobarde absoluto. No existió límite para la confusión a que me han arrojado los últimos acontecimientos que desmenuzo una y otra vez con el descabellado propósito de hacerlos verosímiles.

Al alba desperté a mis escuderos —tampoco su descanso estuvo exento de abundantes pesadillas— que insistieron en dormir armados junto a la entrada de esta casa choza en que pernoctamos. En su abotargamiento me miraron con ojos tamaños, incapaces de reconocer en mí a su amo, a su natural y atrabiliario señor, sino más bien a un ser peligroso emergiendo de un mundo proclive al tormento. Su primer gesto —tanto en el uno como en el otro—fue tantearse la daga amenazadoramente.

—¡Levantaos! Hay que llegar presto a Montemor —les dije, puntapié más o menos.

Mi orden acabó de espabilarles. Recogieron sus petates y en un santiamén aprestaron los caballos.

Cabalgamos todo el día intercambiando únicamente las frases más necesarias. Por almuerzo comimos un puñado de bellotas y bebimos agua de los manantiales. El encuentro de la noche anterior les había dejado perdurable huella que no estimé conveniente paliar pensando, más bien, en el joven Franquino a quien procuro adiestrar no precisamente en la molicie.

Fue al pisar las inclinadas praderas que circundan el foso cuando mis acompañantes —debería puntualizar: mis fieles guardianes— relajaron un poco la defensa y permitieron que avanzara en solitaria y corta delantera hacia las murallas. Entonces comprendí que la lealtad había superado con creces su pasado terror.

## III

Sin más dilaciones, sin concederme más enojosas prórrogas, comenzaron ya las primeras talas. Acatando las directrices sugeridas por mi maestro de obras, escogí el pequeño bosque de álamos centenarios, al sur de la cañada, porque son árboles de limpio tronco, de buena madera apropiada para los andamiajes. Me satisface comprobar que incluso en estos detalles, las ideas de Pero Lupiáñez —quien estará con nosotros pasadas las ferias de San Benito— coinciden plenamente con las mías. Desde el primer al último elemento, todos los materiales que se utilicen en mi obra serán los más nobles, los más resistentes, los mejores. Granito de las Brañas; roble y castaño de los sotos de Gardamo; pizarra de las tierras bajas. Ha comprendido a la perfección lo que yo quiero. «Ni siquiera el señor de Bares poseerá un castillo más recio y poderoso que el vuestro, barón, queda en ello empeñada mi palabra.» Pues bien, amigo, que así sea; que nunca se diga que cuando Payo de Montemor acometió la empresa que habrá de dar lustre a su nombre se mostró remiso y cicatero en los medios.

Así van cayendo, uno tras otro, los álamos de la vaguada. De niño me contaron que con sus ramas fabricó lanzas el conde Gonzalo Sánchez, abuelo de mis abuelos para armar aquel aguerrido ejército que destruyó a los invasores normandos. El mismo Gunderedo murió atravesado por una de esas afiladas púas, mientras el obispo Rosendo —cuyos seguidores atraerían a la muerte, muchos años después, a mi mejor amigo de infancia: Pero Gonsálvez— gritaba, enajenado por arrebatada furia: «Tienen carros y caballos, pero nosotros invocamos el nombre del Señor.» Ahora, troncos hermanos servirán de apoyo a muros y techos, serán hermosas vigas maestras, soberbios arquitrabes, efectivos soportes para historias y leyendas aún por generar. Quiero pensar que la gloria de estos maderos no habrá de ser menor a la de aquéllos y que la necesaria destrucción del pequeño bosque —nadie más que yo sabe de cuantas cosas fue testigo— tendrá su justa compensación. No evito comparaciones gratificantes ni desprecio ilusiones que otros juzgarían pueriles y descabelladas. Es necesario que mi futuro redima al pasado de todas sus lacras; que sean cualesquiera los herederos de Montemor —no puedo concebir mayor incógnita que la que se cierne sobre este punto— encuentren con este nuevo solar un motivo para no despreciar al que lo erigió. Hasta es posible que agradecidos por este don, bendigan los astros que iluminaron mi propósito y exalten mi recuerdo.

Al llegar a este punto de mis cábalas, una sorda carcajada me sacude las entrañas, trepa por el interior de mi cuerpo y se vuelca al exterior en espasmos que nada tienen de gozosos. ¿Hasta dónde se desbocará mi vanidad? ¿Qué otras nuevas locuras van a tentar mi ambición frustrada? Sé que empiezo a desvariar mucho antes de que las chocheces de la vejez descalabren mi cuerpo, y me repugna admitir que ya estoy inmerso en las absurdas trampas que se enhebran cuando la impotencia y el comején de la animosidad hacen de las suyas. A veces —cuando estoy más embebido en los pormenores de estos primeros trabajos y me siento gran señor, elemento notable dentro de la legión de los fundadores y próceres de este mundo— me vuelvo en redondo para enfrentarme con esta voz cascada y mofante que murmura a mis espaldas: ¿es esto todo lo que pretendes, Payo de Montemor, unas cuantas piedras arrogantes y bien dispuestas? ¿Es eso cuanto anhelas? Juro —cómo se va mermando el valor de mis juramentos— que por largo tiempo he venido indagando a mi manera solapada, la identidad del impertinente interlocutor. Por otro lado he llegado a la conclusión de si será acertado buscar fuera de mí al autor de las anónimas advertencias. ¿Acaso no decías tú, mi señor El Benaftli, que uno oye sus propias voces cuando le llega su hora?

Hacen rodar los troncos ladera abajo. Al principio se mueven lenta, pesadamente; después van tomando velocidad hasta convertirse en un alud ruidoso y estremecido que aplana hierbas, matorrales y helechos. Todo queda liso y crujiente a su paso, como si el desaforado pie de un gigante hubiese dado un torpe patinazo en medio del campo. Al llegar a la planicie, los peones utilizan sus poleas y los suben a los carros tirados por bueyes. Entonces comienza la procesión lenta, el desesperante desfile plagado de chirridos, de quejas estridentes, de zurriagazos y juramentos. Si el camino es practicable —poco ha llovido estos días, por fortuna—, en poco menos de una jornada depositan su carga en el lugar escogido.

## IV

Hoy hizo su aparición Pero Lupiáñez con su corte de canteros. Montado en su mulilla parda, tocada la testa con birrete de paño negro, más parecía famoso cirujano seguido de una pléyade de fieles catecúmenos, que maestro de obras en disposición de trabajo. Me saludó con respeto, pero sin olvidar la dignidad que su arte le otorga. En pocas palabras; le encontré venialmente engolado y con más visos de suficiencia aquí, en mi feudo, que cuando le visité en su propia casa de la villa. Le disculpé; ahora es precisamente cuando pisa su verdadero terreno y ha de dejar constancia, desde el principio, de la autoridad que sus méritos le confieren.

—Bien venido seáis, maestro Pero —le saludé yendo a su encuentro

Descabalgó sin el esfuerzo que sus años y achaques supondrían. Aceptó un ligero bastón de saúco que uno de sus hombres le entregó nada más pisar tierra y vino hacia mí. Con breve inclinación de cabeza me correspondió:

—Buen día tengáis, mi señor barón —dijo sucintamente—. Ya he podido ver por el camino que vuestros mesnaderos se han dado maña para la tala y el transporte.

No me disgustó pensar que en aquel encuentro pareciesen haberse cambiado las tornas y más semblase él el noble señor y yo su capataz. Recordé que alguien me aseguró una vez que los hombres, cuando saben, temen menos, y me dije que si tal cosa era cierta, delante de mí tenía una buena muestra de ello.

—Bien conocéis mi deseo de comenzar las obras cuanto antes. No hice otra cosa, por el momento, que seguir vuestros consejos —y tomándole amigablemente por el hombro (es conveniente, pese a todo, dejar aclarado el puesto que tenemos asignado cada uno) le hice entrar en el único aposento que guarda cierta prestancia en esta casa, es decir, en mi aula regia, mi cubil de las horas de soledad, de recuerdos y esperas, y allí le ofrecí (no en vano es además de mi esperanza, mi huésped) asiento y bebida.

Durante largas horas barajamos soluciones, cálculos e hipótesis de trabajo. Él extiende sus pergaminos repletos de signos, guarismos y fórmulas para mí ininteligibles. Y habla, habla con esa menuda y fría voz —de cuyo distanciamiento no quiero percatarme—, como si la paternidad de esta empresa le correspondiese a él y no a mí; como si fuera su futuro, su razón de ser las que están en juego, y no las mías. Como si el corazón que impulsa todo este mecanismo fuera el suyo y no el que late aquí dentro. Pero, a estas alturas, qué más da. Yo le oigo con atención, miro todo ensimismado y satisfecho, sabedor de que en estos legajos se cifra la redención de un pasado borrascoso y amargo.

Gondín, inexorable guardián, entra de vez en cuando en la estancia portando algunas frías viandas; sin pronunciar palabra, voltea el reloj de arena —innecesaria advertencia— y vuelve a dejarnos solos. Sabe que esta noche nos pertenece.

Pero Lupiáñez permanecerá con nosotros dos o tres jornadas, tiempo más que suficiente para vigilar los primeros destierros y el desbrozo de los acantilados que han de servir de cantera. El asma que agarrota su pecho hundido se recrudece con las miasmas de estas últimas neblinas, y al verle padecer esos ahogos nocturnos, esas tosecillas de mal agüero que confieren a su cuerpo enclenque el estertor de la agonía, no tengo más remedio que dejarle partir, reprimiendo del mejor modo la desazón que me produce su ausencia. En su lugar dejará a un oficial de confianza y promete regresar para cuando esté acabada la cimentación.

Ayer, cuando regresábamos a la torre sin más escolta que la del mozo Fernán y los amortiguados destellos del sol poniente, ocurriósele que nos desviáramos por un atajo poco frecuentado que, a la sazón, se alegra con los primeros arbustos en flor. Sin apenas darnos cuenta, nos topamos de manos a boca frente a la pequeña ermita. Yo hubiera preferido seguir adelante y omitir comentarios, pero él mostró un inusitado interés por ver de cerca la vieja capilla.

—Bien sabéis guardar vuestros tesoros, señor —dijo con aire tan sarcástico, que sólo el respeto que merecen sus años y talento, impidió una abrupta réplica por mi parte.

—Esos diminutos capiteles son dignos de un consumado orfebre —afirmó el hombre, desmontando de un brinco y palpando y remirando las delgadas semicolumnas del frontis, las piedras sillares y los resquicios de las molduras, con el mismo amor y deleite con que un mancebo cachondo acaricia las tetas de su doncella.

—Una joya, barón —decía y la emoción se le plasmaba en su rostro arrebolado—. Tenéis una pieza como pocas haya visto en mi vida. ¿Y estos sillares? ¿De dónde habéis sacado piedra de tal calidad? —preguntó.

—Mi abuelo mandó traerla desde muy lejos —expliqué con desgana; y aún seguí:

—Fue su voluntad ofrecer a la dama de su vida un túmulo digno de su condición.

El hombre me miró perplejo.

—Luego esta ermita es simplemente...

—Una cripta, maestro de obras, que guarda también los restos de mi mujer —completé.

Observé cómo su rostro se demudaba por momentos y un cendal de incontenible tristura borraba la línea de sus facciones. Después, abatido por el recuerdo, murmuró algo ininteligible, avanzó unos pasos y levantando la cabeza hacia mí, dejó escapar unas palabras, unos sonidos huecos y lastimeros como el aleteo de un ave agonizante.

—Hubo un tiempo que yo tuve una hija, barón. Fue todo lo que en verdad amé en este mundo —afirmó—. Ahora yace en tierra no bendita porque una enfermedad sin cura la obligó a privarse de la vida —dijo, dominando a duras penas el espasmo de un sollozo.

Al contrastar su dolor, algo cruzó fugaz por mi cabeza. Un pensamiento que no supe acallar, se hizo palabras:

—Llevad presto y a buen término la construcción de mi castillo, Pero Lupiáñez, hacedlo y os prometo por mi honor que los restos de vuestra hija reposarán como es debido al lado de mis muertos.

Por unos instantes su mirada ausente paseó la umbría. Después se detuvo en mí y tomándome la diestra entre las suyas, la bañó en lágrimas.

—¿Lo juráis, señor? —aún demandó inseguro.

—Está jurado —le tranquilicé.

Un arrebato de tos convulsionó su frágil cuerpo. Desmonté y procuré ayudarlo, pero me apartó con gesto mudo. Poco a poco se rehízo y un leve rubor cubrió sus mejillas. Di un silbido para llamar al mozo Fernán que, alejado de nosotros, tallaba despreocupadamente una rama de fresno.

—Acompañad al maestro de obras. ¡Vivo! Y decid a Gondín que le prepare una tisana bien caliente y le acueste en mi lecho tan pronto llegue. Yo os seguiré en breve.

Les vi partir. El viejo doblado sobre la silla aún se volvió para mirarme. Aseguraría que en su rostro demudado perduraba la sombra de una pasada sonrisa.

## V

¿Por qué me quedé allí? ¿Qué contradictorio impulso me retuvo, atenazando mis miembros a aquel pedazo de tierra con el mismo torturante poder de los viejos cepos musulmanes? No entiendo de filosofías, porque odio emponzoñarme con pensamientos que a ninguna parte llevan. Soy demasiado simple y tosco, como corresponde a mi condición y a mi tiempo, pero sé hacerme obedecer. Por lo demás, he visto demasiadas veces la muerte y todavía puedo manejar con habilidad el mandoble y resistir firme un par de azumbres de vino añejo. Pero hay demasiadas cosas para las que no tengo respuesta. Ni siquiera después de vivir a tu lado tanto tiempo, Ahmed el Rasch, se me han tornado claras. Y las acciones para las que no encuentro explicación, no me causan pavor sino un agrio y persistente enojo que me descompone el ánimo.

Tal hecho, en este caso, fue la sinrazón de permanecer en aquel lugar —al que no había querido visitar desde que regresé a estas tierras—, justamente en el momento en que tantas otras obligaciones me requerían lejos de allí. Con la mente perdida en involuntarias imágenes, rodeé varias veces el pequeño oratorio cuyos livianos contrafuertes se ocultan bajo la hiedra y la capa de abundante musgo. Mirlos saltarines picoteaban vorazmente la tierra en busca de extraviadas semillas. Sobre las copas de los más lejanos abedules, una tintura cárdena extendíase en un cielo apenas sin nubes. A mis espaldas, un cuclillo principió su monótono canto. Por momentos el aire se convirtió en una especie de vaho rumoroso, como si la tierra a punto de extinguirse, lanzase una última y resignada súplica al cielo.

Empujé con fuerza la doble puerta de la fachada cuya tranca medio podrida saltó en pedazos. Adentro, la oscuridad me recibió como un insulto espeso y fétido. Un instante aguardé en el umbral, un instante en el que la duda agorera me aconsejó dejar en paz a los muertos, clausurar de nuevo la entrada y escapar de aquel antro. Pero no me moví; ignoro qué fuerza, dentro de mí, no quiso hacerlo, juzgando como deserción lo que no hubiera significado más que mera sensatez. Y en ese intervalo, la oscuridad gélida y compacta se fue aclarando con un lento desvelamiento, como una indeseada concesión en cuyo vientre comenzaron a tomar forma ángulos y volúmenes olvidados.

Allí, a la derecha del ara liquenosa, estaban en suave declive las toscas geometrías de las tumbas. La más interior, situada a la derecha de lo que nunca llegará a ser altar, pertenecía a la esposa del primer barón; aquella curiosa mujer venida de los confines de Bretaña como dama de una Corte realenga ya carente de importancia. Una extraña hembra encadenada a costumbres extrañas; bella e inaccesible como estrella polar.

Paseando los dedos sobre el dosel de piedra, leí la emblemática frase: SEMPER AUDAX. No cabía duda; hasta en los receptáculos de la muerte los viejos señores querían dejar patente el sello de su orgullo. Tanteé el otro sarcófago. No era necesario esforzarse en reconocer las aristas, las superficies carentes de toda ornamentación, las graníticas losas apenas pulimentadas salvo los pequeños escudos yuxtapuestos de las familias de Bonaval y Montemor. Parecióme como si tan sólo la víspera hubiera mandado colocarlo allí mismo, a la luz de los hachones que presenciaran la rápida agonía, la muerte imperdonable de la que por breves años fuera mi esposa. Sentí cómo una incoercible basca subía hasta mi boca y un olvidado y punzante tajazo me rasgaba el pecho. Di media vuelta, cerré bruscamente el lugar y montando de nuevo, regresé a la torre. Al principio galopé con furia, empecinado en mantener aletargada la mente, ausentes los recuerdos. Después el corcel aminoró el paso y nada hice por corregirlo.

* * *

Ha llegado el día de esponsales.

Esta noche yacerá conmigo y su cuerpo desnudo tocará el mío; su piel sentirá el calor de mis palmas y este miembro que apenas si ha conocido mujer, penetrará en ella hasta saciarse. Esta noche miraré sus pechos a mi antojo, podré tantear sus muslos, y ceñir su vientre cuantas veces lo desee. Todo esto haré en realidad porque ya será mi esposa.

Un pregonero —Martín el hijo de Pero Doaz, el guarnicionero— recorre cada uno de los rincones del feudo para anunciar que el joven Payo, unigénito de la casa de Montemor, contraerá nupcias con doña Laya de Bonaval, hija de noble cuna y rica condición. El pregonero no es un personaje importante y ni siquiera viste esos bizarros atuendos que tanto acostumbran los hombres del conde de Bares, pongo por caso. Martín Doaz es un mozo brincador y festivo cuyas abarcas jamás he visto nuevas, o en discreto estado sus calzas de estameña. Estoy seguro que cabalgará la yegüilla rubicana a galope exagerado; chanceará con los villanos a la menor ocasión y terminará por aceptar cuantas libaciones se le ofrezcan. En resumen, más que un serio emisario enviado por el barón de estas tierras parecerá un alegre juglar anunciando una tropilla de saltimbanquis. Pero yo le tengo afecto y agradezco a mi señor padre que le haya escogido para transmitir la noticia de mis nupcias. Y esto no sólo como recompensa por los buenos años pasados sino porque pienso que nadie hay en el pazo más agudo que él para replicar las indudables y descaradas puyas que tal acontecimiento provocará en más de uno. En él esas bromas carnales poco efecto han de surtir, ni menguarán la fidelidad sentida hacia esta Casa. Así pues, ve en buena hora, leal amigo, y haz saber a todos la nueva. Galopa los prados, salta vallados y presas, llégate a las casas de Men y de Lobeira y regresa pronto al pazo, que deseo tenerte a mi lado antes de tercias, cuando suene la hora fausta.

Difícil se me hace creer que sea cierto el hecho; que no esté todavía medio soñando en mi lecho de paja, revolcándome en los acallados deseos que han poblado mis noches desde la primera vez que la vi. Pero así es. Desde mucho antes del amanecer estoy en pie, he lavado mi cuerpo en las heladas aguas del pozo, lustrado mis cabellos y aderezado mis ropas de la mejor manera. He visto después, cómo los mozos, medio embotados sus rostros por el sueño, limpiaban el patio de estiércol, cubrían las losas con una fina capa de arena y entretejían con mirto y laurel fresco abundantes guirnaldas. Huelo el aroma dulzón de la sangre vertida por esa ristra de animales sacrificados para el banquete; oigo cómo las mujeres —sin olvidar su ama de leche, venida tan sólo ayer para vigilar la confección de postres y viandas, y ya dueña y señora hoy de cocinas y despensas— se afanan en avivar fuegos y amasar panes. Veo ondear también el pendón de nuestra Casa sobre la pequeña torre de Poniente. No hay lugar para engaños; hoy es el día, me repito, mientras bebo el cuenco de leche recién ordeñada, apresto la montura y galopo hacia las Brañas para vigilar la construcción del nuevo molino. Al menos, ésta es la excusa que me doy porque, en el fondo, bien sé que no persigo otra cosa que alejarme del pazo, de mi padre, de sus huéspedes, de las punzantes burlas a que les da derecho mi condición de inminente desposado.

Al mediodía trato de mantenerme sereno y como despreocupado cuando al fin llega su carreta tirada por dos bueyes blancos; rodeada por caballeros amigos y familiares, envuelta en cánticos mujeriles, en sones de zampoñas y caramillos. Quiero no temblar, no sonrojarme, no ser más blanco de tantas miradas pícaras, y busco en el disimulo una salida airosa. Pero los cumplidos, las risas, los parabienes forman un nudo en mi pecho, un nudo de gozo y miedo que me sube a la garganta y se estanca allí y me ahoga.

Mi padre el barón, olvidándose de sus viejas heridas, arrastrando su pierna tiesa con agilidad que me sorprende, besa la frente de la recién llegada, da órdenes a todo el mundo, acelera los preparativos —¡vivo! ¡vivo! ¡andad presto!— como si temiese que la menor demora pueda dar al traste con la alianza. Y su empuje, su entusiasmo obliga a que el buen abad trastabillee en su corta carrerilla y sus orondas carnes sufran inclementes sacudidas dentro de los ornamentos ceremoniales: que se dispongan rápido, rápido, los cirios de ofrenda en la sala mayor y que se porte sin grandes miramientos la cruz potenzada de mis abuelos.

Ahora estoy a tu lado, Laya de Bonaval, gacela mía, mientras tu cabeza cubierta por amplios velos que ocultan el rostro se inclina levemente hacia el suelo. Por unos instantes unen nuestras manos y siento a través de tu carne el fluir agitado de la sangre. Tu mano arde como la mía, no puedes evitarlo, pero la retiras prestamente cuando el ritual ya no exige tal gesto. Sin duda comienzas a temer, prefigurando lo que ha de acontecer más tarde. Pero no, sabe que no he de maltratar tu cuerpo; piensa que durante largo tiempo me acostumbré a acariciarlo sin tenerlo. Confía en que he de separar tus muslos suavemente, que pondré mis palmas sobre tus pechos sin dañarlos, que beberé con ternura tu leche aún no engendrada y que el dolor de tu cuerpo desflorado será muy corto al lado del que padecí a lo largo de tantas noches sin ti. Créeme si te digo que procuraré enseñarte que no hay placer igual al que se siente cuando se desvanece el seso, se muere un poco y, por un momento, no somos más que una corta bruma de cansancio y gozo. Ya verás como muy pronto apretarás tus flancos contra los míos, morderás mis labios hasta sangrarlos y arderá tu cuerpo entero como antes ardía tu mano en el momento de las bendiciones.

Laya de Bonaval, piensa que ya es tuya mi sangre en esta noche.

## VI

Las obras marchan a buen ritmo. Me satisface comprobar que la ausencia de Pero Lupiáñez no ha restado fervor ni eficacia a canteros y albañiles que van de acá para allá semidesnudos, brillantes las espaldas por el sudor incesante, arreboladas las caras por un esfuerzo que parece desbordarles. Sin embargo es fácil apreciar su veteranía en estas lides, que se hace más patente cuando surgen obstáculos y complicaciones que mis pobres mesnaderos jamás sabrían cómo superar. Buena tropa escogió el maestro Pero; con ella no dudo que lleguen a cumplirse en el plazo fijado las previsiones hechas, y hasta confío en que se adelanten las fechas de inauguración.

Han transcurrido ya muchas noches desde aquella en que grabé en mi pergamino:

> HOY, VÍSPERA DEL SEGUNDO DOMINGO PASCUAL, APUNTALADO EL FOSO INTERIOR Y ACABADA LA EXPLANACIÓN DE LA TERRAZA NORTE, SE COLOCÓ LA PRIMERA PIEDRA DEL NUEVO CASTILLO DE MONTEMOR. HÍZOSE TODO BAJO LA SUPERVISIÓN DEL MAESTRO DE OBRAS PERO LUPIÁÑEZ, HIJO DE VASCO LUPIÁÑEZ, Y CON LA AYUDA DE DIOS. YO, PAYO DE MONTEMOR, BARÓN Y SEÑOR DE ESTAS TIERRAS, ESTUVE PRESENTE Y PUSE MIS MANOS SOBRE LA PIEDRA EN SEÑAL DE LEGÍTIMA PROPIEDAD.

Fue un verdadero hito, una fausta jornada que se celebró como era menester: treinta azumbres de buen vino, abundante volatería y pavos a discreción, cabritos y lechones dorados por un fuego que no se extinguió hasta el amanecer. Nadie en este solar olvidará el festejo durante el cual hubo momentos que hasta llegó a iluminarse —con una suerte de viscosa transparencia— el rostro de esa ruina viviente que un día fue ama de cría de mi difunta esposa.

Conforme a lo que había supuesto, mis hijos olvidaron deliberadamente la invitación cursada por un mensajero —al que fue necesario estimular previamente— que regresó del Vincio con facha de haber visto al diablo. Este nuevo desprecio, que señaló nuestra definitiva escisión, no aguó la fiesta en la que tampoco faltaron rústicas trovas y sones de zanfonia. Más tarde supe que Gondín había estado preparando a su manera la jarana nocturna y que los decires y tonadas del mozo Fernán y los dos palafreneros no fueron causados solamente por los vapores del vino. Hasta mi escudero canturreó con voz tropezona y en varias ocasiones. ¡Dios, cómo estaba de borracho!

*A dona que eu amo e teño por señor*
*amostradema, Deus, se vos en pracer for...*

—Dime Gondín: ¿Cuánto tiempo hace que no catas hembra? —recuerdo haberle preguntado en cierto momento.

Me miró socarrón, se palpó ostentosamente la entrepierna e hizo una mueca de cómica nostalgia.

—Desde que se refugiaron en este solar las mozas de la aldea baja —respondió por él el viejo Vermún.

Sobre su cuenco medio vacío Gondín babeaba lánguidamente.

—¿Y cuándo fue eso, maestro? —insistí, a punto de estallar de risa. El otro simuló un gesto de difícil concentración.

—Si mal no anda mi memoria, durante la última algarada normanda, mi señor —respondió—. No mucho después de vuestra partida a Tierra Santa. Calculad doce o quince años, día más o menos.

Las carcajadas arreciaron entre eructos y juramentos.

—Maese Gondín hizo, por entonces, voto de impotencia —comentó alguien y a punto estuvo de recibir el cuenco que le tiró el aludido.

—Más buenos culos tengo yo en mi haber que tú pelos en la barba, menguado —le recriminó.

—Dinos cuáles, maese, que alguno quizás aún sirva —gritó otro. A la vista de cómo se estaban poniendo las cosas, me pareció prudente intervenir:

—Bien está; dejad en paz a mi hombre —dije—; sois muchos y multiplicáis los puyazos. A él por el contrario nadie parece defenderle. Mejor será que cambiéis de suerte, pero no por eso olvidéis beber mientras el vino dure.

Y los abandoné ebrios y felices, chapoteantes en un lodazal de pajas entintadas; adiestrados ya en la certeza de servir a un señor afamado, riguroso, tal vez justo, y no peor que los vecinos.

«Hoy, víspera del segundo domingo pascual.» Mi sueño se hace realidad, los hechos saltan a la vista. Se trabaja en la cantera con rendimiento mejor del esperado; los caminos se mantienen secos y apenas surgen accidentes que entorpezcan los ánimos. Todo marcha como es debido, ciertamente, y me pregunto, mi señor Ahmed el Rasch el Benafṭli, si sería conveniente dar gracias por ello a Dios, establecer algún tipo de ofrenda por el beneficio recibido; comportarme, en definitiva, como un buen creyente o si, por el contrario, todo eso huelga puesto que cuanto se lleva a cabo —lo conseguido y lo que resta por hacer, que todavía se me hace montaña— no es más que el fruto de mi desesperación inicial, de mi cohorte de pasadas desgracias generadoras de una fuerza y una constancia que ya consideraba extinguidas. Algo me dice que el razonamiento más cierto es el último y que si tú pudieras hablar, apoyarías mi aserto con una de aquellas frases tuyas, aparentemente recortadas y ambiguas, pero que una vez meditadas —mi intuición siempre caminó a la zaga de tu clarividencia— se volvían transparentes como agua de arroyo. Y si por desgracia tu consejo no cuadrase con mis propósitos, te diré que mi empresa va más allá de lo que a simple vista parece. Ahora, mi señor El Rasch, cuando veo con los ojos de la carne cómo prosperan los cimientos, cómo se van apuntalando los primeros bastiones y cómo —si se contempla desde lejos— se aprecia el dibujo de lo que ha de ser una obra magnífica, me doy cuenta mejor que nunca, que sé bien lo que quiero.

Sigo visitando diariamente las obras. Esa actividad se ha convertido para mí en un rito imprescindible, en una actividad reconfortante y benéfica. Por lo general voy solo aunque de vez en cuando me acompañe Gondín y —excepcionalmente— el joven Fernán Franquino. Si se tercia, me llego hasta la cantera atraído por el tipo de trabajo que allí se realiza. Me gustaría ir con más frecuencia, pero debo cuidarme de no interferir la labor del oficial con una vigilancia que por mi parte no es cierta. Para evitar suspicacias, cabalgo hasta un alcor vecino y desde allí y sin desmontar, contemplo cómo van arrancando la roca de las entrañas de la tierra, cómo la fragmentan y la tallan. Al principio me parecía fantástico que toda aquella maquinaria de poleas, garfios y tornos, aquel trajín y barahúnda no tuviese otro motivo que satisfacer mi deseo. Ahora ya me habitué y contemplo las labores más serenamente y sin que mi orgullo se encalabrine. De todas formas prefiero que a la cantera nadie me acompañe, para observar a mi antojo, y dejar que la imaginación vuele cuanto le plazca, sin verme obligado a dar explicaciones. Pienso desde mi puesto vigía: aquellas piedras servirán de tronera, serán las almenas cimeras, formarán parte de la torre del homenaje; con esa mole que ahora extraen se tallarán las ménsulas de mi sala o tal vez —si el grano no es demasiado fino— sirvan para las barbacanas de poniente. Y siento cómo una cálida emanación invade todo mi cuerpo y el corazón me late apresurado y gozoso. De nuevo soy joven y fuerte y el pasado, con su carga de injurias, padecimientos y horrores, se desvanece y se borra por un momento con esta alegría presente. No construiré una fortaleza tan poderosa como la de Trípoli, ni se podrá comparar mi castillo al de Torón pero, sin duda, será la más notable de toda la comarca, me digo. Y antes de que el recuerdo venga a emponzoñar mi actual condición, pico espuelas y regreso al viejo solar.

## VII

Sin haber hecho abiertas indagaciones, estoy informado de los últimos cambios ocurridos en el Vincio. Dicen, que en los últimos tiempos mi hijo primogénito abandonó definitivamente la torre para incorporarse a las huestes del rey leonés. En cuanto al otro, el benjamín matricida, permanece en la compañía de mis antiguos oficiales traidores.

No sé, ni quiero saber en qué se ocupan o cuáles son sus medios de subsistencia. Se habla, no obstante, de breves y cruentas algaradas por tierras limiares que nadie acierta a justificar. Escaramuzas de las que siempre queda saldo de muertos o descalabrados; correrías generalmente nocturnas, que destruyen pequeñas haciendas, masacran rebaños, provocan incendios o sirven para raptar alguna moza florida de la que nunca más se tiene noticia. Cuéntanse fechorías de esta guisa y otras más graves y siniestras que ni siquiera las gentes del Norte cometieron en sus mejores tiempos.

Estoy seguro que si preguntara a Gondín sobre el particular, me informaría con pelos y señales, pues no en vano es él quien se preocupa de acallar los rumores que surgen en mis gentes. Últimamente las habladurías se multiplican con la llegada de los nuevos operarios, entre los que siempre se encuentra el inevitable charlatán. Por muy diversos motivos los he querido mantener alejados del solar —al menos en esas horas en que, alrededor de la hoguera, no hay mejor alimento que historias de consejas—, pero no he podido evitar que acampen aquí con todas las consecuencias que el hecho conlleva.

Pronto se impusieron de las relaciones existentes entre mis hijos y yo, la condición de los habitantes del Vincio y otros muchos pormenores que dieron pábilo a comentarios y renovaron sugerencias maldicientes. Una vez más me encastillé en una aparente ignorancia, en una despreocupación altiva por todo cuanto se puede chismorrear acerca de mis asuntos y mi familia. No voy a ordenar un silencio, cargado de penas para quien lo infrinja, sabiendo que con tales medidas no hago más que fomentar nuevos parleríos. Pienso que un hombre que se ha fijado una meta de relevante importancia en este mundo, tiene que dosificar sus impulsos y renunciar a que su actuación engendre una aquiescencia general. Sé que nunca fenece el tiempo del odio y, en cuanto la envidia asoma la oreja, es difícil hacerla retroceder. Por lo demás tengo demasiados años para que ciertas inconveniencias hagan mella en mi piel curtida. Sobradas ocasiones he tenido para ejercitar mi paciencia.

Todo lo anterior no obsta para que me duela el hecho de que los nombres de Xoan de Men y Gaitán de Lugrís se vuelvan a pronunciar en esta casa con más frecuencia de la deseada. Son nombres, que como todo el mundo sabe —desde aquel funesto episodio del ahorcamiento del pastor, existe una tácita ley al respecto—, permanecen en irremisible proscripción. Para mí han tomado un significado incalificable; una mezcla de canto de sirena, invocación de bestia apocalíptica o tintineo pavoroso de campanilla leprosaria. Ignoro hasta qué punto surge en mí el temor cuando los escucho o si, más bien, es repugnancia y dolor resabiado lo que me producen. En todo caso siempre hay en ello una buena dosis de recelo y odio. Continúan siendo como sombras de mal agüero que prolongan su influencia desde su retirado cubil; ánforas de rebosante veneno, emblemas de una venganza no por diferida, agotada. Eran los oficiales de mi confianza y ahora —lo sé— son mis enemigos más acérrimos. Esta indeseada modificación representa un peligro latente que en cualquier momento puede convertirse en ataque directo. Nunca he descartado esta posibilidad, pero me he propuesto no ser yo el primero en romper la aviesa expectación en que nos medimos. Es un reto solapado por mi parte; una amenaza que excita mi circunstancial indolencia. He llegado a pensar que la vecindad de estos bastardos es un acicate conveniente y provechoso. Malditos sean todos ellos.

Me encontraba recostado al borde de la acequia, protegiéndome de este inclemente sol de julio bajo las ramas de la higuera, de esa vieja higuera cuyos frutos ya se recogían en la infancia de mis abuelos, cuando, sin apenas sentirlo, se acercó a mí y pidió permiso para tomar asiento.

Permanecimos mudos un rato, contemplando el pesado vuelo de los cuervos sobre el encinar; escuchando el canto alocado de las cigarras, el ladrido lejano de los canes en las eras. Mudos y ausentes. Perdidos ambos en los vericuetos de un mundo distante.

Sabedor de que las obras marchan bien, no tenía ganas de indagar las más recientes noticias que, con seguridad, muy poco variarían de las ya conocidas.

Repentinamente, sin soltar la pajilla que pendía de sus comisuras, sin levantar la mirada de la tierra seca, lanzó la inesperada pregunta:

—¿Qué se hizo, señor, de aquellos dos escuderos que te acompañaron a Tierra Santa?

¡El diablo te lleve, condenado Gondín! ¿A qué viene eso ahora?, pensé.

—Murieron ambos —respondí secamente.

—¿Perecieron acaso en el combate? —insistió.

—No. No fue así como hallaron la muerte —dije.

Calló. Algo debió entrever en la aspereza de mis respuestas que le conminó a un nuevo silencio. Pero el mal ya estaba hecho, la llaga abierta pese a la dura costra. Miré al hombre que tenía a mi lado. Seguía con la mirada baja y su rostro mostraba un aire taciturno que le envejecía en muchos años. Parecía arrepentido de su imprudencia. Quizá pensaba, que a su edad es la cordura uno de los pocos recursos de que conviene servirse y él no acababa de dar una buena prueba de ello.

Me sentí acosado por una estúpida conmiseración y procuré dominar mi hosquedad.

—¿Acaso les conociste bien? —le pregunté.

—No es difícil conocerse en una hacienda —iba a decir tan pequeña, pero se corrigió a tiempo— como ésta. Ellos eran más mozos que yo y tenían otros afanes, pero les quería bien.

De nuevo guardamos silencio; ambos estábamos seguros que no duraría mucho.

—¿Qué te empujó a recordarlos, Gondín, a nombrarlos ahora que sus huesos llevan tantos años pelados por los gusanos?

—No lo sé, barón —respondió. Pero yo intuí su mentira.

—Así será, si tú lo dices.

Debió comprender que no era el momento de acallar la cuestión y, un poco a regañadientes, comentó:

—En verdad que hubiera preguntado acerca de ellos en más de una ocasión, pero algo debió suceder que me obligó a tragarme las palabras.

—¿Por ventura fui yo el responsable de tu silencio? —le pregunté encarándolo de cerca.

—Tal vez, mi señor —dijo sin pestañear.

Había algo de reto, de serena beligerancia en su tono que —el diablo sabrá por qué— no me molestó. Volvimos a fijar la mirada en la tierra. Por un momento las cigarras cesaron en su canto, se hizo un alto en los ladridos lejanos y de nuevo se plegó sobre nosotros el manto sigiloso de la tarde.

—Bien dijiste al calificarlos —comenté—; uno y otro tenían anhelos muy distintos a los de los demás; a los que pasan sus años mozos en procura de una hembra y un buen vaso de vino, solazándose con la idea de criar panza para la vejez.

Me miró y en sus ojos topé cierto airado brillo.

—¡Escucha! No estoy juzgando a nadie y no tienes, pues, por qué sentirte ofendido —dije—. Simplemente les tomó la misma locura que a mí; el deseo de andar otras tierras, de vivir hazañas que jamás llegan a contarse, de buscar un fuerte aguijón para sus vidas fofas. Eso es todo. Partimos a Ultramar, ¿recuerdas? Queríamos ensombrecer la gloria del viejo conde Fernán de Bares y sus dos cruzadas a Tierra Santa; pretendíamos ser los más grandes, los mejores. Sí, partimos a un largo viaje y un día llegamos, no sabría decirte cuántas desdichas nos costó llegar, a donde nos habíamos propuesto. Pero la gloria no es una coneja parturienta que está aguardando en su tobera a que tú llegues y la atrapes. Así que tuvimos que ponernos al servicio de uno de aquellos señores francos que te miran siempre de soslayo y esperan que tarde o temprano acabes por escaparte con su mejor yegua. No era ése el servicio que deseábamos, pero no había otra cosa. Por fin, un día —¡Dios, qué claro veo su amanecer!— entramos en liza contra el sarraceno. Fue una gran victoria, Gondín, pero mucho tuvimos que aguardar para que se repitiera.

Él me oye atentamente. Ha clavado sus ojos en los míos y sigue el relato sin mover un músculo. Raramente le vi tan pendiente de mis palabras, tan enfervorizado por la suerte final de esta historia que ya no tiene más valor que el de una conseja.

—Y después, semanas, quizás meses después del segundo triunfo, llegó aquello. Una torpe escaramuza, una pequeña maniobra parida por el mismo culo de Satanás en la que caímos prisioneros. Jezrael se llama el lugar de la traición y Baalbek el de nuestro cautiverio. Hasta allí también me siguieron los dos, pero ya para entonces, Gondín, no sabrías reconocerlos.

»En aquellas mazmorras transcurrió, negro como vientre de tumba, un tiempo sin fin. Un mal día, nuestros carceleros sufrieron derrota y para vengarse entraron a saco en las ergástulas. Allí saciaron la sed de las espadas en la sangre de los prisioneros. Fue así como Nuño Perdomo halló la muerte. Martín Doaz recibió un tajazo en pleno rostro que le hizo saltar los ojos. En cuanto a mí, ya ves que tuve más suerte; mi estado era tal que nada más abrir los calabozos me dieron por muerto. De tal forma sobreviví. Ahora ya sabes cuáles fueron las últimas victorias de aquellos bravos escuderos.

Callé. Él tomó un guijarro del suelo y lo estuvo acariciando entre sus palmas.

—¿Y el joven Martín, murió también en esa malhadada jornada? —preguntó.

—No. Días más tarde, cumpliendo sus repetidos deseos, yo mismo le di muerte —aclaré.

Me miró un rato, después al guijarro que aún sostenía en las manos. Lo depositó cuidadosamente en el suelo y luego se levantó despacio.

Los canes habían recomenzado sus ladridos allá, en medio de los campos lejanos. Gondín permaneció de pie junto a mí. Me tocó suavemente en el hombro.

—El calor es muy grande a estas horas, barón —dijo con voz apagada—. Si quieres acompañarme, yo mismo te prepararé un vaso de fresca hidromiel.

Asentí con la cabeza. Sin cruzar palabra, caminamos juntos hasta el foso.

# VIII

Hoy, siete meses después de iniciadas las obras, ha surgido el primer inconveniente. Un mensajero ha venido esta tarde para trasmitirme el deseo del oficial de cantería que reclamaba mi presencia en la obra. Nunca pude imaginar que la noticia me afectase con tal intensidad.

—¿Por ventura puedes decirme qué ha sucedido? —le pregunté angustiado.

—No lo sé bien, noble señor —respondió el mozo, entre asustado y contrito, al advertir el talante con que yo recibía la noticia—. Solamente me encargaron os dijera que os dignéis acompañarme de inmediato si vuestros negocios os lo permiten

¡Mis negocios! Ninguno hay tan importante como la erección del castillo, zopenco. De buena gana patearía tu trasero por esa forma de hablar tan neciamente circunspecta.

—¡Pues vámonos presto! —dije conteniendo una ira a punto de aflorar.

Partimos al galope recorriendo esas pocas leguas en un abrir y cerrar de ojos; ignorando el sol que en esta época agosta sin clemencia los matorrales; acortando el camino por trochas impracticables. Al llegar al tajo, advierto la desgana y confusión de los operaríos. Algo ha debido suceder, para que los ánimos de estos hombres se trastocaran de tal guisa. El oficial que mestre Pero dejó al cargo de la cantera —hombre generalmente parco de palabras, sentencioso y trabajador infatigable— se acerca con presteza y sin darme tiempo a descabalgar, va de lleno al grano.

—Hemos topado con una veta de mala condición, mi señor —informa, sosteniendo las riendas de mi corcel. Los otros observan la escena desde lejos. Yo permanezco todavía mudo, respirando con dificultad el aire ardiente, tras la brutal cabalgada.

—La piedra se deshace nada más picarla —continúa el hombre, lamentándose—. Hemos tanteado por todas partes, barón, pero nada se puede hacer. Es como si toda la cantera se convirtiese en un monte de cascajos y tierra prensada —concluye.

Tiene razón. Sin gran esfuerzo puedo desmenuzar las aristas de los últimos bloques. Se deshacen en polvo fino; rojo polvo inservible como arena del desierto. Es una acertada maldición la que me ha caído inesperadamente.

Siento crecer la cólera dentro de mí como bestia desbocada. Necesito encontrar un responsable, una víctima propiciatoria para hacerla blanco de mis pateos, de mis azotes, de esta furia que, repito, no sé cómo puedo dominar.

—¿Y no se os ha ocurrido ampliar el desmonte, tantear el resto de la ladera, cantero del demonio? —le increpo.

El hombre aguanta con dignidad mi arrebato. De sobra está informado de lo que para mí significa esta obra.

—Hemos probado a diestro y siniestro, barón, pero nada hemos conseguido. Debéis saber que este bancal está del todo agotado.

—¡Pero no lo están mis tierras, apocado! —bramo, perdida ya toda contención—. Poseo un feudo más extenso de lo que imagináis; un solar rico y abundante de cuanto se puede apetecer. Buscad vos y que busquen también vuestros hombres. ¡Por Dios vivo, que han de aparecer nuevas y mejores vetas! —y ya de nuevo a caballo, hago una advertencia a la que doy todos los visos de amenaza—: Mañana haré venir de la villa a vuestro patrón; él aclarará lo que ahora se os antoja insoluble ¡Velay! —y pico espuelas dejando a toda la tropilla de peones inmersos en un mar de confusión y disgusto.

No. No admitiré que un inesperado contratiempo eche por tierra mis propósitos. Me rebelo contra esta necia demora. Doy vueltas y más vueltas por mi cámara, como un animal acosado tratando de agotar un tiempo acerbo. Una tras otra vacío las copas de este vino ácido que Gondín deja a hurtadillas sobre la pequeña ménsula. Me siento furioso e impotente; la sangre me hierve como aquella que colma las escudillas, después de una matanza porcina. He perdido el sosiego, lo reconozco, y ahora el mostrarme ecuánime resulta un lujo insoportable.

Viéndome en este estado, es comprensible que nadie se atreva a interrumpir mis soliloquios, sean cuales fueran los motivos que justifiquen la presencia del intruso. ¿Dónde se mete ese Pero Lupiáñez? Anteayer envié a Fernán Franquino para que me lo traiga a revienta caballos. ¿A qué esperan para llegar de una vez? ¿Es que acaso piensan que he de vivir eternamente? ¡Estúpidos villanos que juzgan mi empresa como un juego extravagante. De buen grado os colgaría a todos por los pulgares hasta que os reventaran los pulmones! ¡Con qué placer machacaría después vuestras entrañas, caterva de indolentes!

* * *

Venían de Tiro, de Samaria, del otro lado del Tiberíades. Ruinas vivientes, esqueletos apenas cubiertos por una piel llagada y nauseabunda en la que pastaban a placer las voraces moscas del muladar. Llegaban a nuestro campamento semiciegos, agonizantes, al borde mismo de la locura; incapaces ya de pedir una clemencia inconcebible. Sin embargo había siempre la excepción: el cobarde, el débil, o tal vez el más remiso a aceptar un destino infamante, previamente fijado, que imploraba unas gotas de agua en nombre del Nazareno, nuestro Profeta. Era inútil. Los gloriosos capitanes cristianos no se dejaban impresionar por las súplicas. Ese dolor que rebasaba los más lamentables dinteles de la condición humana, esa miseria vergonzosa y agónica formaba parte del gran juego de la Guerra Santa. Para los hombres de gleba que se enorgullecían en llevar sobre sus petos la roja cruz de los combatientes de Cristo, la llegada de las miserables huestes significaba un pasatiempo adicional, un rato de esparcimiento que había que aprovechar en un país en el que no se prodigaban los acontecimientos festivos. Oficiales, infantes y mesnaderos de los grandes señores —no importaba que perteneciesen a las banderas del noble conde de Flandes, del duque de Champaña, del valiente señor de Courtenay o del levantisco Reinaldo de Chatillon— coincidían siempre en idénticas crueldades. Los prisioneros tenían que amenizar la jornada antes de su definitivo cautiverio, o de su más posible muerte. «¿A quiénes servíais, sarracenos?» «¿Dónde habéis dejado vuestras ínfulas, iscariotes?» ¡Oh!, la blanda y espesa lluvia de salivazos, los puntazos de mandoble y adarga, el vergajazo sin motivo. ¡Mal sino os aguarda, excombatientes de la Media Luna, adalides del Profeta! Si alguno se atreve a levantar la frente nada más que un palmo al recibir un zurriagazo, si —incalificable osadía— alguien asió en desesperado gesto la punta del látigo que masacra sus huesos, la orden que implica un justificado motivo de fiesta, de cacareante júbilo, no se hace esperar: «¡Colgadlos por los pulgares!»

Y ya todo el mundo sabe que ese guiñapo va a dar pie a vivas apuestas, a lances y pujas. Porque si al golpear el abdomen con la trabajada empuñadura, el pobre diablo aún se encoje de dolor, para vos el siclo de plata. Todos están conformes con la regla de juego y, a veces, si los baldados cuerpos de la víctima aguantan lo suficiente, las apuestas suman cantidades respetables y surgen disputas y juramentos. Pero, desgraciadamente, la pronta evisceración de los reos, da al traste con la fiesta. Y los cadáveres esqueléticos siguen pendiendo inservibles de los mástiles —pasto menguado para los buitres—, mientras se levanta el campamento.

Martín y Nuño, mis escuderos, no apartan la mirada de los despojos humanos, abiertos en cruz como espantajos tétricos.

—¿Creéis, señor, que si un malhadado día caemos en sus manos, correremos suerte parecida? —preguntan.

—Es posible —respondo—. Aunque quizás ellos sientan más piedad por sus víctimas.

* * *

Al fin apareció mestre Lupiáñez —en cada visita le hallo más enclenque, más devorado por esas fiebres asmáticas que jamás le abandonan— y con su presencia se han modificado rotundamente las negras perspectivas que se abatían sobre las obras.

El mismo día de su arribo se hizo exploración en otras tierras. Bajamos hasta cerca de los abandonados molinos sureños; tanteamos los berrocales de Labazos, ya cerca de las estribaciones montañosas. En resumen, inspeccionamos todos aquellos lugares cuyo suelo prometía una satisfacción para nuestras pesquisas y no antes de la media tarde de ayer, topamos en un recóndito desmonte, pero casi a flor de tierra, lo que tanto buscamos.

La zona es agreste y lo que para muchos reviste gran inconveniente es su proximidad a las tierras del Vincio, pero según los expertos la veta parece inagotable y la piedra de magnífica calidad. Los ánimos se han caldeado nuevamente y ya se comenzó el traslado de la maquinaria desde la vieja a la nueva cantera.

Naturalmente todos estos contratiempos, que obligarán a desbrozar un nuevo sendero para el transporte de las rocas, demorarán el calendario de la construcción; pero todo lo doy por bien empleado sabiendo que mi propósito no se ha truncado. ¡Cómo temí esa desgracia! Cómo sufrí en estos días pasados, en los que con nadie quise compartir mi desventura. Me tiemblan las carnes de sólo pensar que todo se pudo ir al infierno por un cálculo mal interpretado. Sin embargo ahora sería de espíritu malsano complacerse en la pasada tribulación.

Pero Lupiáñez, antes de partir nuevamente, ha revisado los nacientes baluartes, las barbacanas y contrafuertes protegidos todavía por ese bosque de vigas y maderas que rezuman humores viscosos al sol de mediodía. Todo lo encontró a su gusto, gracias sean dadas al cielo.

—Decidme, maestro —le pregunto, con la misma ansiedad de un niño que no ve llegada la fiesta patronal—. ¿Creéis que esta demora alterará definitivamente nuestros iniciales proyectos?

Me mira con ese aire pícaro y socarrón que exhibe en muy contadas ocasiones. Se sabe importante, poseedor de secretos apetecidos, hombre clave, llave maestra de todos mis desvelos. Y —¡maldito sea!— demora la contestación so pretexto de que, en este preciso momento, no halla un peón que le eche mano para montar esa yegua inmensa en que ha venido a mis tierras y en la que desea regresar cuanto antes a la villa. Para abreviar, yo mismo le aúpo; su cuerpo es liviano y frágil como una rama de lentisco; sus huesecillos crujen, resentidos por mi impulso. Adivino su zozobra ante la posibilidad de que ize su figurilla a peligrosas alturas y le abandone después en mortal caída. Al fin se asienta cómodamente y toma las riendas con parsimonia.

—Todavía no habéis contestado mi pregunta, Pero Lupiáñez —insisto ya un tanto molesto.

Vuelve a escrutarme con la viveza de sus ojos gatunos.

—No temáis, barón —replica—. Unos meses más o menos no van a trastocar la construcción de vuestra noble madriguera. Confiad en mí.

Sus palabras —de las que no margino la ironía manifiesta que las sazona— me tranquilizan. Por otro lado mi orgullo tampoco acepta mayores indagaciones. Así que, después de ofrecerle una copa de hipocrás bien especiado que enciende rápidamente sus mejillas, le hago una última oferta.

—Permitid que uno de mis hombres os acompañe, al menos hasta el límite de mis tierras.

Devuelve la copa vacía, acaricia el cuello del animal y me contesta con esa voz ligeramente aguda y tajante que, en algunas ocasiones, tiene la virtud de sublevarme:

—Gracias, barón, pero nunca me sirvo de escolta. Todos me conocen en la comarca y si alguien quiere hacerme daño, ¿por qué he de privarle de ese necio placer? A la larga quizá salga más perjudicado él que yo.

Perfecto. Pienso que este hombre además de dominar su arte, posee buenas agallas. No obstante, antes de picar espuelas, algo ha debido cruzar por su mente porque retiene al animal e inclinándose ligeramente hacia mí, comenta en voz que tan sólo yo puedo oír:

—Recordad que hay una promesa pendiente entre vos y yo —susurra.

Lo sé y es cierto: la suicida sigue durmiendo en tierra non santa.

—No me olvido. Cumplid la tarea fijada y todo tendrá su justo fin.

Asiente en silencio, repite una breve inclinación y se aleja camino del robledal, enhiesto en su montura como un rey a la cabeza de sus ejércitos.

## IX

Todo ha vuelto a su cauce. Los hombres trabajan animosamente en el tajo. Las nuevas vetas rinden más y se confirma que la calidad de la piedra es indiscutiblemente mejor. Sé que hemos perdido un tiempo precioso, pero la urgencia por terminar las obras tampoco debe convertirse en algo apremiante que lo eche todo a perder. He pasado una prueba —reconozco que mi ánimo se alteró con ella más de lo esperado— y en cierto modo comienzo a sentirme liberado, a vivir la veteranía, a superar ese cierto resquemor por lo que venía desarrollándose tan cómodamente. Ahora las cosas están más equilibradas y la construcción de mi castillo toma un carácter de mayor realidad. Solamente pido que las lluvias no sean demasiado abundantes en las próximas estaciones, ya que los senderos utilizados para el transporte son tan precarios que su inutilización pende de un hilo. Pero tengamos confianza: de aquí a San Martín pienso acumular tanto material en la explanada que será destinada a patio de armas, que podrá trabajarse todo el invierno sin agobios. Calculo que las torres angulares se concluirán para la Ascensión —vos lo dijisteis, Pero Lupiáñez— y si esto es así, no mucho después lucirá el pendón de Montemor sobre la noble, la cimera, la soberbia torre del homenaje. ¡Qué fácilmente se dice todo esto! ¡Qué tangibles se vuelven ahora los alocados sueños de antaño! Pero no hay por qué temer: los hechos saltan a la vista; lo que se ha construido, por escaso que de momento sea, por endebles que aparezcan sus armazones y puntales es ya una realidad floreciente. Mi madriguera —no olvidaré tus palabras, mestre burlón y sentencioso— hace tiempo que abandonó el útero rancio donde se enquistan las quimeras, ha salido a la luz del día y crece para convertirse en gloria y relumbre de estas tierras.

Desde aquella tarde en que, dejándome llevar por un sentimiento de pesadumbre o de flaqueza, relaté sucintamente el final de mis antiguos compañeros, creo advertir un cambio —una modificación sutil y apenas perceptible, para ser sincero— en la conducta de Gondín Gondínez, mi fámulo protector, mayordomo honorario, escudero innominado, truhán patizambo y noble como pocos, en quien, con el paso del tiempo voy depositando mi confianza y mis desvelos. Insisto en que, aparentemente, nadie apreciaría transformación alguna en el comportamiento de mi hombre. Para los demás —que son todos— sigue mostrándose dicharachero, puntilloso, mordaz o simplón, según se tercie o convenga al momento. Él mismo, no sé por qué, se preocupa más que nunca de mantener esa imagen, de neutralizar cualquier pesquisa que pudiera tenerle por sujeto. Pero yo sé que todo esto es una máscara, una hábil maniobra para encubrir algo que bulle en su sesera y que ni en los momentos de mayor intimidad y franqueza —el vino que compartimos abundantemente en las noches turbias, tampoco ha obtenido el menor resultado— hace soltar su lengua. Convencido estoy, no obstante, de que mi astucia puede emular la suya y que si me lo propusiera habría de encontrar el modo de hacerle desembuchar lo que le roe. Pero no creo que el tiempo sea llegado y en nuestros apartes me hago el ingenuo y menciono temas que, supongo, no le afligen.

—Poco se ve al mozo Franquino en estos días —señalo, sin mostrar demasiado interés—. ¿Es que, por ventura, se entrega a trabajos ocultos?

Me mira, intentando descubrir el cabal significado de mis preguntas.

—Quizá sean tantos quehaceres, señor, los que absorben tu atención que no te permiten fijarte en quienes te rodean. —El tono es huraño, claro está, pero me hago el desentendido.

—Mis quehaceres, como tú dices, no tienen la virtud de volverme ciego —le replico. Y es mi falta de aspereza la que amengua su esquivez.

—Disculpa la torpeza, mi amo. Los achaques y los años consiguen que a veces me olvide de con quien estoy hablando.

¡El viejo marrullero! ¡Y cómo sabe encontrar sus revueltas!

—Bien, dejémoslo así, amigo —transijo—. Pero es el caso que no has contestado a mi asunto.

Se rasca el cogote, del que mana un polvillo caspolento y tomando del suelo una pajilla se hurga concienzudamente los escasos dientes.

—El mozo Fernán es un doncel que se ha propuesto ser digno de vos —dice con aire enigmático y mirada ausente.

—¿Digno de mí? —pregunto sorprendido.

—Así es, mi amo. Nadie podrá decir, y si no pregúntaselo al viejo maestro de armas, que su pericia con el arco y la espada, su destreza en la monta, o la bravura que muestra en las empresas más arriesgadas, no sean las requeridas en un noble y valeroso escudero —afirma. Y difícil le resulta paliar un timbre de orgullo.

Admito la sorpresa. No negaré que el muchacho goza de mi simpatía pero, vamos, de no haber exageración en lo que oigo, raro se me haría creer que los méritos llegaran a tal extremo.

—¿Y dime, cuáles son esas arriesgadas empresas? —pregunto, con cierto son de burla.

Guarda silencio. Es el mismo que en tantas ocasiones le he visto observar, mezcla de terquedad y una especie difícilmente catalogable de desprecio. Al cabo, escupe la brizna ensalivada, fija la mirada en lontananza y murmura sibilinamente:

—Cuando el odio campa no lejos de nosotros, barón, es necesario afrontar sus posibles consecuencias. Y ese mozo está dispuesto a exponer su vida para que la vuestra esté a salvo —dice con aplomo.

Ahora soy yo quien calla, buen amigo. Nada más hay que decir, pues todo está de sobra entendido.

## X

En los primeros días del invierno dejó este mundo el viejo conde de Bares: que sus huesos reposen en paz. Hasta hoy no he querido inscribir en mi pergamino tal noticia porque otras más directas y memorables requirieron necesaria acotación. Pero esta noche, en que los primeros copos blanquean las pardoamarillentas veredas del otoño, siento la necesidad de beber un jarro por su descanso y dejar constancia del hecho.

No fue bellaco ni felón el viejo conde, sino, por el contrario, valeroso, gentil y de gran corazón, según dicen. Gustosamente hubiese disfrutado de su amistad, si el hado —jugador ventajista y fullero— no nos hiciera nacer en familias hostiles. Los enfrentamientos que hubo entre él y mi padre más se debieron, tal como ahora me es dable juzgar, a las intrigas de sus consejeros y a las arterías de ese obispo compostelano, que a la natural aversión entre ambos. Y a menudo pienso que entre los dos hicieron germinar en mí la pasión por la aventura. Mi padre, el barón, no descansó hasta llevar sus no muy florecientes huestes al meridión de los lejanos reinos castellanos, para regresar de aquellas tierras con no demasiados galardones y sí abundantes descalabraduras. En cuanto a Pérez de Bares, sus legendarias cruzadas hicieron hervir mi sangre con glorias que no estaban al alcance de la mayoría de los mortales. No, nunca hubiera podido batir mi espada contra la del conde difunto. Lo que otros hicieran en mi larga ausencia, a ellos incumbe y no a mí, aunque sepa que las querellas entre nuestras familias seguirán enturbiando estas tierras en venideras generaciones.

Gondín me sorprende —¡cuántas veces lo habrá hecho!— con la pluma de grulla en la diestra y, bien cerca, la copa de vino añejo. Le sirvo otra y le doy licencia para que se siente.

—¿Qué es lo que celebramos, mi señor? —pregunta con disimulada ironía.

Aún me tomo algún tiempo para secar mi pergamino, enrollarlo cuidadosamente y guardarlo en mi arqueta de nogal reforzado.

—No es obligada una fiesta para beber un cuenco de vino —le digo.

Él moja los labios con cierta reticencia, me mira por encima de la copa y termina por endilgarse dos o tres sorbos glotones que convulsionan su gaznate.

—Dime Gondín, ¿qué se cuenta del nuevo señor de Bares? —le pregunto sin demostrar gran interés por el asunto.

Limpia con el dorso de la mano las rojas gotas que humedecen su barba y estudia la puntera de sus abarcas.

—Poco se puede decir; las gentes no se acostumbran todavía a la muerte del conde.

—Pero, en este tiempo, ya se habrán hecho conjeturas acerca del nuevo heredero —recalco.

Toma de nuevo el cuenco, hace un largo y ruidoso buche y lo traga de golpe.

—Dicen que el joven señor se preocupa más de la caza del jabalí y de las aspiraciones del obispo de Compostela, que de ampliar las fronteras de su feudo —comenta al fin.

Me alegran estas noticias si, en realidad, son ciertas. No quiero enemistades mientras se erige mi nuevo castillo. Necesito la gente para las obras y no para algaradas y maniobras defensivas. Pero todavía queda una pregunta por hacer.

—¿Y qué se habla de la construcción de la fortaleza?

Creo que por un segundo me ha mirado de reojo. Pero no, no se hubiera atrevido; un leve parpadeo debió ser o, tal vez, un error de mi vista que ya no es tan aguda como antes. En todo caso, cruza las manos sobre la mesa y sin arrogancia fija en los míos sus ojos.

—Sobre el nuevo castillo son muchas las cosas que se dicen —me espeta de corrido.

—¿Con que esas tenemos? ¿Y son buenas o malas tales cosas? —ironizo, vigilando mi curiosidad.

—De todo hay, barón —responde—. Abundan los que temen que habéis de imponer nuevas gabelas para costear los gastos. Otros piensan que las tierras de Montemor estarán mejor defendidas el día que ese gran castillo esté concluido.

—Y esos últimos, ¿son, acaso, los más? —le pregunto sin quitarle la vista de encima.

Carraspea largamente y apura el resto de su vino.

—Pienso, mi amo, que no son demasiados tus seguidores —contesta algo avergonzado.

—Pues no es tan malo lo que cuentas, amigo; de esa forma también seremos menos para beber lo que se guarda en mi bodega —le digo. Y mi tono desenfadado hace más fácil su respiración.

Después llenamos una y otra vez las copas y hablamos y chanceamos despreocupadamente hasta pasada la media noche. Al final, ambos estamos inflamados, pletóricos y convenientemente borrachos.

—Me preguntaste qué celebrábamos hoy, Gondín, y en verdad que no lo sabía, pero ahora te diré que nunca pude sospechar que los funerales de mi noble y viejo enemigo sirvieran para tan inesperada fiesta.

Pero él ya ronca apaciblemente; un reguerillo de baba se descuelga de sus comisuras. Mientras, afuera, gorgorea una lechuza.

## XI

Yo, mi señora Laya, no tengo por costumbre venir a esta cripta donde todo hace pensar en malandanzas y penurias. Es un miserable e inhóspito lugar, pese a lo que diga mi maestro de obras que mira las cosas bajo el prisma de plomadas y codales, de molduras y archivoltas, pero que desconoce lo que se encierra aquí dentro.

Sabes bien que nunca me faltaron empuje ni arrestos, porque pruebas te di en abundancia durante los años de unión que el destino nos concedió. Siempre tuve a gala no rechazar combate alguno, aun sabiendo que el brazo de mi adversario duplicaba la fuerza del mío. Pero hay cosas contra las que, si uno lucha, de antemano tiene garantizada la derrota. Tu vida fue corta y en ella más abundaron los placeres —aunque reconozco que no fueron exagerados ni exquisitos— que los sinsabores. Sin duda por eso no tuviste ocasión de aprender ciertas nociones que se adquieren solamente con el declinar de los años. Deja pues que te hable —ahora que mi barba ya encaneció lo suficiente como para que mis palabras te merezcan crédito— refiriéndome al recuerdo como uno de los más peligrosos enemigos; y mi vida, señora, está tan plagada de recuerdos que frecuentemente pienso si no acabarán devorándome como famélicas ratas. Por largo tiempo los rechacé, como ha de esquivarse una estocada mortal, pero es seguro que entonces disponía de más fuerzas y ánimos que hoy. Ahora vienen, pululan dentro de mí como siniestros moscardones y parten cuando les parece, mofándose con saña de la oposición de mi voluntad. También a eso he tenido que acostumbrarme. Pero aun dentro de ese turbio océano de las remembranzas, hay categorías insoportablemente dañinas y, es cierto, que en esta capilla se guardan las más ponzoñosas. No te extrañe pues, Laya mi bienamada, que rehúya este lugar de amargura en el que tu grácil, tu siempre ardiente y deseado cuerpo se pudrió hace largos y feroces años. Pero hoy me siento tan reconfortado por los acontecimientos, por la disposición amable de la fortuna —esa vieja zorra que tan aviesa suele mostrarse conmigo— que, por primera vez, he cedido a la tentación de venir a darte compañía y hablar de algo que me place.

Has de saber, dama, que nuevos aires corren por estas tierras de Montemor a las que con tanta prevención viniste un día. Apenas si podrías imaginar el bullicio y la animación que reinan en estos parajes que tú conociste tranquilos y rumorosos porque, además de los hombres de mesnada y los criados, nuevos operarios venidos de la villa trabajan para llevar a cabo mi propósito.

Todo es ahora muy distinto de aquella mañana de junio —sus resplandores están ya bien apagados— en que llegaste con tu séquito a este solar de Montemor.

Tus acompañantes, los parientes y hasta las doncellas y sirvientes que desbordaban las carretas que te precedían, me parecieron entonces tan gentiles y bien dispuestos como nunca antes tuviera ocasión de contemplar. No mintieron los consejeros que encandilaban los oídos de mi padre con la seguridad de una dote magnífica: las muestras estaban a la vista.

Yo, sin embargo, padecí entonces una desmesurada vergüenza. Por primera vez comprendí —y te digo que me arrebató el enojo comprenderlo— que lo que tú otorgabas era mucho más de lo que yo ofrecía. Estoy convencido de que estas tierras siempre fueron buenas; ricas en pastos y cultivos, abundante el ganado y la caza, fieles y cumplidores los feudatarios. No dudo que muchos barones pelearían a muerte por la posesión de una hacienda como ésta, sobre la que, además, no se cernía la amenaza del judío. Pero cuando pusiste pie en tierra, mi señora, vi en tus ojos la sombra fugaz del desencanto. Posiblemente nadie te había informado que los amos de Montemor nunca se preocuparon por realzar la calidad de su vivienda. Para ellos bastaban una torre de mampostería, un amplio cobertizo que sirviese por igual a hombres y bestias, unas someras barbacanas, un patio y un buen pozo. El noble solar no era, pues, lo que tú esperabas; nada tenía que ver con tu fortificado pazo del lugar, ni con las torres altaneras que vigilan las tierras de

Bonaval. Pero pronto aprendiste a no dar a lo superfluo más del valor que se merece. Por lo demás, teníamos amplios vergeles de amapolas en la ribera y un rumoroso bosque de álamos que tantas veces, mi señora, nos sirvieron de mejores lechos nupciales que el que nos reservaran en la torre.

Fueron buenos años —y ciertamente cortos— aquellos que mediaron entre nuestros primeros e inagotables espasmos de placer, el nacimiento de los hijos y tu muerte. Demasiado raudo todo; tan embriagador y fugaz que aún hoy me pregunto si, en verdad, existió ese tiempo de alborozo. Después advino mi baronía y no mucho más tarde comenzóse a forjar en mi cabeza la aventura. Payo encontró la forma de partir a Tierra Santa, si bien las torres de Montemor continuaron sin agrandarse.

Pero iré de lleno al asunto, porque se hace ya tarde y en este lóbrego recinto el aire es tan húmedo e insano que mis huesos se resienten y los miembros se anquilosan como en los viejos tiempos del cautiverio. Quizás el recordarme esta cripta, aquella otra siniestra —de la cual prefiero no hablarte— fuese motivo más que sobrado para que nunca antes de ahora te visitara. Bien sabes cuán reacio soy a las confidencias y más vale que guarde para mí el dolor y la injuria; que mueran conmigo, que todo aquello quede sepultado. Pero ahora hay algo que no va a perecer con mi cuerpo, que sobrevivirá a los siglos redimiéndome de todas las pasadas miserias. Esto es lo que deseaba decirte.

El viejo feudo de Montemor está engalanándose con la más hermosa joya nunca vista en muchas leguas a la redonda. Señora esposa: si dentro de unos meses, quizá no de muchos, volvieras a las tierras que un día conociste, ¡cuán grande no sería tu sorpresa y mi satisfacción! Porque has de saber que sobre la ladera que mira al bosquecillo del Caruel —el mismo en que durante muchos atardeceres nos solazamos sin prestar atención a la llamada del urogallo— he mandado hacer una gran explanada, protegida del Norte por un farallón difícilmente expugnable. En esa llanura robada al monte, desde cuyo punto más bajo se domina la mitad de mis tierras, se está construyendo la nueva morada. Un profundo foso de seis varas de ancho circunda los baluartes exteriores que están hechos no de argamasa y cascajo sino de buena piedra cantera. Los parapetos delanteros tendrán almenas altas de cuatro codos y tras de cada una podrán defenderse dos hombres. Torreones esquineros cubrirán los espaciosos adarves; noble patio bien porticado se abrirá en el centro del castillo, y lo más importante, dama, lo que ya me encumbra de justificado orgullo, será la recia y galana torre del homenaje. Pienso hornarla con antepechos y garitas que enriquezcan su factura y sirvan de excelentes lugares de vigilancia. En las paredes de la más alta de sus tres plantas mandaré abrir miradores de medio punto, de forma que la luz bañe la estancia desde el amanecer hasta el crepúsculo. Y te aseguro que no habrá en esta tierra de cristianos cosa que pueda semejársele.

Ya muchas veces te imaginé cardando el lino ante esos ajimeces, la mirada gozosamente perdida en los verdes infinitos, en el discurrir de las aguas remansadas del río, en el vuelo de las águilas —mírala, mírala como parece dormida en el éter, las alas extendidas y magníficas, oteando el paso de una pequeña alimaña entre las choperas—, o en el azul tan próximo de un cielo estival; imagino todo esto y mil cosas más, dama, y siento gran aflicción por ti que has de seguir yaciendo en esta oscura y terrible morada. Pero en este justo momento y antes de dejarte, hago aquí firme promesa de desenterrar tu arcón y tu lanzadera, tu espejo de estaño y tu libro de horas, para transportarlo todo allá arriba colocándolo donde más gratamente entre el sol y la brisa vespertina. Así, pienso que de alguna manera, también estarás tú presente y participarás de mi ventura.

Hasta que tal cosa se cumpla, hasta que mi deseo se torne realidad exacta, señora esposa, no he de volver por este lugar en donde la amargura me destruye.

## XII

Al llegar a la torre vivo el consabido bullicio que mesnaderos, peones y criados forman en las últimas horas del día, cuando en las grandes marmitas se cuece la pitanza y entre olores de berzas hervidas, humo de leños frescos, resudores y estiércol, todos se ocupan en dar los últimos toques a los arreos, mazos, palustres y escoplos que mañana volverán a utilizarse. Una buena hora, pienso, que generará otro día bueno y provechoso; uno menos para el final de mi obra.

Recorro el patio de buen talante, sonriendo por alguna chanza oída al socaire de una columna, regocijándome con los quiebros ridículos de un marmitón que pretende capturar una gallina asustada; gozando con el graznido de las ocas empujadas camino del corral o con los esplendores postreros de un sol que hace rebrillar el pizarroso tejado de la torre. Todo me parece amable y oportuno; en todo fijo mi atención despreocupada porque sé que a pocas leguas de aquí se va elevando firmemente, con precisión, sapiencia y esmero, un nuevo solar a cuyo lado éste no será más que una porqueriza abigarrada.

Así entretenido, casi tropiezo con el muchacho que se acerca al pozo y me saluda sin palabras. Me paro frente a él:

—¿Cuántos años tienes, Fernán Franquino?

—Dieciocho cumpliré en Pascua.

—¿Y cuántos llevas a mi servicio?

Noto cierta perplejidad en su mirada, como si se preguntara a qué viene todo este interrogatorio.

—Pronto hará tres, mi señor.

—Pues grandes progresos has hecho en este tiempo —le animo

—Procuro no deshonrar vuestra casa, barón.

—Bien está lo que dices, muchacho. —Y le franqueo el paso

Alza del suelo sin esfuerzo las dos grandes vasijas de agua y continúa su camino hacia las caballerizas. Con placer observo cómo se aleja. Cierto que el mancebo es de buena ley. Gondín, una vez más, no erró en su juicio: «El mozo es de noble condición y avispado y valiente como el que más», repetía, a la menor ocasión. Reconozco que ante tantos elogios tuve mis dudas. Este viejo astuto, me dije, pretende sin duda alguna merced para su joven protegido. Pero no había trapacería en sus palabras; simplemente me abría los ojos sobre la calidad de un servidor en el que yo —algunas razones tendría para ello— no quería reparar. Ahora, su conducta resulta meridiana. Todos están acordes en reconocer sus méritos (su destreza con las armas, su agilidad como jinete, etc.) aunque supongo que la envidia de algunos intenta reducir sus méritos.

También yo, he de confesarlo, veo en él un tan gentil garzón que lamento no corra por la suya, mi sangre. Qué noble Montemor daría, pienso, y al hacerlo me cruza el pecho un alevoso puntazo.

# XIII

Eran dos e iban, según dijeron, camino de la villa. Craso y bordoneante el uno; albino, cejijunto y de poblada barba, el otro. Traían consigo una especie de guzlas o rabeles que ataban a las espaldas con tiras de cuero mal curtido y calzaban cierta clase de abarcas o sandalias abiertas hechas del mismo material, por donde asomaban unos dedos renegridos y pustulosos. El resto de su atuendo no era menos pintoresco: capuchas raídas, cinturoncillos de mimbre de los que pendían pequeñas campanillas y bastones de madera nudosa que manejaban con particular y peligrosa ligereza.

Yo tornaba de mi regular visita de inspección y me encontraba de un excelente humor, por lo cual durante un buen trecho vine siguiéndoles a la distancia de un tiro de piedra, divirtiéndome con sus andares, sus paradas y sus abundantes y chocarreras discusiones.

Algo flotaba en torno a sus gestos y aspavientos, una atmósfera de festiva despreocupación, de cachonda y variopinta conducta, que me los hizo familiares. Les he visto un centenar de veces y no sé cuándo fue la primera o la última me dije. Y pese a la curiosidad que sentía por acercarme a ellos, comprobar su procedencia y algunas otras cosas, preferí seguir a su zaga, distrayéndome con sus aspavientos y mojigangas.

Durante algún tiempo ignoraron que les seguía pero, sin duda, cierto relincho de la yegua —algún día tendré que cambiarla por asustadiza y cabriolera— les descubrió mi presencia. Voltearon la cabeza casi al unísono y lejos de amoscarse o complacerse por mi vecindad, hicieron un movimiento ambiguo con la mano —algo así como: Dios te acompañe, o el Diablo te lleve— y siguieron en su caminar polémico y jaranero sin prestarme mayor atención. Pero al llegar al cruce de los senderos —el que serpenteando conduce a mi torre y el otro, que baja hacia la ribera y lleva más adelante a los peñascales de Zordoya—, se pararon indecisos un momento, consultaron entre ellos algo que por la distancia no pude oír y, finalmente, decidieron esperarme para que les sirviera de árbitro o de consejero.

Yo refrené aún más el paso de la cabalgadura para examinarlos y dar, al mismo tiempo, más importancia a mi arribo. Cuando llegué a donde estaban, se me colocaron a ambos lados, apoyándose por igual en sus respectivos cayados. Juro que por un instante pensé que tendría que recurrir a mi daga. Y, por San Gontrán, que me alegra reconocer ahora que me equivoqué de medio a medio.

Habló primero, cachazudo y sereno, el que semejaba más joven de los dos.

—En paz vengáis, caballero —dijo, sin acercárseme un palmo y analizando en un santiamén mi atuendo que, al parecer, no le impresionó demasiado—. ¿Por casualidad sois vos conocedor de estas tierras?

El otro, el de la figura oronda y campanuda, me estudiaba más divertido que curioso, sin levantar un ápice la barbilla del arco de su bastón.

—Digamos que en ellas me parieron —respondí sin asomo de burla.

—En tal caso, sin duda podréis ayudarnos —dijo el uno.

—Con seguridad que lo hará este noble señor —añadió el otro sin modificar su postura y con sonsonete tan chacotero que tuve que contenerme para no arrearle un puntapié que torciendo su báculo, diese con él por tierra.

—Apurad el asunto —dije ya un tanto mohíno—. No tengo mucho tiempo que perder. ¿Qué es lo que deseáis?

Se entrecruzaron rápidas miradas que nada tenían de peligrosas.

—Veréis —dijo el que primero había hablado—, el compañero y yo hemos recorrido no menos de cinco leguas en esta jornada de Satanás (perdonad la expresión), y buscamos un lugar donde pasar la noche a cubierto. Son ya muchas las que hemos dormido al claro y los huesos empiezan a resentirse.

—Es verdad caballero, tan verdad como que jamás llegaremos a obispos —apuntilló el otro.

—Así las cosas, hemos encontrado este cruce de caminos y no nos ponemos de acuerdo en tomar aquel que nos lleve más prestamente a un cobijo seguro.

—Sea tahona, chamizo, granja o burdel, pero no monasterio ni cosa que se le parezca —aclaró el otro—. Nos molestan tanto esos santos lugares, como al diablo el agua bendita —e hizo tal cómico gesto de repugnancia que no pude remediar una carcajada.

—Eres un pícaro bribón y maestro en agotar la paciencia ajena —le recriminé entre bromas y veras.

Su compañero intercedió rápido:

—Es simplemente el cansancio, señor, que le chupa el seso y agudiza su cretinez —casi imploró—. Pero no lo toméis a mal; es de condición tolerable, sobre todo si tiene algo que llevarse a la boca.

—Sólido y líquido o al revés —especificó el otro, restregándose lastimeramente la barriga.

—Por eso, lo que importa es que nos ayudéis en este pequeño dilema.

Mientras hablaban —¡y por Cristo, cómo lo hacían!— no cesaba yo de preguntarme dónde había visto aquellos pajareros individuos.

—Si me seguís —concedí— tal vez pueda ayudaros.

Al oírme, ambos me dieron las gracias efusivamente pero, de inmediato, hicieron hábilmente la primera aclaración.

—Antes de reanudar el camino, conviene deciros que nuestra bolsa se topa en exceso mermada —dijo uno.

—Sin ir al infierno por ello, os podemos asegurar que casi no hay bolsa —añadió el otro.

—De momento nada os he pedido —dije.

—Cierto, cierto, señor —aseguró el que parecía menos pícaro de los dos—, pero no está de más hacer la advertencia en los tiempos que corren.

—Pues ya la has hecho —aclaré.

Ellos debieron advertir el tono de irritación que no me preocupé en disimular.

—No os disgustéis por nuestras torpes palabras, caballero. Jamás pretendimos ofenderos.

—Tampoco diría yo que habláis torpemente. ¿Adónde os dirigís? —Se miraron un poco confusos, buscando, sin duda, una respuesta que pudiera alejar toda sospecha. Habló el más orondo que parecía llevar la voz cantante:

—A Compostela vamos, si la suerte no se nos torna esquiva.

—¿Peregrinos? —inquirí sin muchas ganas.

Volvieron a consultarse sin palabras.

—No exactamente; pero reconoceréis que como meta de camino, no es un mal lugar, Compostela.

—Tal vez no. En todo caso, bastantes jornadas os faltan para llegar allá.

—¡Oh!, no tenemos la menor prisa, señor.

—¡Ninguna! —aseguró tajantemente el más dicharachero.

—Y decidme: ¿no os tropecé a los dos antes de ahora? —les pregunté a bocajarro, tratando de poner en orden mis recuerdos.

—Es posible. Andamos de villa en villa y de lugar en lugar. Si de algo no pecamos es de permanecer demasiado tiempo en el mismo sitio.

—Nos gusta conocer nuevas gentes —dijo el de las pobladas cejas y tono más festivo—. Además de algunas otras complacencias que nada de malo tienen—aseguró con socarronería.

Entre frase y frase recorrimos más de la mitad del camino. Al subir el último repecho, surgieron a contraluz los apretados volúmenes de mi viejo solar.

—¿Por casualidad vivís en esa torre? —preguntó el albino. Y sorprendentemente colegí un asomo de preocupación en sus palabras.

—Así es —dije. Y demorando intencionadamente las palabras, añadí—: En realidad y, para aclarar de una vez las cosas, os diré que me pertenece, al igual que el resto de las tierras que hoy habéis recorrido.

Hubo un momento de estupefacción que me complací en no abortar. Sabía que mi afirmación les había confundido y supuse que no estaba de más una pequeña revancha por sus anteriores pillerías verbales que, en el fondo, más que molestarme, me habían divertido.

Tomó la palabra el más orondo y a punto estuve de carcajearme al comprobar el serio cambio experimentado en su tono:

—Vuestra ayuda nos ha sido provechosa, noble barón —decía el hombre, visiblemente nervioso—, pero ni mi compañero ni yo juzgamos necesario seguir molestándoos con nuestra compañía. Aquí mismo os dejamos pues, que todavía queda luz suficiente para encontrar algún chamizo que nos proteja.

El otro asentía muy compungido, mirando de reojo a uno y otro lado, en espera —supuse— de ver cómo aparecían las gentes de mi servicio armadas hasta los dientes.

—¿Tan miserable os parece mi techo, que lo rechazáis ahora? —les pregunté.

A punto estuvieron de caer de rodillas ante mí.

—No es eso, ilustre señor, nada más lejos de nuestra mente —dijo el que llevaba la voz cantante. Y puesto ya al lado de su compañero, le arrimó un fuerte codazo, buscando apoyo a lo que había dicho.

—Nada más lejos, cierto, cierto —apuntilló el otro perdida ya su antigua ironía.

—Pues entonces —dije apiadándome de tanta prevención— me vais a hacer la merced de aceptar un puchero caliente y un cuenco de vino. Para dormir siempre habrá un rincón que se tercie.

Volvieron a consultarse con apremiante mirada. La tentación era bastante fuerte.

—Sois un generoso y noble señor, ¡el cielo es testigo!, pero ¿y los hombres, barón, no vendrá nuestra presencia, tal vez, quiero decir...? —se aturullaba de nuevo buscando la ayuda de su compinche que no hacía otra cosa más que seguir vigilando el camino, a la espera de ver, surgiendo del centro de la tierra, una hueste de furibundos guerreros.

—¿A qué hombres te refieres? —pregunté con sorna.

—A los vuestros, a las mesnadas que aguardan en la torre. Quién sabe si la presencia de un par de vagabundos no llegará a irritarles —titubeó.

—¡Vaya! Resulta que sin pretenderlo te has vuelto cauteloso. Dime: ¿sabes leer? —le pregunté.

La contestación fue rápida.

—Sí, mi señor; y también tengo estudios de retórica y gramática. En cuanto a éste, pasó dos años con las ciencias sagradas.

—¿Y no has leído en tus sapientes manuscritos que es el amo el que impone la ley y son los sirvientes los que habrán de cumplirla?

Se rascó la cabeza y me miró perplejo:

—Es posible, barón, aunque ahora no lo recuerde. Pero no cabe duda de que así será si vos lo decís —aseguró.

—Entonces, ¿a qué viene ese temor por lo que piensen mis hombres?

Guardaron tal silencio abochornado, que me pareció justo no aguijonearlos más.

Ya al cruzar el foso parecían completamente serenados. Y la perspectiva de calentarse las tripas acabó por barrer sus temores, cuando les hice servir en mi propia sala abundantes viandas y un gran jarro de vino, del que libaban como abejas en vergel.

Gondín no daba crédito a sus ojos comprobando cómo su amo trayendo aquel par de tunantes al viejo solar creaba, sin que nadie lo esperase, un ambiente de fiesta inusitada. Por mi parte y cuando me pareció que mis dos huéspedes se encontraban suficientemente entonados, hice llamar al joven Fernán y a su compañero Pero Bermúdez, a Beito Duraez, el oficial cantero, y a Vermún Dolmedo y díjeles que los hombres que no tuvieran un imperativo cometido que hacer —la vigilancia de este solar es más bien somera, en los tiempos que corren— se sumasen a la reunión.

En un momento, la estancia se pobló de galopines, pues todos querían participar de algo que no fuese trabajo y sacrificio. No ha sido mala suerte toparme con este par de clericuchos vagantes, pensé; y mandé traer largas tablas y trípodes necesarios para que a lo largo y ancho de esta vasta sala, cada cual pudiese gozar de las habilidades de mis invitados y echarse, de paso, un trago al coleto.

—Y bien, maestro —pregunté al que siempre juzgara más vivaracho—, ¿a qué estáis esperando para que estas gentes conozcan el sonido de vuestros rabeles?

Ellos se hicieron una seña de connivencia —«hasta aquí hemos llegado, hermano; ahora nos toca pagar el diezmo»— y comenzaron a pulsar sus instrumentos, que, al primer intento sonaron más destemplados que las tripas de un hambriento.

El momento de expectación se quebró con un alud de carcajadas estrepitosas. Pero los otros supieron amañarse haciendo una bufonesca reverencia a todos los presentes.

—Estas pobres cuerdas, ilustre concurrencia, se encuentran aquejadas del mismo mal que corroía nuestros estómagos; pero, no temáis, que saben calentarse rápidamente.

—Pues poned manos a la obra, si no queréis que nos dé aquí la hora de prima —les repliqué.

Mis gentes, a la sazón, estaban convenientemente sopladas y no tardaron en iniciar sus rechiflas y puyas, suponiendo que el amo se encontraba en la mejor disposición para tolerarlas. Pero aquel par de tunantes, una vez repletas sus andorgas por el yantar abundante, admitían cualquier broma sin que ello les importase demasiado, ocupados aparentemente en sacar alguna melodía de sus recalcitrantes instrumentos.

Cuando pareció tenerlo todo a punto, Martín, el más chusco, me hizo una advertencia previa:

—Sabed, barón, que nuestras coplas distan mucho de las lindezas de los maestros troveros; en nuestra condición solemos entonar lo que viene al caso.

—Nadie te ha dicho que estés en un juicio de Dios, así que empieza por donde mejor gustes —le tranquilicé—, pero hacedlo vivo.

Parece que la orden dio su fruto esta vez, porque rápidamente se oyeron los primeros sones de aquellos desdichados instrumentos y las voces gangosas de mis dos invitados entonaron:

*Foi un día Lopo xograr*
*a cas de un infanzón cantar*
*e mandoulle ele por don dar*
*tres couces na garganta.*

El inicio tuvo éxito, porque la mayoría sabía la copla y aunque cada uno por su lado, todos corearon a grandes voces:

*e fuille escaso, a meu cuidar,*
*segundo como el canta.*

Gondín, sentado no lejos de mí, entre buchadas y enjuagues me mira rebosante de una extraña jovialidad: ¡Ah!, barón, bienvenida sea una velada como ésta; claman sus ojos cargados. ¡Aleluya! barón, por una noche sin terrores, ni malos presagios. ¡Canta, canta, mi señor, y no pienses ahora en otra cosa; nada hay mejor que una tonadilla alegre, rociada del bueno y saludable jugo de la viña, para cambiar el prisma de las cosas y aupar los sueños imposibles. Alégrate y canta.

Sí, creo que eso es lo que me está diciendo mientras, rítmicamente, golpea su cuenco en las tablas de la improvisada mesa y trata de elevar la voz entre el bosque de gritos, entre el clamor de gorgoteos y ronquidos, de palmadas y borborigmos en que se ha convertido hoy esta sala desabrida y solitaria.

Por mi parte, asiento complacido y levanto por centésima vez mi copa, con lo cual todos vibran y renuevan su entusiasmo, tarareando las ingeniosas procacidades por las que ya se bandean los renegados clericuchos: *In taberna quando sumus, non curamus quid sit humus,* repiten todos, desde el viejo Vermún hasta el último caballerizo, embriagados no solamente por los vapores del vino sino también por la nostalgia de una hembra, moza o jamona, puta o doncella, fruto ausente y agudamente apetecido en esta noche sin tapujos. Porque ahora, precisamente, relegados los normales pudores, surgen las necesidades del miembro acalladas por el duro trabajo de cada día. ¿Dónde están las mujeres?, preguntan mis invitados y alguien señala chuscamente a esa vieja sarmentosa —¡cómo te han destrozado los años, ama!— encargada de abastecernos del vino necesario: ¡Gozad de la abuela! ¡Disfrutad sus verdes encantos! No tenemos más bellezas en este solar. Y ya estoy a punto de recriminar el descaro, cuando reparo que no vale la pena enfrentarse con mis hombres por la virtud de una anciana sorda a la que, al fin y a la postre, ya todo se le da un ardite. «¿Pero en qué ocupáis vuestras vergas, pitañosos?», pregunta el goliardo en una pausa de sus cantinelas; y los otros se codean haciéndose gestos equívocos: ¡bah!, ¡bah!, siempre hay alguna aldeana que se pilla al azar cuando se baja al molino y de no ser así, pues se desfoga uno como puede. Con esta aclaración vuelve el general coro de carcajadas y el incidente —que estuvo a punto de crear cierta tensión— se da por zanjado. Enhébranse por centésima vez los destemplados coros y el rojo vino gotea de las mesas y riega el piso de tierra y paja: *In taberna quando sumus;* todo, más o menos, vuelve a ser como antes porque ahora, aunque aparentemente la jocundidad se muestre en los semblantes, hay una sombra de nostalgia que estos recién llegados, parleros y cínicos, acaban de remover. Pero no se les debe acusar de nada; ellos razonan con sensatez: un hombre sin mujer es como un animal anhelante y defraudado y tú, Montemor, que ni anhelas ni satisfaces cuando —recuérdalo bien— siempre fue al contrario, te debes estar convirtiendo en un viejo y cansado buey.

—¿Tú qué opinas, buen Gondín? —le pregunto de improviso.

—¿Sobre qué, barón?

—Sobre los hombres castrados.

Se queda un instante boquiabierto y cruza inmediatamente los dedos sobre el pecho.

—Dios nos libre de una maldición así —añade, sin recuperarse todavía de la sorprendente salida.

Yo procuro serenarlo y le palmeo la espalda para tranquilizarlo.

—Bebe, hombre, bebe, que no vas a correr tú esa desgracia.

Él aún permanece indeciso unos instantes, pero confiado por mi aspecto plácido, se reintegra al coro general que crece orgiástico; que se desgañita en un alboroto como no se recuerda igual en muchos años.

* * *

Al borde del mar me parece que es menor el peligro; que, en cierto modo, el océano también puede ser un aliado; que son más breves los horizontes que debo vigilar. Llegar a Sidón antes de la noche: ésa es la apuesta. En ella se juega mi vida —esto que me queda de vida— sin que se perfilen trazas de revocación. Una simple cabalgada contra la muerte, contra el abismo de la total oscuridad; una pugna por la supervivencia que, en este momento, en el que me salpican el rostro las esquirlas salitrosas, me parece soportable y hasta valiosa. Pero galopar de Tiro a Sidón en solitario es siempre un riesgo difícilmente superable; un reto desesperado, casi una quimera. Sin embargo debo hacerlo o, mejor dicho, mi voluntad —que no se quebró en los años de cautiverio, ni en éstos más suaves, casi letíficos de tu servicio, mi señor El Rasch— quiere superar la prueba. No pienso si seré capaz de tolerar el reverbero del sol viajando serena, pero implacablemente allá arriba;

si aguantaré el ardor de esta garganta desacostumbrada ya al rigor de la calígine; si mi cabalgadura resistirá también al agotamiento. No hay tiempo para entregarse a conjeturas por verosímiles que sean; es obligado concentrar la mente en un objetivo único, estrangular las divagaciones sinuosas, acabar con el serpentario juego de las posibilidades. Ahora no hay triunfos ni fracasos: simplemente llegar a Sidón; escapar otra vez —otra y otra vez— al cepo que me persigue como la sombra al cuerpo. No más esclavitudes, no más negaciones. «Ve a Sidón», me dijiste; y comprendí al instante porque la intuición, a tu lado, se ha convertido en ciencia más exacta que las álgebras y cuadraturas que tanto amas. Y cuando cayó de tu mano la copa tras el postrer y decisorio banquete (todavía no se apagó en mis oídos el tintineo de su puro metal contra el espejo de mosaicos) y tus ojos se cubrieron con el aliento de la muerte, abandoné tu cuerpo y galopé hacia Sidón.

* * *

Hoy de mañana dejaron la torre. Bien vistas las cosas no me hubiera importado que permanecieran algún tiempo más, pues reconozco que mis hombres andan escasos de diversión y sí abundantes de trabajo. Pero ellos se mostraron remisos en aceptar la oferta: «Dos días es una larga estancia, barón. Si la prolongásemos acabaríamos siendo vuestros bufones y eso no es conveniente ni para nosotros ni para vos.» Así me dijeron, usando de una filosofía que no hubiera yo supuesto en mentes tan livianas. Y partieron, después de informarme de cuanto se cuece por estas y otras tierras y desearme todo género de venturas con una sinceridad por la que no arriesgaría mi pulgar. Partieron dejando tras sí un vacío de zarandajas y pillerías, de ingeniosidades y chascarrillos que jamás hubiera creído llegara a producirse. En resumen, dejaron este solar tan mustio y aguado, como no hubiera podido calibrar un par de días antes.

—¿Acaso te apetecería acompañarles? —pregunto a Gondín en quien descubro un matiz de velada melancolía, al ver cómo se alejan camino del soto.

Él no modifica el objetivo de su mirada, pero dice:

—Ya pasó el tiempo de la perpetua algazara, barón —y noto un acento amargo en la respuesta.

—Y esa libertad de la que tanto alardean, ¿tampoco te seduce?

Calla por un momento; arranca una paja y mastica su punta.

—La libertad es como un pregón que cada uno fabrica a su gusto —dice con voz mansa.

—Bien, no es imposible que algún día los encontremos de nuevo —digo yo pensando en alto. Y me vuelvo hacia la torre mientras oigo, amortiguados por la distancia, los primeros versos de la cantinela goliarda:

*¡Oh! Fortuna*
*mudable como Luna...*

## XIV

Se necesitan más brazos. Todavía nadie me lo ha dicho, porque en la ausencia de Pero Lupiáñez parece que ninguno quiere arriesgarse a asumir el papel de portavoz de exigencias, sobre todo después de lo que sucedió en las viejas canteras. Pero en cada visita a las obras veo más patentemente la necesidad. Dentro de cuatro o cinco semanas empezarán a retirarse los andamiajes de las murallas exteriores y se acometerá la parte más difícil de la construcción. Todos los hombres serán pocos para entonces, si quiero que no decaiga el ritmo de trabajo.

Realmente la suerte no me fue esquiva hasta ahora y, excepción hecha de aquel contratiempo, nunca supuse que mi castillo adquiriese —aunque entablillado como un renco y todavía carente de sus torres cimeras— el bravo porte que ya exhibe hoy. Pero ha llegado el tiempo de las exigencias y cuando por las mañanas aparezco en los bancales, el oficial me saluda con escueto protocolo, dándome a entender que más apreciaría la visita si viniera acompañado de un puñado de artesanos bien dispuestos. Le comprendo y callo en espera de esa solución que de momento no está en mis manos, porque, entre otras cosas, también el oro del judío se va consumiendo.

Pero las noches de vigilia sirven no sólo para alimentar fantasmas sino que también son útiles para dar a luz ideas. Y precisamente fue anoche —bendigo esa tiniebla provechosa, ese fértil y amañador silencio— cuando decidí tomar una medida para la que no ha sido necesario recurrir a la fuerza.

Hoy subieron a la torre los comisionados que portan los diezmos de la cosecha.

Les recibí con mayor solemnidad de la acostumbrada. Hice sentar en un lado a Gondín —que exhibía sus atalajes militares con gran ufanía— y en el otro, al maestre de armas. Fernán Franquino erguía su alabarda justamente detrás de mí y dos mesnaderos guardaban la entrada de la sala.

Presentadas las cosas de esta guisa, cuando los apocados labriegos flanquearon el umbral, casi podía oírse el acelerado golpeteo de sus corazones. «No esperabais este recibimiento, buena gente, pero es necesario que todo funcione como es debido», me dije; y con amable gesto les indiqué que se acercaran y me informasen del rendimiento de las tierras. Naturalmente después de los reiterados saludos iniciaron la consabida retahíla de lamentos que corté sin asperezas.

—No podéis decir que vuestro barón os haya sometido a levas, ni que las mieses y las vides quedaran asoladas por conflictos de armas —advertí.

No —gracias sean dadas a todos los santos patrones—, ellos no afirmaban tal cosa y hasta reconocían que desde el día feliz en que yo regresara al feudo, las tierras de Montemor gozaban de una paz beneficiosa salvo, tal vez, algunas lamentables incursiones en las que —lo juraban por Dios— mis hombres nada tenían que ver. Por mi parte les tranquilicé asegurándoles que me congratulaba tener feudatarios de buena condición. Ellos, sin perder su natural resquemor, empezaron a sentirse menos agobiados por una audiencia que carecía de síntomas normales. Era el momento propicio para informarles de mi propósito:

—Bien sabéis —les dije— que estoy levantando en mis tierras un grande y poderoso castillo. Ni vuestros abuelos tuvieron, ni vuestros nietos tendrán ocasión de contemplar otra cosa semejante —afirmé con orgullo—. Una fortaleza como ésta alejará al enemigo y preservará vuestras familias si, por desgracia, llegasen días malhadados.

Ellos asentían en silencio pero sus rostros comenzaban a reflejar incertidumbre. Algo nos va a pedir el barón, pensaban sin duda, ¿para qué, si no, tantas palabras?

Y el barón continuó diciéndoles:

—La obra que está construyéndose es como la tierra que vosotros laboráis: necesita ayuda si se quiere lograr algo bueno de ella. Y hoy es el día en que preciso de vosotros, mis vasallos, para llevar a buen término lo que pretendo. —Les hablaba mirándoles detenidamente y de esta forma advertía los signos de nerviosismo que se patentizaban por momentos: fijaban la mirada en el suelo, encorvaban los hombros, se acercaban disimuladamente unos a otros como preparándose a recibir un duro golpe. Yo comprendía su miedo, pero no por eso dejaba de sentir hacia ellos un inevitable desprecio.

—No temáis que vaya a cargaros con nuevos impuestos, diezmos o gabelas. No se trata de eso. ¡Escuchadme bien!

Y levanté la voz de tal manera y tan repentinamente que oí el crujir de sus huesos, el temblor de sus miembros agobiados. Para entonces ya formaban un pequeño y aterrorizado grupo de seres larvarios; consumiéndose en la apetencia de que se abriese en la tierra una piadosa brecha que les engullese definitivamente. Les vi tan anhelantes de liberarse de mí, tan agobiados por el temor, que sentí una ola de asco y vergüenza por tener que dirigirme a ellos en solicitud de ayuda. Sin embargo dominé mi impulso y clara y llanamente les fui exponiendo mi plan. Y a medida que lo hacía me fui convenciendo de que era justo mi trato:

—Voy a condonaros la mitad de vuestros tributos para el próximo año. A cambio, vosotros escogeréis veinte mozos fuertes y trabajadores que enviaréis tres veces por semana para ayudar en las obras del castillo, hasta que éstas concluyan —eso era todo. Callé. También ellos guardaron paralelo silencio.

—¿Qué me decís? ¿Juzgáis exagerada mi petición, siendo yo vuestro señor y vosotros mis vasallos? —les pregunté amenazando cólera.

Cuchichearon entre sí breves instantes y después de que eligieron, al parecer, un portavoz, le empujaron unos pasos hacia mí.

El hombre —enjuto de cuerpo y el rostro marcado por arrugas profundas como surcos de arado— no atinaba con las palabras; tartamudeaba y sudaba como un queso fresco. Sus compañeros le miraban, dudando de la eficacia de sus palabras y venteando mi cólera. Pero el aldeano se fue recuperando paulatinamente y a medida que se enfrentaba —a su entender— con el peligro, fue dominando el miedo y aclarando voz y postulados: No, no pedía demasiado el noble barón; nadie diría que había injusticia o despotismo en la demanda. Ellos comprendían las necesidades porque, a veces, cuando el año es bueno y llega el día de la cosecha, es un dolor ver cóma las mieses se pierden por falta de brazos. Expuso seguidamente las desgracias a que está sometido el labriego; las innumerables plagas que pueden aquejar a las bestias y a los hombres que viven del campo; las tragedias imprevisibles, las asechanzas del enemigo vecino, etc. Y seguiría hablando, yo creo que durante horas y horas, tal vez días y días, venciendo sus reparos en cada nueva palabra, con el hallazgo de una torpe metáfora, o con cualquier otro ardite que pudiera servirle para mantener su endeble integridad. Aburrido le interrumpí:

—¿Entonces qué me decís?

El hombre buscó de nuevo el apoyo de sus compañeros —ayudadme, mostrencos, ¿qué digo yo a éste?—, pero los otros seguían contando las hormigas y no levantaban la mirada del suelo. La situación comenzaba a enervarme y a punto estaba de concluir la sesión con una orden tajante, cuando finalmente arrancó el atribulado paisano:

—Veinte mozos garridos es casi toda nuestra sangre joven, mi señor, pero contad con ellos si a cambio vos nos reducís los diezmos —concedió.

—Eso ya está dicho —aclaré.

Los demás se codearon y solapadamente iniciaron entre ellos ciertos comentarios que, por el gesto, supuse no corroboraban la decisión de su portavoz.

—¿No estáis de acuerdo con lo que este hombre habló? —les pregunté retadoramente.

Del grupo se adelantó uno de ellos. Parecía seguro y aguantó mi mirada.

—Bien sabéis, señor, que son muchos los días en que vamos a carecer de nuestros mejores mozos; las faenas se resentirán por ello, pero vos sois un generoso señor y os agradecemos el trato.

Mientras me hablaba, algo me hizo recordar los modos y maneras de aquel hombre; era decidido y había muestras claras de dignidad en su porte. ¿Dónde le había visto antes? Seguí oyéndole con más atención.

—Mis compañeros y yo os pedimos licencia para haceros una sola pregunta.

—Hazla, pues —díjele ya mohíno.

—¿Cuándo se terminarán las obras de ese gran castillo, noble señor? —demandó un tanto desafiante.

Gondín me tocó el brazo; según él debería contener mi furia ante la impertinencia oída. Hícele caso y respondí al joven aldeano sin levantar en exceso la voz:

—Las obras del castillo finalizarán cuando quede bien asentada la última piedra. Ahora ¡marchaos de aquí! —les aclaré, controlándome a duras penas.

Atropelladamente abandonaron la estancia, tras el esbozo de un saludo abortado por mi gesto seco.

Cuando nos hubimos quedado solos, Vermún, Gondín y Fernán Franquino se miraron interrogantes. No sabían cuál iba a ser mi réplica. Yo mantuve en vilo su expectación unos segundos y después estallé en una sonora y trepidante carcajada. Aún tardaron un poco en unir las suyas a la mía.

# XV

Con el aporte de los nuevos braceros, que no están preparados para la índole de este trabajo (como tampoco lo estaban al principio mis mesnaderos), pero que en breve serán una ayuda formidable, en las obras se vive una renovada animación. Los peones asalariados que trajo Pero Lupiáñez se ríen de las torpezas cometidas por los labriegos, les motejan de patanes destripaterrones y les encomiendan las tareas más duras aprovechándose de esa nueva savia, pero al mismo tiempo se alegran de tener un refuerzo que les permitirá concluir un trabajo del que ya empiezan a cansarse.

El oficial cantero recibió a mis gentes —no se me antoja descabellado llamarles así— con indiscutibles muestras de satisfacción y parece como si, de momento, me hubiese reconciliado con todo el mundo, incluso conmigo mismo. Así que para vivir las delicias de las nuevas efemérides y también para cerciorarme de que no se me ha mentido durante las primeras semanas no olvidé levantarme al alba los días fijados, para contemplar el paso de esta cuadrilla camino de las obras. Los observo a distancia y compruebo que son jóvenes y animosos y que la idea de romper los mecanismos de su rutina diaria no solamente no les molesta sino que de alguna forma les produce cierta complacencia.

No callaré el hecho de que al verlos cruzar por mis tierras en la amanecida, sabiendo a dónde van y cuáles son los resultados que se conseguirán con su refuerzo, me siento arrastrado por la marejada de la soberbia.

Pienso que todavía vale la pena llamarse Payo de Montemor, barón de estas tierras; que no sería necia imaginación esperar que mi vida aún pueda dar de sí sorpresas dignas de figurar en algún cronicón, o cuando menos, que los hilos que vaya introduciendo en el estambre de estos años no desaparecerán con la facilidad de los pasados. En esos momentos de euforia rechazo cualquier escrúpulo de necia modestia. SEMPER AUDAX, decían mis abuelos. Yo no hago otra cosa que seguir su consejo.

—¿Qué os parece el espectáculo? —preguntó a Gondín y a Franquino que frecuentemente me acompañan en las rondas mañaneras.

—No recuerdo haber visto tantos hombres unidos para algo que no fuera la guerra —afirma Gondín con una satisfacción que infla cómicamente sus mejillas.

Es cierto, pienso; tampoco vi yo una cosa igual. Y me henche la alegría causada por el éxito de mi gestión y la buena marcha de las cosas, ya que todo se va cumpliendo como era de esperar. Los hombres acuden a mi llamada; los peones están a la brega, mi castillo se erige; no, no solamente eso, es que ya columbro su final, su gloria futura.

¡Ah! sí, es grata la mañana y el acúmulo de acontecimientos dichosos me impulsa a dar nerviosas galopadas en torno a mis acompañantes; a palmear amistosamente las espaldas cuando paso a su lado; a recoger del suelo puñados de hierba que les arrojo a la cara entre risas que creía ya extinguidas.

Pongo mi corcel en dos patas y me yergo en la silla:

—¡Mirad, mirad cómo acuden a la obra! —les grito—. No os quedéis ahí como unos pasmarotes creyendo que vuestro amo se ha vuelto loco. Os aseguro que nunca estuvo más cuerdo —les digo en un tono de falsa reprimenda—. Sois vosotros los que todavía no habéis despertado y tenéis los ojos tan legañosos y atrofiados que no os dais cuenta de los nuevos rumbos por los que empieza a marchar la casa de Montemor.

Y torno a retozar sobre mi cabalgadura, haciendo tales alardes de equilibrio y destreza que por sus rostros se diría que no saben con quién se las están habiendo en estos momentos.

—¡Si parece que estáis poseído por el baile de San Vito! —chilla el bueno de Fernán Franquino, haciendo cabriolar también su caballo. Indiscutiblemente mi alegría se les ha contagiado—. Nunca os hemos visto así, barón; aparentáis diez años más joven; sin duda os habéis convertido en otro amo, esta mañana.

Gondín se aprieta los riñones doblado por la risa.

—Cuida tus huesos, barón, no se os vayan a descoyuntar con tantos meneos —me advierte. Y yo le propino un capirotazo que le obliga a espolear su montura para hurtarse a mis siguientes chirigotas.

—¡Viejo achacoso y fornicador! ¡Tú serás el primero en colgar de las almenas a modo de estandarte! ¡Has de sentir en tu cuerpo tamaña insolencia, bribón! —y azuzo mi yegua tras la suya que me rehúye hábilmente. Sí; es una buena y alegre madrugada ésta, vive Dios, y me alegro de que no esté aquí presente Pero Lupiáñez ni el resto de mis criados y mesnaderos porque supongo que huirían espantados al presenciar tales jocosos desafueros.

—¿Queréis que nos acerquemos a las obras? —pregunta Fernán cuando al fin todos, y yo el primero, volvemos en nuestras cabales.

—No, dejémosles que cumplan su tarea sin importunarles —respondo.

Y regresamos entre carreras y apuestas, entre brincos y molinetes a la torre en donde calentamos leche y mojamos en ella el pan recién salido del horno, aprovechando el almuerzo para descansar un poco y tomar fuerzas para la jornada recién comenzada.

A la vista de cómo discurren los acontecimientos, sin nubes que ensombrezcan un rápido y satisfactorio final, he juzgado que no estaría de más ofrecer a mis incondicionales alguna distracción que les libere de las tensiones a que les vengo sometiendo en los últimos tiempos.

Dentro de cuatro o cinco días hará su rutinaria visita mestre Pero, quien en esta ocasión va a llevarse, según pienso, una formidable sorpresa al comprobar cómo se ha mejorado y hasta acelerado la cadencia de las obras. Aprovechemos, pues estos días, me digo; entreguémonos a lo que todo señor que se precie de serlo, jamás habría abandonado; disfrutemos de lo que nos brindan estás prodigiosas tierras; acosemos al jabalí y al oso. Vivamos la cruzada suerte de la montería.

Gondín y sobre todo Fernán Franquino no caben en sí de gozo: «Hace ya largas semanas que no hemos salido al monte, barón; los mastines están como embotados y desconocidos; no hacen otra cosa que comer, dormitar y esperar épocas de celo», me avisan cuando no creen importunarme. «En ese caso, muchacho, no se distinguen gran cosa de los habitantes de la torre», le contesto; y el garzón se aleja mohíno y pesaroso de haber cumplido con una obligación que nadie le exige.

Hoy, sin embargo, la suerte le ha sido propicia:

—Prepara los halcones, Fernán, que vamos a precisarlos —le digo.

Sus ojos brillan de júbilo.

—¿También los mastines, barón? —pregunta.

—Por supuesto; a ver si esos canes son capaces de hacer algo que valga la pena —animóle.

El hombre salta de gozo: ¡al fin hay montería!; ¡salimos a la caza del jabalí, maese Gondín!, va gritando por todos los rincones como un chiquillo al que se concede un regalo muy apetecido. Y los criados, los caballerizos que prestan servicio en la torre, se hacen guiños de complacencia: el barón está de buen talante y prepara gran cacería. Está bien, está bien, no hay para tanto; cuidad que las monturas estén dispuestas, ¡pobres de vosotros como regresemos sin un par de machos bien cebados!, les advierto entre bromas y veras. Pero ellos dicen amén a todo, disfrutando por anticipado de la jornada que se avecina, del posterior banquete, de la algarada que conlleva una actividad que en otras circunstancias distintas a las que ahora se viven en este solar pendiente de unas obras agotadoras y absorbentes, no dejaría de ser algo cotidiano.

Con un solitario y quebrado aviso de cuerno de caza, Fernán Franquino ha puesto el primer jalón a este día montero. ¡Por San Benito que ya estaba olvidando las nobles y sanas costumbres de un señor de haciendas! Las preocupaciones y el ansia de este negocio en que me hallo inmerso relegaron los buenos hábitos y diversiones. No, es justicia dar satisfacción al cuerpo, romper el agobio de los días informes, tensar el arco y escuchar el rápido aleteo del halcón que remonta vuelo. Vámonos, compañeros, tras las torcaces; mejor aún, tras las huellas del corzo y del sabroso jabalí; corramos hacia las fragas altas; aprovechemos el día del mejor modo; espabilemos los mastines que ciertamente empezaban a criar grasa con tanta holganza; bebamos el vino claro bajo el fresno, sudemos bien la galopada, carguemos los arneses con los trofeos ligeros, hinquemos a placer el cuchillo en el gaznate del ciervo acosado.

—¿Estás satisfecho, Fernán? —pregunto al mozo.

—Por todos los santos, mi señor, jamás vi una pieza tal.

—¿Serás capaz de comer tu solo media rabada, viejo Gondín?

—Dadme el vino suficiente y podréis comprobarlo.

Ya se siente el olor del laurel, de la grasa chirriando sobre las piedras recalentadas, del mosto fermentado, de las grandes tajadas de queso cabrero.

—¿Tornamos mañana al monte? —les pregunto, tras limpiarme la garganta con un apetecido trago de vino.

Me miran perplejos, se interrogan mutuamente con miradas indecisas: ¿estará en su juicio, nuestro amo?

—Mañana y cuantos días más gustéis, mi señor —responden.

—Basta, basta; también los canes necesitan su descanso.

Pero ellos todavía esperan una confirmación por mi parte, porque el día no ha podido ser más jugoso ni la suerte más complaciente. Hay que apurar las tornas cuando vienen propicias, barón, me dicen. Y yo les tranquilizo:

—Si os levantáis antes de la hora prima, mañana ojearemos el bosque del Caruel, mastuerzos —les aseguro.

Ellos se golpean ruidosamente los muslos, gozosos, casi radiantes, prometiéndose un regocijo como el que han tenido hoy.

## XVI

Ya despierto, enervado por una preconición agorera, me debatía en el jergón antes de que irrumpieran en mi celda, antes de que, trastornados por la magnitud de la desgracia, me zarandearan gritando convulsos y amedrentados la irreparable tragedia.

Fuera sordo y hubiera entendido sus lamentos; ciego, e igualmente apreciara el terror de sus caras. Repito que algo estuvo flotando durante las horas de vigilia en torno a mí; un hálito proclive a la desesperación y a la angustia; una queja amarga, un fatal desasosiego tan funesto y corrosivo como jamás viviera anteriormente. Por ello, apenas si hube menester de sus chillidos para saltar, irguiéndome como una fiera acosada: «¡Arde la obra, mi señor! Se derrumban contramuros y adarves como cascotes de barro. Brasas retorcidas son ahora las vigas maestras. ¡Nada se salva, barón, nada se mantiene en pie. Todo es ya descomunal hoguera que ilumina la noche!» Esto me dicen e inmediatamente reculan, temerosos de que en el primer arrebato la emprenda a golpes con ellos y les machaque la cabeza contra las paredes.

Pero escurriendo su miedo, apretujándose en el vano de la puerta, siguen informando trémolos de emoción. «¡Nada se pudo hacer, señor. Todo fue rápido y traicionero como tormenta de verano; ni vos mismo hubierais podido impedirlo. Así fue de alevoso e inesperado el ataque, noble señor.»

Guardo silencio aunque la furia esté a punto de hacer saltar las venas de mis sienes. Me falta aire; siento como la sangre forma un nudo crujidor y lancinante en mi cabeza; quiero pensar en algo mientras me visten la cota y me fijan al talabarte la espada de doble filo. Me afano en aclarar la mente sin querer prestar atención a las carreras que no cesan en torno a mí, a las voces admonitorias, al cascado toque de arrebato de la campana de la torre. Necesito mantener las ideas en orden, las piernas firmes, la voz sin un quiebro. No saben lo que dicen, mi señor Ahmed; con seguridad deforman los hechos. Son patanes que se amilanan por una hogueruela sin importancia, por una escaramuza baladí. No debo perder la serenidad; éstos son los momentos en que se templa el acero, tú lo dijiste; pero, ¿y si es cierto, señor, si es verdad que toda mi obra se está hundiendo? Si no hay insensatez al decir que en unos minutos, en unas horas, todo se habrá convertido en pavesas humeantes, ¿qué es lo que conviene hacer? ¿Cómo se tasca el freno de la mente, para no caer en la locura?

Mis fieles Gondín Gondínez, Fernán Franquino, Vermún Dolmedo espolean el torturado vientre de sus monturas en pos de la mía. Oigo galopar más corceles que vienen muy a nuestra zaga; otros, a pie se lanzan en la noche camino del lugar de mi desgracia portando teas, enarbolando bieldas, gujas y hoces de poda. Mientras voy devorando las tinieblas y el viento helado taladra mis huesos, pienso que son muy pocas leguas las que nos separan de la obra para no atisbar el fulgor del incendio, para no percibir ya el tufo de la quema. Claro está que el viento sopla en nuestra misma dirección y olvidada tenía esa loma que oculta en parte el horizonte. De todas formas pienso, quiero pensar, que se hace raro no vislumbrar ya un signo, por pequeño que sea, que delate la naturaleza del desastre.

Pero una vez sorteado, salvado el embaucador repecho, ya no cabe engaño: mis últimas esperanzas se desvanecen bruscamente. Allí está la gran hoguera, las crujidoras brasas que se abaten sobre el campo en luminarias gozosas; los bloques de granito que se desploman sobre el acantilado, los mástiles carbonizados y humeantes, la chamuscada osamenta de poleas y cabestrantes. Detengo mi cabalgadura haciendo sangrar brutalmente sus ijares. ¡No puede ser, no puede ser!, me digo. Y olvidadas pesadillas del cautiverio se cruzan ante mis ojos. Escenas odiosas y vergonzantes que debieron haber agotado largamente su contenido. Ahora no puede ser, me repito; y bajo como un poseso la vaguada, atropellando cuanto encuentro a mi paso, ahogándome en espesos humos; escupiendo sobre hombres y cosas un odio jamás sentido en Hunín o en Jezrael.

Los peones han establecido con sus cuerpos una cadena y se van pasando —¡ya para qué!— vasijas y calderos rebosantes de un líquido barroso. Les dejo que voceen y ordenen; que imaginen que aún pueden salvar lo insalvable o que, en el peor de los casos, traten de justificarse ante su amo con una exaltada dedicación. Porque el hecho es que me siento invadido por un estatismo enfermizo, por una rigidez de muerte que me petrifica los músculos y me clava en tierra como una jabalina bien lanzada.

Al amanecer —el frío me roe los huesos a través de la capa de marta que me echaron sobre los hombros—, sólo quedan los restos humeantes y encharcados de lo que fue mi orgullo. Los hombres, agotados por un esfuerzo abrumador y baldío, comentan entre sí los pormenores del incendio. Es entonces, en esa alborada perversa que trastoca el flujo natural de mis humores, que altera la función de mis sentidos hasta el punto de no saber en dónde estoy ni qué cosa hago, cuando oigo lo que no hubiera podido concebir.

Traen ante mí a los vigilantes que pernoctaron en una casamata vecina a la obra. Todos ellos son gente de confianza de Pero Lupiáñez y han aceptado voluntariamente la tarea de ocuparse desde el primer día de que nada malo ocurriera durante las horas del descanso. Están consternados. Puestos de hinojos, me suplican que les oiga antes de hacerles presa de mi cólera. Atropelladamente claman y repiten frases que apenas si logro entender.

Parece que hay uno entre ellos gravemente herido, medio cuerpo envuelto en harapos sangrientos y la cara desfigurada por las recientes quemaduras. Su voz es sorda y desgarradora. Él es, según afirma, el único responsable. Que caiga mi rigor sobre su cabeza, pero no sobre las otras.

—¡Óyeme, señor, y juzga tú mismo! —suplica a media voz.

Llevado de una desasosegada premonición le escucho sin requerir la espada. Y a medida que el hombre habla —reprimiendo a duras penas el que debe ser atroz dolor de su herida— siento cómo el frío que mordía mis entrañas va decreciendo poco a poco, y en su lugar se genera un fluido contrario. En pocas palabras, noto que me consume ahora un fuego tan encrespado y destructor como el que, hasta no hace mucho, arruinó el castillo. Pero escucho lo que me dice.

—Adormecido estaba yo —y ésa es mi culpa— cuando oí crepitar las primeras llamas. Duro había sido el trabajo del día, mi señor, y tenía los sentidos tan abotargados que, al principio, no acerté a explicarme lo que estaba sucediendo; pero al oír más claramente voces cercanas, corrí al andamiaje que existía entre el foso y las poternas. Allí, al ver lo que vi, no pude dar crédito a los ojos. —La voz del pobre diablo es ya no más que un quejido, pero yo le insto a que prosiga rápido, que no se entregue a rodeos ni palinodias porque me urge, ¡Dios cómo lo necesito!, saber de qué manera se llevó a cabo este infierno. Y el desgraciado prosigue:

—Distinguí dos figuras que saltaban como diablos de un lado para otro, impregnando de pez las vigas, los ensamblajes y armazones; acto seguido, un tercero, entre risotadas y alharacas, plantábales fuego con una tea inmensa. Sin saber qué hacer, barón, porque os juro que el terror y la ira me corrían parejos, tomé del suelo un gran listón, grueso como una maza, y comencé a separar las brasas, a cortar el fuego a mi manera, al tiempo que pedía socorro a estos compañeros y gritaba a los atacantes que ésta era vuestra posesión y que habían de pagar bien cara su ruindad. Fue entonces cuando se fijaron en mí y como debieron suponer que su obra estaba ya concluida, porque todo ardía ya por los cuatro costados, arrojaron sus antorchas, desenvainaron las espadas y regodeándose en la suerte, se me acercaron con el sigilo y la astucia de las víboras.

Yo sigo oyéndole, tratando de aplacar mi temblor, dominando el furor que me desgarra, apretando la empuñadura de la daga hasta hacer sangrar mis palmas.

—¡Sigue! Dime cómo eran sus caras, sus cuerpos, su atavío, ¡habla! —le acoso.

Pero el hombre está exhausto y pide agua; porque pese a las vendas, continúa desangrándose y hay que sujetarle la cabeza para que no se le desplome y dejar que beba a sorbos febriles el contenido del cuenco. Y que afirme que eran nobles, señor, o capitanes que cubrían sus cabezas con yelmos y sus petos con oscuras cotas de malla. Que llevaban enrolladas sus capas a la cintura y protegíanse los miembros con guanteletes y escarpines de hierro. Que él pensó que allí mismo iba a dejar la vida puesto que estaba agotado de zarandear su maza contra las brasas mientras los otros eran dos y bien armados. Pero que aun sintiendo gran temor, se propuso encararlos esgrimiendo el garrote.

—A menos de diez pasos estarían de mí, haciendo relumbrar la hoja de sus espadas a la luz de las llamas, cuando el tercero de ellos, el incendiario loco, dio un brinco de fiera a mis espaldas y de un tajazo me segó este brazo, por cuya brecha ahora se me va la vida.

Y ya con el signo de la muerte marcándole la cara, aún tiene arrestos para impetrar que sea clemente con sus compañeros, que no huyeron, barón, que lucharon contra el fuego hasta donde les fue posible y corrieron después a avisarte; bien merecen vivir, me suplica; y yo se lo concedo y levanto un poco más su cabeza y acércome a él y pregunto: ¿cómo era el que te hirió, cuál era su aspecto?: Y él me mira ya con ojos congelados por el soplo de la muerte próxima y demora la respuesta —¡oh Dios, que haya esa respuesta!—, como temiendo que ella pueda acarrear nuevos males. Pero yo le insto: ¡buen amigo, dime algo acerca de ese hombre!, dame alguna seña para que pueda reconocerlo y buscaré físicos que sanarán tus heridas, te donaré tierras fértiles y cuidaré de los tuyos de por vida; pero recuerda cómo era, haz un último esfuerzo. El cuitado mueve los labios y susurra con voz agónica cualquier cosa, un estertor incomprensible, una queja; ¡más alto, amigo, alza tu cabeza para que pueda entenderte!, y él hace un gesto afirmativo y medio se incorpora entre gemidos para tomar la mía con su único brazo, para acercar sus labios a mi piel y murmura: era joven y bello doncel, con ojos como los vuestros, barón, que ahora fulguran de odio.

En la vieja torre exijo mi adarga, mi yelmo y el escudo de cuero bruñido. Ellos obedecen con rostros ensombrecidos, atemorizados por las intenciones que adivinan en el mío; sin saber en definitiva cuáles son mis propósitos aunque barruntándose los peores. Sin embargo yo me siento dominado por una gran serenidad; por una inflexible, despiadada serenidad. Finalmente todo está decidido, sin ni siquiera el amago de la sombra de una duda. Y cuando digo: ¡Al Vincio!, ellos también lo han comprendido, alegrándose unos de que el momento crucial llegara de una vez; lamentándolo otros.

Y cabalgo en la amanecida hacia las tierras del Norte, forzando mi corcel a desbocado galope, sin volverme a contar quiénes me acompañan y quiénes se quedaron vigilando el solar; porque no he dado más órdenes que la de partida inmediata ya que nada me interesa más que esto de ahora. Así atravieso la ribera de mimbrales, el largo praderío, el sotobosque enraizado de jaramagos, subiendo continuos repechos, acercándome al lugar protervo, sin un grito, sin una mirada a mis seguidores que espolean sus caballos para no quedarse demasiado atrás.

Todo el tiempo encrespado de rostros, de palabras dichas y oídas mil veces, de gemidos en el potro y susurros de placer agonizante; todo el tiempo de luces vespertinas y albas de silenciosa espera; todo ese tiempo está congelado ahora, yerto, no existe. Mi mente se centra en la galopada, en el deseo de que las patas de mi cabalgadura no se quiebren en un mal paso, en que siga, siga hacia donde yo quiero, sin descomponer su alocada marcha, sin que su corazón reviente extenuado; que resista sereno al igual que lo hace el mío. Una zancada más siempre es un punto a mi favor, un adarme de conquista, ya que me acerca el final, sea cual fuere. Por eso, mi tiempo se mide tan sólo por el gotear de clepsidra de estos cascos galopantes que siguen descolgándose en el aire adormecido de una madrugada sin nombre. Y es el jadeo de las bestias el que me indica que ya debimos coronar el último repecho dejando atrás los desfiladeros y las descarnadas brañas, los límites de una tierra que yo mismo he proscrito. Es también otra boca la que ahora grita, no sé si vengadora o pusilánime: ¡El Vincio! Y entre las ramas de los inminentes olmedos veo cómo van destacándose con injuriosa precisión los sillares de la torre. Oigo en torno mío las agitadas respiraciones de mis seguidores; esa marejada de broncos estertores de la cual no me había percatado, y compruebo que ahora se contienen al tiempo que unánimemente se frena la galopada porque la proximidad de un evento cuyo final se ignora, pero cuya enormidad turba por igual a todos, requiere un lapso que clarifique las decisiones y temple los ánimos.

De esta forma marchamos como una breve legión de espectros madrugadores, extraviados en las brumas heladas que ramonean sobre los helechos, que reptan sinuosas sobre los viejos troncos, que se desgarran un momento y permiten ver —sí, no es una pesadilla, no es un señuelo— esas tres figuras acuclilladas en torno a la pequeña hoguera en que se tuesta la pieza recién cobrada, restauradora de fuerzas gastadas en la noche de algarada.

La cautela, si es que alguna vez la hubo, se desvanece de improviso. Ellos son los primeros en advertir nuestra presencia. Rápido se abalanzan sobre las adargas, sobre los mandobles apoyados en el viejo tocón. Eso deben hacer porque apenas si me doy cuenta de lo que está pasando; porque hay una enorme confusión en mi cabeza; unos ojos que solamente recuerdan brasas y sillares chamuscados, humo espeso y ruinas embarradas: el resultado de meses y meses de trabajo sin pausa, de ruegos, promesas, furores, miramientos, esperanzas, concesiones y renuncias. Una voz, sin embargo, llega hasta mí y esa voz sí la conozco bien aunque no haya querido oírla durante todo este tiempo muerto. Es voz de adulto, pero suena con los mismos bríos de hace largos años, cuando recién surgía de un vientre al que acababa de rasgar; de un cuerpo abierto y sangrante, paridor y agonizante:

—¡Mirad al viejo Montemor cómo viene a pedir cuentas por la destrucción de su cueva! —dice la voz. Y su dueño, ese joven de arrogante porte, atalajeado como un guerrero en plena lid, el rostro chamuscado y todavía salpicado de sangre reseca e injustamente vertida; ese mozo arisco y pendenciero, ese bastardo de Belcebú que lleva mi nombre como una viva ofensa y que ahora me reta, las piernas abiertas y bien afianzadas en el suelo, el tronco abombado y desafiante, la espada firmente sujeta entre las manos, erguida la cabeza en cuyo rostro distingo —imposible saber hasta qué punto se van aclarando mis sentidos— unos ojos en los que relumbra un odio largamente contenido, a punto de estallar.

Y yo asumo ese odio —¡con cuánto placer lo acepto!—, espoleo mi caballo, aprieto mi lanza fuertemente bajo el brazo y me arranco en busca de esos ojos; esquivo el casi certero mandoblazo con que me recibe y clavo mi adarga en su justo medio, convirtiendo la cabeza, hermosa y displicente como rosa de Jericó, en un astillado globo sanguinolento.

Todo ha durado no más que un latido. Todo ha sido tan fácil como un vómito restaurador tras la congestión del banquete. Tiro mi lanza, rota en el brutal enfrentamiento y aún me paro a mirar cómo sus pedazos ruedan hasta tropezar con el cadáver. Nada siento ahora, nada pienso. Sigo contemplando el cuerpo tendido, como en un sueño en el que yo no estuviera incorporando mi propio papel. Me hallo ajeno a cuanto me rodea, flotando en una nube púrpura, densa como un inmenso coágulo mientras alguien, no sé quién, habla dentro de mis oídos: Ya no existen matricidas traidores; extirpa de una vez esa malsana ralea. Y entonces doy un alarido salvaje —que brota de mi boca, de mi garganta sin apenas quererlo— y desenvainando la espada, arremeto contra el primero de esos dos malnacidos que permanecen quietos, sumidos en el terror y la sorpresa del inesperado ataque.

Jamás me sentí tan ligero; nunca tuvo mi brazo tal fuerza destructora. De un solo golpe rueda por el suelo la segunda cabeza como fruto podrido; para reconocerla necesito limpiarme los salpicones de sangre que me ciegan: ¡ah, sí!, ahora la distingo; es la testa de Gaitán de Lugrís; ¡el infierno te acoja en su seno, hijoputa felón!

Me revuelvo en la silla sofrenando la montura que se excita por el ataque, se alza de manos y cocea alocadamente. Mis hombres permanecen a unos cien pasos de mí, también empavorecidos e inmutables como estatuas de sal: «¡No os quedéis ahí, estafermos, acercaos y palpad mi venganza!», les grito.

Remisos, avanzan cautelosamente. Yo me vuelvo hacia ellos enervado: «Os han abandonado los arrestos, pobres estúpidos, y apenas si podéis dar crédito a vuestros ojos.» Y al tiempo que oigo tras de mí una desesperada advertencia, algo silbante y agudo se clava en mi hombro. «¡Vigilad al tercero!», me repiten nuevamente, y en el aviso hay un tinte de angustia por la suerte que yo pueda correr, que se me queda perfectamente grabado. Sí es verdad, aún queda un tercero que ahora huye hacia el refugio cercano de la torre, después de lanzarme certeramente su venablo; un tercero que pretende escapar a su final ya determinado. Es el tercer jinete de las noches perseguidoras, el último sicario, más cobarde y ruin, si cabe, que sus exterminados compañeros. Xoan de Men se llama el que ahora corre presa de un pánico cerval, el que tropieza, cae, se levanta, pretende hacerme frente y termina desplomándose abatido por la saeta que uno de mis hombres ha disparado desde la retaguardia. Desmonto. El desgraciado se retuerce de dolor en el suelo y aún se atreve a suplicarme: ten clemencia, señor, no acabes conmigo y volveré a serte fiel. Implora con voz humillante y perdido el aliento.

Me inclino hacia su cuerpo caído; arranco de mi hombro el venablo que él mismo clavó; ten piedad, barón, no te condenes matándome indefenso, balbucea, arañando la tierra húmeda, ahogándose con estertores de espanto, ovillándose ante la muerte cercana.

También a éste le miro de cerca; tan próximo que respiro su propio aliento acongojado, su viscosa respiración de alimaña putrefacta. Toma, le digo, esto es tuyo; y le hundo el venablo en el lugar del corazón.

Antes de perder el sentido, aún me quedan fuerzas para ordenar:

—No deis sepultura a estas fieras; llevad los restos dentro de esa torre; destruidlo todo, quemadlo todo. Que no queden vestigios de sus cuerpos ni del cubil en que se guarecieron.

Después me invade un grande y benévolo cansancio. Las hojas de los árboles se me hacen más transparentes allá arriba y el sol, caldeando la mañana pujante, es incapaz de neutralizar el líquido frío que corre por mis venas. Oigo todavía la voz de Gondín que repite nervioso: «¡Cuidad al barón!», y caigo, por fin, en un sueño esponjoso, hecho de reverberantes hilachas y copos blandos y aniquiladores.

# III. El destino

Este mundo está envenenado de desgracias en las que parece complacerse. No colaboremos con nuestra ayuda. Es vano llorar por el espíritu; basta con trabajar por él.

ALBERT CAMUS: *L'été*

# I

Es lástima que las heridas del cuerpo curen con tanta rapidez. Hubiera deseado que el puñal que me clavó Xoan de Men poco antes de encontrar su muerte fuera más certero y de esta forma me evitase la confrontación con el mundo que pulula a mi alrededor. Para mi desgracia apenas si causó un poco de fiebre los primeros días y ni siquiera durante ellos perdí la lucidez. Mi desánimo, por tanto, ha sido completamente voluntario. Semanas y meses durante los cuales apenas si me he dado cuenta de que vivo. Un tiempo que se me hizo tan semejante a aquel otro, ya muy lejano, pero de claro y vergonzante recuerdo, como dos gotas de agua. También ahora la movilidad ha sido prácticamente nula, encerrado gran parte del día en esta celda donde se encuentra mi yacija; caminando, cuando mucho, unos cortos pasos hasta la lumbre de esa vacía sala contigua donde vuelvo a apoltronarme. Y aunque mis piernas no están llagadas con aquellas úlceras apestosas que entonces me cubrían todo el cuerpo, verdad es que están fofas e hinchadas por humores viciosos producidos, sin duda, por la continua quietud. Suerte he tenido que este año el invierno adelantase sus rigores encubriendo, aunque de falso modo, mi abotargamiento. Porque si bien es muy escasa la luz que aun en los días más soleados logra penetrar en este recinto, no sería capaz de tolerar el menor destello venido de afuera. El invierno es un buen aliado, casi tanto como el vino del que pródigamente me sirvo y de cuyas reservas en esta casa me maravillo.

El fracaso ha sido rotundo: curiosamente yo mismo lo engendré y por doble partida. Bien estudiado cuanto acaeció, en nadie he de buscar responsabilidades más que en mí mismo. Yo di la semilla para que aquel bastardo naciera y no tuve arrestos para acabar a tiempo con él. En esto resume mi fallo. A pesar de que el planteamiento está claro y puede enunciarse fácilmente, no por eso consigo liberarme de los resultados o, tal vez, a causa de su misma transparencia mi naturaleza se rebele a ello.

A menudo, extraviada la mente por las trampas que me tiende el vino y la soledad, me pongo a invocar tu nombre, Ahmed el Rasch el Benaftli, para rogarte que abandones el desconocido universo de la muerte y vengas a este refugio plagado de inmundicias en que ahora me encuentro. Que me aportes razones válidas que sirvan para justificar mi necio comportamiento; que me des un poco de esa luz que a ti siempre sobró y con su ayuda pueda comprender la cobardía que supuso el no querer exterminar mucho antes esa mala hierba que tanto mal me hizo.

Recuerdo que siempre te burlaste de mi segura ignorancia; que te reías cada vez que respondía a tus preguntas con la firme convicción de los necios. A pesar de los largos años de cautiverio, mi espíritu, según tú, continuaba siendo tan obtuso como el culo de los camellos. La torpeza de que hacía gala encontraba absurdas respuestas para todo y desdeñaba cuanto no lograba entender. Sé que en algún rapto de osadía llegué a decirte que en mi tierra yo era señor y que los señores no tienen la obligación de pensar. Al oírlo, inmediatamente me relegabas del trabajo —blando trabajo de hortelano— y hacías que me recluyeran durante unos pocos días a pan y agua con el fin de atemperar mi estulta soberbia. Pues bien, mi señor Ahmed, ya ves que he vuelto a las andadas aunque mi necedad adopte ahora distinto ropaje: no tengo respuestas y las deseo ardientemente. Pero tú callas sin abandonar ese mundo cómodo en el que moras y dejas que siga increpándome por los errores pasados; enumerando las repetidas desgracias que jalonaron mi vida: hijos malvados, fracasada cruzada, ilusiones destruidas. Pienso, al fin, que es una perfecta retahíla de acontecimientos por los que bien vale la pena echarse un trago al coleto y acompañarlo de un triunfal eructo que resuena entre estas paredes tan evocadoramente, que de pronto vuelvo a sentirme como en la primera noche de mi regreso.

En el fondo nada ha cambiado. Me encuentro en la misma lamentable situación que entonces (hecha la salvedad de estos años cabalmente perdidos y de un buen número de fanegas menos en mi haber) y con el ánimo igualmente dispuesto para dejarme llevar al reino de Satanás, siempre que este buen pícaro se dignara aceptarme.

Cuando una semana después del incendio de las obras y los sucesos del Vincio, llegó en calamitoso estado maese Lupiáñez para inspeccionar lo que ya no existía y mandé que le atendiesen de la mejor manera, pero le rogasen que abandonara la torre en cuanto repusiera fuerzas (sin que en ningún momento quisiera cruzar con él una sola palabra), imagino que hasta mis hombres más fieles principiaron a tener sospechas sobre mi cordura.

Días más tarde —llevado por una idea que había estado presionando mi mente durante mucho tiempo— rompí el silencio en que me mantenía e hice venir a esta sala a todos los que habitan en el solar, incluida la vieja ama —a quien desde lo ocurrido oigo entonar todas las noches la misma desgarradora cantinela—, y lo más sucintamente posible les comuniqué mi decisión: nombro al joven Franquino como único heredero, lo prohíjo, le doy mi título de barón de estas tierras y os mando que le obedezcáis ya desde ahora porque a mi muerte él será vuestra señor.

No me paré a estudiar el asombro que causaron esas palabras, ni a tomar en cuenta la turbación de mi protegido que, llevado por una sorpresa absoluta, lejos de dar muestras de agradecimiento, empalideció como muerto y vaciló hasta el punto de tener que apoyarse en la pared. Los demás seguían allí, estupefactos, sin querer moverse, sin dar, a lo que parecía, crédito a su oídos en espera de una aclaración que desmintiese las serias dudas que mi proceder las acarreaba. Pero aunque me sobraban, no tenía intención de detallar las razones que justificaban tal acuerdo. De llevarme por el impulso dominante, les hubiera partido la crisma uno a uno, bellacos desafiadores, pero me limité a repetir lo que ya habían oído, de forma que nadie albergase la menor duda sobre el particular. Luego les eché de mi presencia.

Desde ese día apenas si he vuelto a hablar con nadie. Nada tengo que decir; nada hay que me interese salvo preservar la soledad, el único patrimonio restante. Tampoco me preocupa el desconcierto que se ha originado en las gentes, la contagiosidad que mi desánimo ha creado en ellos. Sé que los peones contratados han vuelto a la villa, requeridos por su patrón; que alguien ha comunicado a los vasallos reclutados para las obras que vuelvan a sus labores y no asomen sus jetas por esta hacienda, cosa que imagino les habrá complacido sobremanera.

Al principio y para recabar órdenes, venían en complementada sociedad el viejo Gondín y el joven Franquino. No sé si por respeto o cautela no se atrevían a acercárseme en exceso —ve tú a saber si este género de pasiva insania no se pega igual que la lepra—, y yo toleraba su presencia siempre que sus informaciones fueran lacónicas y pudiese resolver sus demandas con un simple gesto. Pero en vista de que en cierta ocasión alargaron su cháchara y, en consecuencia, les tiré a la cabeza lo que tenía a mano, han espaciado sus visitas y me dejan tranquilo. Es así como puedo abocarme sin cortapisas a la desesperación amiga, de la que no sé renunciar.

* * *

A latigazos nos han hecho rodar los peldaños esculpidos en la roca viva. Los mismos sayones se encargan de fijar nuestras cadenas a las gruesas argollas incrustadas en la pared. Somos muchos los que aún con un soplo de vida hemos sido enterrados en esta tumba; cuarenta, cincuenta, tal vez más. Cristianos infieles supervivientes a la matanza de Jezrael, a la tortura del viaje. Desperdicios humanos en espera de un rescate más que imposible. Ésta es la meta de nuestra larga andadura: ya no más resecarse bajo el sol aplanador ni arrastrar el peso de los cadáveres que hieden con peste dulzona y agria, que atraen nubes de moscas grandes como escarabajos de estercolero. Hemos llegado al final; a la antesala de la muerte, codiciada ramera cuya aparición sigue haciéndose esperar.

Un extraviado rayo de luz entra a duras penas por la estrecha tronera situada a muchos codos del suelo. Es una especie de rendija horizontal abierta en el grueso muro y dispuesta de tal forma que la mínima claridad, aun en las horas cenitales, se quede congelada allá arriba sumiendo la mazmorra en una total lobreguez. Yacemos aplastados contra las paredes que rezuman un líquido viscoso, una especie de limo corrompido que a los pocos días nos recubre las carnes ulceradas, goteando intensamente sobre nuestras cabezas, encenagando los ojos, introduciéndose en las bocas como única savia protectora. Esto es Baalbek, el palacio que nos tenía reservado el destino desde mucho antes de que fuéramos engendrados, compañeros. Respirad fuerte, hinchad bien las entrañas con este saludable aire de letrina que ya no quema los gaznates ni convierte la lengua en ardiente bola de arena. No os quejéis ahora de que la claridad de fuego seque vuestras pupilas. Disfrutad de esta humedad repugnante que cala nuestros huesos y los atora hasta hacer punto menos que imposible el movimiento de los miembros. Pero no deis diente con diente, no lo hagáis con tanta fuerza o terminaréis por tronzaros la lengua en un momento de sopor.

La suerte dispuso que nos aherrojaran casi juntos. Nuño Perdomo —¿cómo has podido llegar hasta aquí, fiel amigo, si tus pies no eran más que dos bolsas ensangrentadas y las costillas te asomaban como espátulas entre la carne viva?— es mi vecino más próximo. Sus cadenas tocan las mías y hasta se enredan en ellas cuando, perdidas las fuerzas, se desploma sobre el amasijo de barro y pajas que forma este suelo y este lecho. Martín Doaz yace frente por frente y nuestras miradas, o más bien la posición de nuestras cabezas —porque es imposible distinguir los detalles en esta negrura—, coinciden más de lo que ambos quisiéramos. Nada tenemos que decirnos. La palabra se ha convertido en un terrible agobio, es un esfuerzo inútil que serviría tan sólo para acrecentar llagas más dolorosas que las que plagan nuestros cuerpos. Este silencio es, por lo demás y salvo esporádicos lamentos, compartido por cuantos aquí penamos. El sopor, consecuencia de nuestra debilidad extrema, es un buen aliado; caer en él, anulando este tiempo de sufrimiento del que nadie conoce su posible duración, significa una liberación pasajera. Pero, desgraciadamente, no es fácil prolongarlo ya que los puntazos del hambre y del frío —pronto nos damos cuenta de que esta mazmorra, excavada en la misma entraña de la roca, regada por infinidad de vetas acuosas, no es más que una heladora tumba— acucian y espabilan los atrofiados sentidos, aun a nuestro pesar.

Así van sucediéndose los días, la sombra de unos días cuya relación se confunde y se anula. Éstas son, compañeros, las ergástulas de las que tanto oyéramos, el mejor lugar para una muerte indigna. Pero —incomprensiblemente— no parece que ellos compartan tales pensamientos, y a medida que se va prolongando esta noche y sus ojos se familiarizan con la oscuridad y la miseria, comienzan a dar muestras de una locura que me abruma más que el propio infortunio.

En la cumbre del delirio procuran infundirme esperanzas de salvación y hasta adoptan medidas tendentes a consolidar sus fuerzas para cuando llegue el momento en que las huestes cristianas reconquisten esta inexpugnable fortaleza y les liberen de su cautiverio.

Se arrojan como fieras sobre las inmundicias que constituyen nuestro único alimento, disputando su posesión al resto de los condenados con golpes y mordiscos; ejercitan sus miembros con ridículos movimientos para que, según ellos, los músculos no se entorpezcan. «Comed, comed barón, reparad vuestras fuerzas si queréis ver el día de vuestra liberación», me dicen. Se han convertido también en expertos cazadores de ratas; las estrangulan con sus grilletes, las despellejan hábilmente y me ofrecen las tajadas aún calientes; comed, comed, hacednos caso o nunca más volveréis a pisar las tierras de Montemot. Buscan también la forma de acercar su cuerpo al mío para conservar un mínimo de calor. En pocas palabras, no quieren perecer. Construyen fábulas aberrantes, se entregan a cálculos increíbles: el señor de Courtenay reorganizará sus mesnadas y es seguro que Gonfredo de Torón no le abandonará esta vez. Atacarán con gran ejército esta fortaleza y veréis como no se les resisten, porque es demasiado apetecible para que renuncien a ella. Saldremos de aquí, barón. Tardaremos más o menos, pero es seguro que no dejarán morir a tantos de sus caballeros en este antro. Así deliran.

## II

Con el tiempo se han ido acostumbrando a mi enclaustramiento. Para ellos todo ha pasado y forma parte de lo que, algún día, será la leyenda de Payo de Montemor. Pronto aceptaron su nueva situación; ahora se acomodan a la rutina con buen ánimo y hasta se mueven por este solar con mayor despreocupación que en la época en que las obras del castillo se llevaban a cabo. Día tras día les oigo vocear, disputar, reírse y hasta dar órdenes como si nada hubiera sucedido. Está claro que el barón se encuentra aquejado de una enfermedad a la que prefieren no dar nombre; que es menester dejarlo tranquilo, no romper su aislamiento, evitar sus iras, esperar. Porque en algo ha de parar todo esto; el tiempo ya dirá lo que conviene hacer, ¿para qué apresurar los acontecimientos?, no seamos necios. Pese a todo, es raro el día en que Gondín o el joven Franquino no piden venia

—con decreciente temor— para informarme de algo que requiere mi conocimiento, o solicitar mi consejo. Han aprendido tan bien la lección, que apenas si demoran escasos minutos en sus parlamentos. Nada de impertinencias ni peligrosos entretenimientos. Soledad para el barón, paciencia con él. Hay que respetarlo.

Ciertamente su prudencia no me causa enojo, porque les veo mejor así, de lejos, y hasta siento por ellos mayor aprecio. No me importa en absoluto que se arroguen derechos que en otra situación hubiera juzgado excesivos. De alguna forma tiene que marchar la hacienda y recordemos que yo mismo promoví los nuevos fueros con el nombramiento de Fernán.

No me arrepiento de la decisión tomada. El mozo —también el tiempo empieza a contar para él y le va madurando— es de buena condición y de gran fidelidad. Pocas veces he visto una mejor conjunción y armonía entre su porte —feliz la hembra que lo goce— y el espíritu que lo anima. Raramente esta casa de Montemor tuvo heredero tan gentil, bravo y, a lo que parece ser, tan prometedor para estas tierras que venían necesitando un cambio en la sangre de sus amos. Él sale y entra con Gondín las más de las veces, con el viejo Vermún Dolmedo, otras, y va disponiendo lo que conviene según el caso. Desde que llegó la noticia de la muerte de mi antiguo primogénito en tierras castellanas, juraría que oigo su voz más firme y siento más desenfadado su gesto, como si la última sombra que pudiera oscurecer su triunfo y sus méritos se hubiera disipado para siempre. Por lo demás, apostaría mi diestra a que la gente le quiere y, llegado el día y la ocasión, le seguirá donde él les diga. Ya no es un advenedizo. Con su don y oportunas maneras les ha ido ganando como no hay memoria que hiciese igual ningún antepasado mío. ¡Ah! no le envidio. Entre mis abundantes miserias, no entra ésta. Solamente le deseo más fortuna que la que asistió a su protector lo cual, viéndolo bien, no es demasiado.

Por todo lo expuesto, fácil es colegir que puedo entregarme a mis soliloquios sin riesgo de que se originen desórdenes y revueltas en el solar. Pero la pasividad a que me entrego, ahora que el tiempo va deslizándose con premura hacia la sima final que nadie remonta —no me pidas, Ahmed el Rasch, que comparta esas caprichosas ilusiones que aguardan al hombre tras la muerte—, tampoco me acarrea gran sosiego. El prolongado aislamiento, el desinterés con que miro cuanto va aconteciendo no trae asomo de paz a este confuso espíritu. Verdad es que mi seso se ha vuelto incapaz de maquinar empresas, por minúsculas que sean, en las que emplear la voluntad o la fuerza de mi brazo. Raramente me he sentido tan estéril y sobrante. Me veo como uno más entre aquella legión de ancianos sarmentosos —vaciados los ojos, los miembros amputados— que arrastraban sus lacras a las puertas de Jericó y de Gaza prolongando una existencia que incluso a ellos mismos repugnaba. Huelo el atosigante hedor de sus harapos, noto la caricia de sus muñones palpando mi cuerpo y oigo cómo surgen del carcomido agujero que un día constituyó su boca, incomprensibles borboteos indagadores del motivo que me impulsa a buscar su compañía.

En estas imágenes y en otras aún más despreciables cuya índole prefiero omitir, ocupo mis turbias horas. Y es precisamente en el apogeo de estos ensueños cuando una voz, con certeza más disparatada que la más infantil de las ficciones, me susurra que todavía no ha llegado la hora de la aniquilación, que ni siquiera me está permitido solazarme con su espejismo. Es entonces cuando mi paroxismo llega al límite y levantándome como un energúmeno del escabel o del lecho, arremeto contra cuanto topo a mi alcance, lo pateo y lo destrozo furioso. ¿Qué debo hacer? ¿Qué tengo que hacer?, me pregunto a gritos. Y como resabiado colofón oigo en el amodorrado silencio de las horas calmas, los apocados murmullos de mis servidores: «Es el amo que se entrega a sus delirios; no temáis, dejadlo que apacigüe su arrebato», dicen.

A través del ventanuco, cuyas pieles protectoras han soportado mal que bien los rigores de este invierno, veo cómo van desapareciendo los últimos grumos de nieve en las cumbres del Norte. La primera cigüeña construye su nido en la resguardada esquina de la torre. Oigo, cada mañana, los esquilones del rebaño camino de los pastizales. Piafan las yeguas recién paridas. Todo parece indicar que la primavera ha llegado a estas tierras con la cautela con que suelen acaecer la mayoría de los acontecimientos que tienen lugar aquí. Pero el hecho de que este largo invierno llegue a su fin, no es un hecho merecedor de grandes celebraciones. Con él se acabaron las perezosas e interminables veladas al amor del fuego, la justificada poltronería de los días cenicientos, las memorables sesiones de chascarrillos y consejas. En fin, ya no cabe la disculpa del río desbordado o de la recluidora nevada. Ahora hay que ejercitar las piernas embotadas por la pasada molicie, tantear los pastos, restaurar los desperfectos del granero, apuntalar vigas podridas, espabilar a los vasallos renuentes y un sinfín de cosas más para las que siempre faltan ganas. Supongo que para compensar tales esfuerzos habrá quien proponga una ronda de cacerías y algún otro género de algazaras y magostos. Todo es posible en un feudo que en pocos años ha vivido más vicisitudes que otros en una centuria.

Por si todo esto fuera poco, hay promesa de amos jóvenes que seguramente cambiarán el rumbo de estos pagos. Mi presencia ya no es requisito imprescindible. Por el contrario, estoy seguro que pocos la desean. Tantos meses de aislamiento han reducido la imagen del barón a una simple y menguada reliquia viviente de la que, al parecer, muy poco se puede esperar. Ya concluyeron tus historias, Payo de Montemor, a nadie le importan tus avatares, me digo. Si fueras un creyente fiel y te preocuparas por hallar un camino de tranquilidad para tu espíritu, sería gran acierto que vistieras tosco sayal y buscaras asilo entre los eremitas que pueblan esos descarnados riscos del Mamed, para aguardar entre vigilias y ayunos la llegada de tu hora final, al igual que lo hiciera aquel buen compañero de tus mocedades, aquel Pero Gonsálvez de grata memoria. Pero no; tu locura parece que discurre por senderos más retorcidos.

En contra de toda aceptable previsión, hoy —¿sabes, siquiera remotamente, qué fecha es hoy?—, lejos de pedir tu provisión de vino y zarandear al siervo atolondrado para que avive prontamente el fuego del hogar, rompes de cuajo los hábitos adquiridos en este tiempo de reclusión y sin que medie promesa, sin que lo acredite ningún benévolo presagio, te ajustas el talabarte, calzas tus espuelas y sales al patio —ahora que ya se han ocultado las estrellas, que a punto está de romper al alba y palafreneros y rabadanes comienzan sus trajines, los ojos legañosos, pero la curiosidad despierta por tu apariencia inusitada—, exigiendo con premura que traigan tu yegua alazana y se dejen de aspavientos y mojigangas si no quieren recibir de inmediato un buen zurriagazo. Y a punto estás de reír para tus adentros al comprobar qué rápido jaleo acabas de crear en tu presencia con esta demanda, con este posible y nuevo desvarío. Pero el corcel ya está a punto —al menos han sabido cuidarlo, esta patulea de gandules— y tú lo montas sin permitir que nadie te ayude. Mandas izar el rastrillo y te alejas al galope de la torre ante la estupefacción de sus moradores que no acaban de dar crédito a sus ojos.

El campo está embarrado, pero ya el verde asoma por todas partes. El aire es limpio y afilado como punta de saeta; las primeras alondras trazan ágiles regates a ras de suelo, se remontan sobre la línea vertical de las choperas, se persiguen en un juego de desafíos alocados, se alejan y vuelven de nuevo para cruzarse sobre tu cabeza, poblando el amanecer con algazara de trinos que tiene todo el aire de festiva bienvenida en tu honor.

Y cabalgas, tú cabalgas olvidando letargos disidentes, recuerdos contumaces, letales abotargamientos; dejando que el rocío empape tu hirsuta y sucia barba; que las manos desprotegidas enrojezcan mientras sujetan fuertemente las bridas, oyendo el silbo de la brisa mañanera, el golpeteo de los cascos sobre los charcos helados y el latido de tu alborozado corazón. ¿Qué te ha sucedido esta mañana, Payo de Montemor, fracasado barón, señor de tribulaciones y miserias? ¿Quién te ha inspirado esta correría más propia de zagal enamorado que de un asendereado viejo como tú? ¿Qué benéfico demonio te insufló este nuevo hálito de vida? Sin duda ha sido alguno de especie un tanto burlona, pero convendría tenerlo muy presente para tributarle merecido homenaje. Reconoce, zafio y torpe zorro, que deberías acordarte de sus nombres y enunciar sus mandatos para rendirle debidamente pleitesía. Esfuérzate, viejo, haz memoria: Samael, príncipe de los aires; Pitón, espíritu profético; Asmodeo, ángel exterminador; Ghimel, animador de la serpiente; Abbadón, señor del abismo. ¿Cuál de vosotros me ha poseído gozosamente en este día que comienza?, te preguntas atribulado por el ingrato olvido, mientras saltas acequias y vallados, brechas y silvas encrespadas. ¡Ah!, mi señor Ahmed el Rasch, no te enfurezcas en tu desconocida tumba porque este leal servidor no logre refrescar los conocimientos que con tanta paciencia y solicitud le prodigaste. Sé magnánimo como tantas veces lo fuiste, domina tu cólera y permíteme que de nuevo vuelva a percibir dentro de este caparazón resquebrajado el aliento de una fuerza que ya consideraba perdida.

Sin dar un respiro a mi cabalgadura, he cruzado las tierras llanas, las turbulentas aguas del riachuelo hinchado ahora por las lluvias del invierno, que conduce al desfiladero de las Brañas; he girado en redondo contorneando las vaguadas del poniente, subo los roquedales de la Suarna y, hete aquí que inesperadamente, el azar (¡cuántas veces me dijiste que tal cosa no existía, mi señor El Benaftli!) me conduce al lugar acerbo. Sin pretenderlo —juro que fue un movimiento irrazonado—, he tascado el freno y me he detenido en esta loma.

Allí están las piedras requemadas, el insoportable perfil de las mamparas semiderruidas, los carbonizados restos de vigas y matacanes. Nada se ha modificado desde aquella noche. Ni ventiscas ni corrimientos han variado los jirones de lo que constituyó mi gloria. Todo yace impregnado por esa atmósfera congelada y yerma de un antiguo y expoliado cementerio.

Desmonto. Un soplo maléfico me caldea súbitamente el rostro aterido. Oigo nuevamente el crepitar de los maderos incendiados, el derrumbarse de los paramentos, el fulgor de las brasas que encienden la noche en una constelación de chispas alocadas. Surgen a mi alrededor los gritos, las voces asustadas e impotentes ante la magnitud de la desgracia. Corren de un lado para otro tumultuosa, ineficazmente como sombras que intentan sofocar este fuego, este infierno desatado. ¿Qué está pasando, qué me sucede? ¿Es, acaso, para presenciar de nuevo la inolvidable tragedia, para lo que abandoné mi refugio de tanto tiempo? ¿Quién me ha traído aquí contra mi deseo? Cierra los ojos, Payo de Montemor, no hagas caso de fantasmas, no veas lo que no existe, no quieras oír tan pérfido clamor. Muévete, monta rápido tu yegua, escapa de este lugar maldito. Pero es inútil; nada en mi cuerpo me obedece; estoy clavado en este lugar como una roca, sin poder liberarme del hechizo que emana de estos despojos que me atraen con una fascinación malvada. Y tales visiones aleteantes que ahora remiten un instante, que ahora vuelven a encresparse para rodearme, para sacudirme, para cebarse en mí con toda su mala saña, murmuran conjuros nunca oídos, recuerdan promesas jamás enunciadas, me responsabilizan de innumerables deserciones y acaban por seducirme con fantásticas y portentosas ilusiones.

Ignoro el tiempo que permanecí allí, embotados los sentidos, anulada la voluntad para cuanto no fuese la revisión de mi desventura.

La mano que se posó en mi hombro tuvo, sin embargo, la virtud de hacerme saltar como un resorte. Pero la voz era amiga.

—No temas, señor, soy yo, tu escudero —me dice.

A mi lado, Gondín sostenía las riendas de la yegua. Le miré sin fuerzas para dejarme llevar por la ira.

—¿A qué has venido? —y la pregunta sonó tan estúpida como mi sobresalto.

—Vi ramonear vuestra montura no lejos de aquí. Pensé que tal vez os hubierais accidentado —dijo.

Admití su mentira con benevolencia. ¿Para qué hacer indagaciones? Tomó asiento a mi lado y traté de ignorar que ya no estaba solo. No obstante su presencia había modificado las cosas. A nuestro alrededor todo seguía ofreciendo el mismo aire desolado y funesto, pero la pesadilla de aquel efluvio pasado y acongojante que tan cumplidamente me había mortificado, ya no existía. Le miré fijamente, quizá durante más tiempo del que hubiera sido menester. Todavía pienso que es innecesario observar tan detenidamente el rostro de un hombre; es cosa torpe y necia a menos que uno pretenda algo verdaderamente importante del sujeto en cuestión. Algo tan importante como desenmascarar sus más íntimas vergüenzas, o matarlo. Sí, para matar a un hombre es necesario mirarle bien de frente; nunca he podido hacerlo de otra manera, ni siquiera en el momento más crucial del combate. Pero yo no pretendía nada de esto con Gondín. Algo debe estar sucediéndome hoy, que me desconcierta. Tal vez sea que me estoy volviendo demasiado viejo y no sé dominarme.

Seguí sin apartar la mirada de su rostro.

—¿A qué has venido, Gondín? —le pregunté de nuevo.

Él jugueteó un momento con una rama seca; trazó un par de rayas en el suelo y después la tiró lejos de sí.

—Os vieron partir de la torre al galope —dijo—. Nadie supo decirme hacia dónde os dirigíais. He recorrido largo trecho antes de dar con vos.

—¿Acaso te envió Franquino para saber si la locura me empuja a despeñarme por alguna barranca? —pregunté incisivo.

Se mordió los labios. Sus facciones se contrajeron en un rictus mezcla de ira y dolor, pero siguió con los ojos fijos en la tierra.

—Vuestro heredero es hombre noble y leal y os respeta demasiado para caer en tales mezquinas indagaciones —dijo al fin sin poder contener su enojo.

—Bien está —tranquilicé—. No es momento éste para disputas.

Él no pasó por alto el quiebro de mi voz. Aguardó un instante como sopesando la importancia de lo que iba a decir.

—No, mi señor. Pero es tiempo de que volváis a ser el buen barón de estas tierras —aclaró.

No sé si fue la amargura que tiñó sus palabras (la dignidad, la mesura, la honradez con que las profirió) o, quizás, y en igual medida, la tribulación sincera que emanaba de su semblante lo que me obligó a considerarlas no como una ofensa, ni como un desacato impermisible, merecedor de un castigo inmediato que reparase mi orgullo ultrajado, aun tratándose de un servidor de tan probada fidelidad. Después, en el silencio que siguió a la frase, en la opacidad del tormentoso mutismo, en la descabellada serenidad que engendró ese consejo que nunca hubiera esperado de mi patizambo y sinigual fantoche, empecé a vislumbrar una turbia complacencia, un resquicio de esperanza, algo así como si se me acabara de abrir una puerta dolorosa y largamente clausurada. Pero no nos engañemos: el aire de una limpia mañana de abril, respirado tras un encerramiento embrutecedor debe causar efectos imprevisibles.

—¿Qué has querido decir, Gondín? —me encontré preguntando con un tono de sorprendente mesura.

Él señaló con gesto mudo las dolorosas ruinas. Después anadió:

—Estas piedras os han aplastado ya demasiado, barón —y su palma casi rozó mi brazo—. ¡Por Dios vivo! No sois vos hombre que se deje amilanar por tan poca cosa —dijo.

Achaco a la bondad de la mañana el efecto lenífico que me permitió seguir tocando con este escudero hurgador un tema tan escabroso. ¿Cómo, si no, fue posible que le hablase tan pacíficamente?

—Hay cosas que solamente se pueden intentar una vez, Gondín —traté de explicar.

Mas él parecía haberse transfigurado. El rubor que mostraba su faz no se debía a la brisa helada que en aquel momento soplaba alegremente. Se irguió de un salto: Parecía como si todo su cuerpo se encontrara impregnado de una fuerza, de una seguridad que jamás conociera en él. Poseía el aire de un iluminado, de un profeta en trance. Reconozco que todo aquello adquiría ciertos visos de comicidad, pero no estaba exento de una rara y paradójica grandeza. Le miré sorprendido; hasta era posible que me sintiera subyugado por su descalabrado arrebato.

Cuando habló, su voz me sonó cálida y penetrante:

—En el fondo, todos tenemos algún castillo que edificar y tú, barón, no puedes ya renunciar al tuyo. —Me miró sin apenas verme y guardó un definitivo silencio que tampoco yo me atreví a quebrar.

Así regresamos a la torre sin que mediasen más comentarios.

Al borde del foso nos aguardaba Fernán Franquino. Nos dejó paso sin formular pregunta alguna.

* * *

Convendría aminorar el trote. Estos corceles árabes son garbosos y rápidos, pero no están acostumbrados a pruebas tan extremas como ésta a que lo estoy sometiendo. Dicen que el joven rey Amalarico recorrió en una ocasión más de setenta leguas sin apearse de la silla, pero amén de que nadie aclarara la fortaleza indudable de su caballo ni el estado del cielo, ni la dirección en que soplaba el viento cuando llevó a cabo tal proeza, las gentes en esta tierra son demasiado propensas a magnificar las hazañas de sus paladines, especialmente en un tiempo en que abundan tan poco las unas como los otros. Recuerdo también que me contaron de niño que mi padre hizo de una sentada la travesía de Compostela a la ciudad de Braga cuando el conde de Bares juró despojarle del feudo. Pero la casa de Montemor se ufanó siempre de poseer tercos y osados barones y alazanes de gran resistencia. Estoy convencido de que mi señor padre jamás hubiera apostado medio sueldo adegavense por el éxito de mi presente aventura. Él conocía bien los animales, los domésticos y los salvajes, sin excluir a los otros, a los hombres que tenía a su servicio. Por el contrario, mi antigua destreza en estos asuntos se desvaneció en tu compañía, Ahmed el Rasch, a quien todos estos alardes causaban profundo desprecio. Pero ahora el negocio es urgente: tengo que llegar a Sidón antes de que caiga el manto de la noche y las hordas que sin duda han clavado ya tu cabeza en la pica y exhiben en lo más alto de las almenas el codiciado trofeo, reparen en la huida —sí, no te avergüences por el calificativo— de tu más entrañable servidor. Por todo ello no me es posible reducir la marcha; el sol todavía está muy alto y me queda un largo trecho hasta que se vislumbren las murallas salvadoras. Cuando más, puedo mojar los labios con la escasa provisión que aún se agita en mi belezo. Un pequeño sorbo, lo suficiente para que no me ahogue la hinchazón de esta lengua que ya se me pega al paladar arenoso. Lo imprescindible para que la sed agobiadora no se sienta encandilada en demasía. Es todo cuanto puedo hacer, pero jamás reducir mi galopada. Si perezco ahora porque la flaqueza de la carne me vence, estoy seguro de que todo se habrá perdido; que tu muerte carecerá de sentido, que estos años pasados en la compañía que tan noblemente me otorgaste no habrán tenido el menor valor; que tu sabiduría y tus enseñanzas no serán más que un fuego inútil, un puñado de arena que se escurre entre los dedos, un delirio fugaz. Nada. Llegar a Sidón antes de la noche es todo cuanto ahora me importa.

## III

Tras aquella matutina charla con Gondín cuyo contenido aún ahora se me antoja ensueño de la razón, pero cuyos resultados van a ser definitivos, me recluí a cal y canto durante más de siete días en una apartada estancia de la torre.

Hubiera apostado mi brazo derecho a que nadie, durante ese tiempo, albergó el menor indicio de cuanto mi escudero y yo dialogamos ante las ruinas testimoniales, ni el motivo del recrudecimiento de mi encierro.

Las pugnas a que sometí mi voluntad, las dudas que poblaron mis razonamientos y mis quiebros durante esa eterna semana, fueron tan constantes y agotadoras que prefiero no reverdecerlas ahora que mi resolución está ya tomada. El futuro dirá si es acertada o fatal porque lo que está en juego no es solamente recomenzar una empresa trágicamente clausurada, tornar a unos exagerados dispendios, someterme al agobio de nuevas preocupaciones, conseguir —en última instancia— la realización de un antiguo deseo. Existe la otra cara de la decisión. Tal es la que Gondín me ha mostrado sabiamente y que con seguridad también yo hubiera atisbado sin su concurso. Pero es necesario en ocasiones oír nuestros pensamientos de la boca de los demás para que adquieran mayor eficacia. De esta manera si son falsas las proposiciones a que nos entregamos nos queda el estúpido consuelo de alegar que tampoco los otros apreciaron su engaño. Por tanto voy de nuevo a mantener la apuesta, a correr mi propio riesgo. Estoy convencido que si mi vida no es más que un juego, la reconstrucción de esas murallas es la mejor baza caída en mis manos. Y desmenuzada más finamente la materia del asunto, diré que no solamente es lo mejor, sino lo único que puede dar un poco de solvencia al tránsito de Payo de Montemor por este mundo. Bien claro lo vio el escudero Gondín.

Vinieron de inmediato en cuanto Fernán Franquino transmitió la orden. Y aunque mi presencia no les afectó en la medida de lo esperable, bien a las claras advertí que no las tenían todas consigo al ver que ya no se topaban con el barón desmadejado y pasivo, sino con el amo firme que tan bien conocieron en el pasado.

Los fui contando uno por uno: Pero Bieites y Xoan de Lupo, caballerizos; Roel Belindo, Ginzo Doaz, Martín Costay, su hermano y aquellos tres pujantes mozos que, en su día, abandonaran la aldea para prestar voluntario servicio en la torre, y que ahora engrosaban el escaso número de los actuales mesnaderos. Allí estaban también Tulio Ximénez y Galindo Pores, que se ocupaban del más variado servicio de los peones; Anderico, el viejo marmitón, y por último los rabadanes Marcial, patibulario y honesto, y su cojitranco e inseparable hijo Senén. Un poco más allegados a mí, se situaron el viejo Vermún Dolmedo, Gondín Gondínez y Fernán Franquino, aguardando inmutables mis palabras. Sí, allí estaban todos; mis fieles hombres, tan renegridos y malolientes como es conveniente en gentes nacidas para empuñar el arco o la hoz, según se tercie; ganapanes del sudor, de la escasez y de la oscura muerte. Ésa era mi eximia corte, mi hueste florida. Todos ellos expectantes de la determinación que el amo —¿qué se propondrá ahora éste?— va a tomar de un momento a otro.

No estando yo en disposición de endilgarles una larga perorata porque las dudas, las sospechas ponzoñosas aún pueblan mi cabeza, fui de plano al asunto: «Sabed, mis gentes, que he decidido comenzar la reconstrucción del abatido castillo. Nada va a impedir ahora que mis designios se cumplan. Muertos están los traidores que tiempo ha se complacieron en asolar mis tierras y en destruir una obra galana. Hoy os juro que volverán a elevarse muros y barbacanas, que tornarán los artesanos, los aprendices y los mozos enfeudados. Nadie habrá de sustraerse al trabajo. Ninguna mano hallará descanso hasta que el pendón de Montemor ondee sobre la torre cimera. Esto es cuanto tenía que deciros y ¡ay! del que piense que mi ojo no ha de velar por el trabajo que cada uno tiene encomendado. Ahora volved a vuestros quehaceres y recordad bien cuanto habéis oído.»

Aún renquearon su sorpresa durante un rato. Hubo furtivos codazos, calladas interrogaciones, admiración, tal vez fastidio. Abandonaron la estancia yo no sé si consternados o gozosos, pero en todo caso no despegaron la boca. Más tarde vendrían los comentarios en el yantar comunal, siempre propicio a la charla liberadora:

—Razones de peso tendrá el amo para lo que pretende.

—¡Quitá allá! Más valdría que siguiera en su letargo y nos dejara en paz.

—¿Qué nos deparará esta manía?

—Agallas tiene nuestro señor para luchar contra su mal sino.

—¿A quién beneficiará esta porfía?

—Para mí que no está en sus cabales.

—Es un prepotente.

—No tal, que sabe bien cómo hay que defenderse del codicioso vecino.

Entre pan y berza irán desgranando resquemores y elogios; se enfrentarán en disputas estériles y acabarán confesando que hay males peores que servir a un barón chiflado. Durante algunos días todavía andarán un poco turbados, pero no es malo que tal cosa suceda. Estoy convencido que en las próximas noches no se tocarán el miembro más que para orinar en abundancia.

Cuando todos hubieron despejado la sala, pedí a Fernán que tomara asiento a mi lado.

—Mañana partiré a la villa —le dije.

—¿Os he de acompañar? —inquirió.

—No. Tu lugar está aquí. Gondín me servirá de escolta —expliqué.

—Reparad que si os acaeciese un mal trance, de poco os servirá su ayuda.

—No temas. Nada malo ha de pasarme —tranquilicéle.

Titubeó unos instantes pero decidió omitir lo que pensaba.

—Como tú mandes —fue todo lo que dijo.

Después, le rogué que me dejara solo. Obedeció sin una réplica, sin el menor atisbo de inconformidad. Ignorando, pensé, cuántos interrogantes quedaron ocultos en nuestro escaso diálogo.

## IV

Pero Lupiáñez ha envejecido tanto que apenas si le reconozco. Se agobia, renquea, tose, se ahoga. Su ancianidad prematura devora la eficacia de los encargos con que siguen acosándolo. Xoel de Avia, por el contrario, se desliza —¿cómo llamar de otro modo esa particular agilidad suya entre felina y serpentaria?— de un lado para otro sin apenas concederse tregua. Los años no se han detenido para su canosa barba ni para sus manos de sarmiento, pero su cuerpo sigue vibrátil, casi indestructible. El maestro Pero se agota en sus obras geniales. El judío Xoel perdura en los réditos y las hipotecas. ¿Dónde está el misterio, la injusticia? Y si la hay, ¿quién sabría explicarla?

Visité primero al maestro. En su taller atiborrado de granitos a medio pulir, de frisos y abundantes capiteles, apenas si puede uno hacerse oír entre el desatado martilleo de cinceles y escoplos. Aprendices y oficiales van de aquí para allá afanados en un trabajo que parece absorberles. Hablan poco y chancean menos, pese a la mocedad y el vigor de sus cuerpos. Se entregan a su labor con una especie de recogimiento que les da, a mis ojos, un aire de jóvenes oficiantes de secta desconocida.

A través de la nube de polvo que empieza a irritar mi gaznate, Pero Lupiáñez me ha divisado y se acerca a mí.

—Salud, barón. Bienvenido seáis a mi casa —me saluda.

Estrecho los brazos, huesudos y frágiles, que me tiende con gozo.

—Me alegra veros de nuevo, maestro —le digo sinceramente.

Con gesto preciso me indica un rincón del patio donde se alza un añoso roble. Venid, venid, que apenas si lograremos entendernos aquí.

Tomamos asiento sobre un banco sin tallar y por un momento le dejo que me examine a placer.

—También vos habéis envejecido, barón —me dice por todo comentario.

—Es verdad, Pero Lupiáñez, pero a pesar de ello, aquí estoy de nuevo para pediros que reconstruyáis mi castillo —le anuncio.

Su rostro experimenta un cambio raudo. Observo cómo nace en su ojos un destello de alegría que va creciendo por momentos, justamente a medida que le explico mi nuevo proyecto que, en esencia, no discrepa del que tan bien conoce; del que fue motivo de nuestras alegrías y de nuestras cuitas. Y según le expongo los detalles, conforme voy indicándole que habrá que prescindir de algunos elementos accesorios, pero que la obra tiene que amoldarse a la idea primigenia de fortaleza señera, de construcción singular instauradora de un hito de prestigio en toda la comarca, mis palabras, el poder de convicción que de ellas dimana, transforma el evidente deterioro de su cuerpo enclenque. Y compruebo que mi renacido propósito tiene la virtud de aportar a mi viejo maestro de obras ilusión que iguala a la mía. Apenas me interrumpe con advertencias técnicas, apenas si esboza la más leve contraargumentación En modo alguno rechaza cualquiera de mis abundantes y neófitas propuestas. Me escucha sin mover un músculo, absorto en mis palabras, atento a mis gestos, bebiendo del mismo manantial de mi avasallador entusiasmo como si mi nueva propuesta, surgiendo tras el largo invierno de la desesperación y el derrotado silencio, le aportase una savia imprescindible para seguir viviendo, un estímulo del que se veía para siempre marginado. ¡Buen Pero Lupiáñez, excelente amigo! ¡Qué bien estás recogiendo mi mensaje, con qué magnífico talante haces tuya mi causa!

Cuando finalmente se me agotaron las palabras —¿no me habría dejado llevar en demasía por una alegría desbordada, por un arrebato impropio de mi condición y de mis años?—, aguardé impaciente la autorizada opinión del anciano.

Alguien, un oficial subalterno, tal vez un veterano cantero, se acercó a nosotros para solicitar consejo sobre problemas de apremiante y difícil solución, pero el maestro lo despachó con breve gesto. Permanecía en silencio, escrutándome con sus ojos miopes y serenos. Aparentemente incomovible, pero relajado y —así quería pensarlo yo— satisfecho.

Por un momento me asaltó la duda de si su anterior aceptación se habría esfumado o, cuando menos, entibiado por los indudables problemas que el nuevo proyecto significaba y que mi ignorancia había relegado.

Aguardé sus palabras. Mi impaciencia me delataba:

—¿Qué pensáis de cuanto acabo de exponeros, Pero Lupiáñez?

Él se palpó las rodillas, las frotó con movimientos precisos, producto, seguramente, de una larga y dolorosa experiencia.

—Estos pobres huesos apenas me obedecen ya —comentó resignadamente.

Al fin logró levantar su torturado caparazón, dio con los pies un par de leves golpecillos en el suelo, dominó el efecto de una mortificante punzada y se acarició suavemente la barba. Juro que en aquel momento la salud del viejo se me hacía un asunto impertinente.

—¿Qué decís a mi propuesta, maestro de obras? —inquirí con apremio.

Me tomó del brazo —protocolo y etiquetas parecían preocuparle ya muy poco y dio unos pasos por el patio sembrado de basas y capiteles a medio labrar.

—Poco hay que decir, barón —respondió sin mirarme—. Sabía que tarde o temprano volveríais a las andadas. Me alegro que así sea aunque es menester reconocer que habéis considerado con harta calma la empresa.

La respuesta era para mí demasiado vaga. Insistí.

—¿Pero qué opináis de lo dicho?

—Mi opinión tiene menos valor de lo que creéis —respondió—. Solamente importa vuestro deseo. Contad conmigo y no olvidéis que una vieja promesa aún está de por medio —añadió.

Le apreté tan fuerte que por un momento temí haberle quebrado alguno de sus frágiles huesos. ¡Bendito seas, Pero Lupiáñez! Se erigirá el castillo y tu hija reposará en tierra sagrada. Tampoco tu nombre se ocultará y con la Colegiata de Santa María y San Pedro, con el pórtico de Abades y el claustro de Lazoán, la fortaleza de Montemor proclamará tu arte en los años futuros. Juntos perduraremos en la memoria de esta tierra, le dije, llevado por una euforia de la que no me avergüenzo.

—Bien está, barón. Refrenad vuestro ardor que trabajo habrá en abundancia para todos —comentó sin asomo de ironía. Pero yo estaba tan enfebrecido que casi le conduje en volandas hasta una ménsula cercana y tomando un pequeño tizón pergeñé en la piedra un torpe dibujo de lo que nuevamente habría de ser el solar de mi estirpe.

Me dejó hacer durante un rato y después apretó mi mano.

—Permitid, al menos, que yo trace los planos —dijo con cansada sonrisa.

Sus palabras me devolvieron el juicio. Tienes razón, viejo; haces bien en reconvenirme como a un muchacho alocado. Por un momento olvidé quién soy y cuáles deben ser mis maneras en todo momento. ¿Qué respeto ha de merecer un señor de vidas y haciendas que no sabe dominar sus emociones; que parlotea como una mozuela en vísperas de boda; que ignora si su peculio —tan sensiblemente menguado— permitirá financiar una empresa sumamente costosa? Está claro que mi pasada reclusión me juega malas tretas. El desánimo y el cansancio han dado paso a una febril impaciencia posiblemente tan irrazonada como aquéllos. Pero el tiempo, maestro de obras, con su acelerado caminar se ha vuelto mi peor enemigo. Tengo que enfrentarme a él, luchar a brazo partido si no quiero sucumbir estérilmente. Él es quien me provoca estos raptos, estos aparentes dislates. Tú quieres ver cómo los restos de tu hija reposan en paz; yo deseo ver erigidas mis torres. Ambos apañamos la misma locura, a fin de cuentas.

Me levanté:

—En Montemor la gente espera vuestra llegada. He mandado reclutar peones y os prometo que habrá suficientes brazos como para que vuestros oficiales no se quejen. ¿Cuándo os veremos en el feudo? —pregunté dominando los nervios.

Echó una mirada en derredor, se palpó la barbilla y dejando caer finalmente los brazos con gesto de resignación —en el que más había de complacencia que de fastidio, según me pareció— respondió que le concediese al menos una semana para organizar el trabajo pendiente.

—Os prometo que allí estaremos para entonces y también os doy palabra de que no retiraré ni un solo hombre hasta que todo se halle debidamente finalizado —aclaro.

No había más que decir. Me despedí con un apretón de brazos. Él me acompañó hasta la puerta que cerró una vez me vio a caballo.

Partí del taller con alegría, pero al igual que me sucediera en lejana y similar ocasión, otras inquietudes no tardaron en hacer su aparición. Bien sabía yo que Xoel de Avia no medía las cosas por el rasero de Pero Lupiáñez. Nada tenía que ofrecerle salvo nuevas hipotecas, y era verdad como puño que el feudo no admitía muchas más. Las mejores praderías, las tierras cultivables, incluso largos años de diezmos pasarían a sus manos si el azar no me enviaba un golpe de fortuna. Pero pensar en tal cosa era igual que pedir a las nubes una lluvia de lechones cebados. ¿Con qué podía garantizarle otro préstamo? ¿De dónde sacaría fianzas valederas? Acorté el paso de la montura y traté de poner en orden mis pensamientos. Repasé mentalmente mi hacienda palmo a palmo en busca de un apetitoso bocado para el judío y pronto llegué a la conclusión de que no había muchos. Cierto era que aún quedaba la dote de Laya, las buenas tierras de Bonaval que ella había dejado en herencia a los dos hijos, a los cachorros traidores. Era ésa una porción que nunca hubiese querido tocar, reservando el usufructo que me pertenecía para contingencias imprevisibles, en la seguridad de que con un mínimo de suerte tan perentorias necesidades no habrían de presentarse. Confieso que jamás pensara en recurrir a ella y, mucho menos, en utilizar sus beneficios para levantar una obra de la que seguramente tú, señora esposa, no ves la urgencia. Pero ya no hay tiempo para las explicaciones ni las excusas. Procuro convencerme de que es fundamental dejar a un lado vanos escrúpulos si de verdad quiero acometer mi empresa. Dominaré el orgullo y claudicaré ante lo inevitable. De esta forma, me digo, la erección del castillo tendrá mayor mérito.

Parece como si tales razonamientos constituyesen el ansiado espolazo que mi indecisión venía implorando, porque cuando llega el momento de encararme con el judío me siento como poderoso señor que no viene en busca de auxilio, sino como aquel que se permite hacer una oferta tan beneficiosa que fuera bien necio el rechazarla. Y es precisamente por esto por lo que a última hora he doblado la cantidad que no ha mucho calculara como satisfactoria y exijo al estupefacto Xoel que haga la entrega sin demoras porque me es urgente efectuar los primeros pagos. Y al decir todo esto, yo mismo me asombro comprobando la decisión, la seguridad y confianza que hay en mis palabras; el timbre de autoridad con que las doto, la justeza y ponderación de que hago gala. ¿Cómo es posible que haya sofocado hasta tal punto mi reciente temor? ¿Qué extraña y poderosa fuerza me domina ahora y habla por mi boca? ¿Quién es el que, minuto a minuto, me dicta lo que he de hacer? No importa ni quiero saberlo. Lo que ciertamente vale, es lo que estoy viendo, lo que oigo. Las idas y vueltas del anciano que espabila luces, transporta sus pequeñas y pesadas arcas sin permitir que le ayude, no os molestéis barón que no es este trabajo para vos, y hace funcionar pasadores y candados cerrando a cal y canto la oscura tienda.

No sé si por un momento, por un tiempo tan breve que arduamente podría medirse, sentí un amago de insatisfacción, una basca, una repugnante comezón al contemplar el exagerado mimo, el cuidado empalagoso con que el viejo pesaba el oro, contaba y apilaba las desgastadas monedas que a la luz de las raquíticas lamparillas despedían fulgores raudos y siniestros como fuegos fatuos. El hombre trataba su tesoro con una lujuria ardiente y tan poco enmascarada que se hacía muy difícil rechazar el asco que producían sus manejos. Pero el apremio era demasiado grande como para mostrar prolongado disgusto por lo demás. Mi indulgencia sería generosa y rápida siempre que el viejo Xoel satisfaciese cumplidamente mis deseos. A la sazón no cabían displicencias ni escrúpulos; yo no era, otra vez, más que un hombre volcado en un propósito; y él poseía la clave para que mi idea fuera un éxito. Naturalmente no había tiempo para melindres.

Colocó ante mí las bolsas, pequeñas y ventrudas como villanas preñadas. Hizo como un gesto de dolor, un tímido aspaviento, esto es cuanto puedo daros, barón, casi sollozó; jamás sabréis qué gran sacrificio estoy haciendo por vos. Yo me levanté y estampé firma y sello sobre los pliegos que me presentó.

—El Señor, justo y poderoso, quiera que todo salga bien —murmuró en enigmática y siseante letanía.

—Amén, amén, Xoel de Avia —le respondí, llenando mi talego con la prisa de un asaltador de caminos, rogándole que descorriera fallebas y picaportes; urgiéndole para que facilitase mi salida de aquella casa, de aquel lugar ingrato al que me había propuesto no volver en solicitud de ayuda.

En el camino de regreso, Gondín se mostró más alegre y locuaz de lo que últimamente viene siendo habitual en él. Manteniendo su montura muy próxima y a la par de la mía —quizá pensase que era ésta una buena forma de proteger no solamente a su amo sino también el oro tan costosamente adquirido—, no cesaba de relatarme pequeñas historias referentes a los lugares que cruzábamos; chismes sobre tal o cual comadre famosa por sus artes, pócimas y ungüentos; maldiciones ancestrales proferidas por algún errante y colérico hombre de Dios y de las que habían sido objeto esta fuente, aquel exiguo castañar o tal vez ese incrédulo y lascivo cabrero, ahora convertido en roca porosa. Hablaba y no paraba espiando mi desatención, calibrando el significado de mis escuetas preguntas, preocupado seguramente por lo incomprensible de este amo, al que según parecía, todo había salido en la villa a pedir de boca, pero que ahora —¡loado sea San Gontrán que no me hizo barón de tierras, ni cruzado cautivo, ni medió para que se me concediera cabeza siempre atormentada por revirados pensamientos!— se muestra tan mohíno y desabrido que tal parece lo condujesen al suplicio.

—¿Os acordáis de aquella joven y santa dama que se retiró con sus doncellas a las estribaciones del Pico Sacro? —me dice ahora con ánimo de interesarme al fin en sus comadreos y de que olvide mis prolongados cálculos.

—¿Qué sucedió con ella? —le pregunto, sabiendo de antemano lo que va a contarme porque es asunto que nadie ignora en la comarca, amén de que escaso es mi humor para escuchar historias rijosas. Pero él calla inesperadamente como arrepentido de su vana parla y acercando un poco más su mulilla me tira levemente de la capa.

Le miro sin poder evitar un gesto de enfado.

—No penséis más en ello, barón. Todo ha de salir a la medida de vuestros deseos; nadie habrá de impedíroslo —me susurra con aire de connivencia. Y yo no sé qué hacer, si asentarle un fuerte capirotazo o abrazarle tiernamente. Callo, pues, admitiendo con el silencio su intromisión en mi intimidad. Aceptando tácitamente esa manifestación de buena voluntad que no sé por qué singulares motivos comienza a serme más indiferente de lo que quisiera.

Cuando llegamos a la alquería en que haremos noche, mi cansancio es tan grande que apenas si muerdo el pan, de centeno y tomo un sorbo de agua —¿por qué ya no oigo lamentaciones, ni las acostumbradas palinodias a la hora de ofrecerme un yantar tan mísero?— antes de echarme sobre las pajas que me servirán de lecho y de refugio.

El sueño es profundo, pero la vieja e insoportable pesadilla no tarda en hacer su aparición. La conozco perfectamente porque ya suman centenares las noches en que la he padecido. Sus componentes jamás cambian y pese a mis impetraciones y disculpas, siempre es igual el legado que me dejan. Estamos condenados ambos a ser compañeros de por vida. Sobresaltado, me despierto. Debe ser medianoche. Me palpo el cuerpo que, incomprensiblemente, no se encuentra bañado en sangre. Tampoco hay cepos en mis pies ni grilletes que atenacen mi cuello. ¿Es posible que sea libre? No, ahí muy cerca está la sombra de mi guardián que vigila. Demasiado bella era la ilusión. Pero esta noche, una fuerza desconocida, un arrebato me impulsa a luchar desesperadamente, a dar término, sea como sea, a este cautiverio enajenante.

Tanteo en la oscuridad buscando cualquier cosa que sirva para machacar la cabeza del sarraceno.

—¿Qué deseas, señor? —dice la voz. Y las palabras son claras, entrañables. También el tono se me hace familiar. Así pues, Baalbek no es este encierro.

—Nada, Gondín. Me turbó un mal sueño —digo, aún trastornado por lo que acabo de vivir.

—Os revolvíais de tal manera —comenta— que de no haberlo hecho vos, yo mismo os despertara.

—Bien está, ya pasó todo. —Constantemente procuro enmascarar mi desconcierto—. Todavía falta bastante para la amanecida. Procuremos descansar.

—Como tú digas, barón.

Me vuelvo a tender sobre la yacija sin atreverme a cerrar los ojos. Sé que, a mis espaldas, el fiel Gondín vigila.

## V

Han tornado los buenos tiempos. Cada mañana parte hacia el nuevo solar la pequeña mesnada de trabajadores, sin que festividades ni inclemencias posterguen la tarea. Salen con el alba, regresan con la anochecida. A tal ritmo bien se ve que la faena progresa.

En poco más de un mes se limpiaron los escombros, se acometieron nuevas talas y se alzaron dos grandes lienzos de muralla. Por San Juan estaban finalizados gran parte de los paramentos y calculo que no ha de transcurrir mucho para que mis ojos vean de nuevo erigida la máquina exterior del castillo. Todo esto me obliga a reconocer que las cosas marchan a mi gusto aunque tanto falte por hacer. Pero no es esto lo que más me congratula, sino la buena disposición con que mis gentes y los operarios asalariados —es menester reconocerlo— están llevando a cabo la obra. Parece como si cada uno de ellos compartiese mi propio interés por el empeño y se esmerase en que su particular cometido no ofrezca el menor fallo.

—¿Os place la anchura de esta poterna, barón?

—¿Juzgáis de vuestro agrado la situación de las saeteras? —preguntan.

Y yo no tengo más remedio que decir que sí, que todo está bien, que merecida tendrán una recompensa si las cosas continúan de este modo. Hasta el presente no ha habido ocasión para el menor castigo, ni siquiera para una sería reconvención. Mi única angustia radica en la precaria salud de Pero Lupiáñez.

Vi por última vez al maestro la semana pasada. Su aspecto era tan frágil y enfermizo que me alarmó. Hasta entonces no había parado mientes en que el buen viejo estaba realizando enormes esfuerzos por seguir de cerca la marcha de las obras; que cada venida a la torre era un martirio; que hasta la ilusión por sus obras se había extinguido.

Tenían que transportarle en un pequeño carromato tirado por dos mulas blancas, en el que sus hombres —raramente veré ejemplo igual de fidelidad y respeto— habían instalado una curiosa especie de asiento-nido hecho de plumón y fina paja, para amortiguar el sufrimiento de los continuos zarandeos.

Nada más verle aparecer en el inicio de la empinada senda que conduce a la torre, suelo ordenar para él una silla de manos pues apenas si le obedecen las piernas.

Sonríe, no obstante, asegurándome que la etapa más dura ya ha pasado. Oyéndole, empiezo a dudar si exclusivamente se refiere a la marcha de las obras; si, en verdad, maese Pero no me está hablando en un lenguaje al que yo no tengo acceso. Pero absorto por lo que me importa, pronto olvido mis dudas preocupándome tan sólo por que oficiales y peones no pierdan ripio de sus ordenanzas y consejos.

Ya de regreso al solar, le ofrezco una copa de hidromiel —en la que apenas si moja los labios— y las mejores viandas de mi casa. Después, estudiamos juntos los planos hasta que el cansancio entorna sus párpados. Pese a mis ruegos, jamás quiso pernoctar en la torre más de dos noches.

—¿Cuándo os volveré a ver? —le pregunté, como ya es de ritual, al despedirnos.

—Pronto, barón —me prometió—. Cuando se concluya el basamento de la torre, me tendréis de nuevo aquí. Preparadme para entonces un buen hervido de gallina —bromeó.

Antes de partir esta vez, le ofrecí un presente que hace tiempo guardaba para él. Se trata de un precioso cofrecillo esmaltado que ya mis abuelos heredaron de los suyos. Lo observó detenidamente y me lo devolvió.

—Gracias, señor, pero de vos solamente aceptaré una cosa y bien sabéis cuál es —me dijo.

Le estreché ambas manos y mandé que Fernán y otros dos hombres le dieran escolta hasta el límite de mis tierras.

Sí. Pero Lupiáñez me preocupa, pero tengo fe plena en que ha de ver cumplido su deseo.

Por lo demás nada empaña mis días. Siento el ánimo despierto y las fuerzas —esa fortaleza que tantas pruebas soportó y que ya empezaba a considerar definitivamente perdida— redobladas y pujantes.

Mi heredero Fernán Franquino y mi escudero Gondín Gondínez viven gloriosamente este nuevo estado de cosas. Claramente veo que mi optimismo les estimula y les acerca más a su señor. Lejano está el episodio de mi reclusión que tan funesta mella hizo en sus conductas. Como son hombres fieles, buena prueba de ello están dando ahora. Sin que yo lo pida se ofrecen continuamente para cualquier tipo de trabajo por ingrato que sea, ignorando la fatiga y las molestias. Vigilan que no se altere la disciplina de los numerosos hombres que ahora van y vienen a la torre. Cuidan que nunca falte oportuna guardia en las obras. Repasan los caminos más transitados; establecen el trabajo de los peones; se les ve infatigables siempre y animosos por todas partes. Y diré que siendo tantos y tan varios sus quehaceres, jamás se extralimitan en sus funciones y ni por asomo se les pasa por las mientes alterar en lo más mínimo cualquiera de mis órdenes.

—¿Queréis que os acompañemos al nuevo solar? —me preguntan invariablemente, uno u otro, cada mañana.

Pero yo, las más de las veces, rechazo su oferta porque quiero vivir a solas este renacimiento, esta venturosa circunstancia que no hace mucho consideraba imposible y la cual, todavía, no acabo de asumir plenamente. Y como la montura está siempre dispuesta, me entrego a largas cabalgadas que no tienen forzosamente por meta la cantera o los andamiajes.

Hoy me detengo en un molino e intercambio un par de frases con los gañanes. Mañana pruebo el pan recién hecho en una alquería. Me divierte perderme por desconocidos senderos del bosque, chapotear en las aguas de una poza, seguir la huella de cualquier alimaña, observar el vuelo del gavilán, azuzar los mastines, que siempre me acompañan, tras el rastro del tejón o de la liebre.

Cuando llego al solar, cansado y hambriento, comparto la gallofa de los peones y escucho atentamente sus resabidas historias. Y todo esto es así porque me he propuesto no enredarme en pensamientos ni cábalas ociosas que puedan remover posos y dar al traste con mi alborozo.

Sin embargo, la satisfactoria marcha de los asuntos no logra evitar que bajo los mullidos pliegues de la noche estival se columbre en algún rostro joven —a ti, Fernán, me refiero— la desazón de la nostalgia. ¿Qué te sucedía Payo de Montemor, a sus años? ¿Qué otros deseos, ajenos a la caza y a la monta, poblaban tu cabeza?

*A por quen perço o dormir*
e *quedo mui namorado*
*vexoa daquí partir*
*e fico eu desemperado...*

Razón te sobra, amigo, al trovar amores. En este solar perdido, ¿qué otros andares has de topar que no sean los bruscos y desaliñados de los hombres de brega? ¿En dónde te cruzarás con la mirada ruborosa, la blanca tez y la voz hecha de quiebros y siseos? La presencia de una hembra, ya sea dama o doncella, parece absolutamente proscrita en este lugar, y tal ausencia presumo que empieza a serte muy dura. Estoy convencido de que muchos de tus mandoblazos al aire y de tus rabiosas galopadas no son otra cosa que gritos mal disfrazados de hombre en celo. No soy tan viejo como para haberlo olvidado, como para no sentirlo todavía en mi propia carne.

—Dime, Gondín, ¿cuándo se celebran las justas de Santa Ana?

El hombre deja de hurgar en el fogón y me interroga con la sorpresa pintada en su rostro de búho.

—Dentro de dos semanas tendrán lugar —me contesta.

Y yo, como sin querer interesarme demasiado en la cosa, como si fundamentalmente me absorbieran negocios mucho más serios y mi sugerencia no tuviese otro valor que el de un fútil chascarrillo, le insinúo si no sería acertado que el joven heredero de Montemor se preparase para los torneos feriales; que volviese a tomar contacto con las artes marciales que han de ser propias a su rango y adecuadas a su edad.

Por supuesto que el viejo escudero —¡qué ingenuo soy al querer engañarle!— ha comprendido el oculto significado de mi propuesta. Porque de todos es sabido que las festividades de la villa son magnífico pretexto para convocar a las mozas más acaudaladas de la comarca. ¿Acaso no te acuerdas, dama Laya, cómo tuvo lugar nuestro primer encuentro?

—Pero tales ejercicios le distraerán de sus obligaciones —me comenta pícaramente con un retintín irónico.

—Pues aunque así sea —respondo— es preciso que a su edad conozca algo de mundo.

Y sin que medien más palabras me alejo camino del aposento.

## VI

Le traían tan aherrojado y molido a golpes, que era lástima verle.

Mis gentes se acercaron a los recién llegados y hasta se apretujaron para ocupar los mejores puestos y no perder así detalle de las lacras y moraduras del cautivo, ni del hosco porte de sus guardianes. Éstos eran dos y venían tan armados y bien pertrechados que más parecían gentes a punto de entrar en liza, que mesnaderos en servicio de custodia.

Antes de cruzar el foso pidieron a voces la presencia del barón o de su oficial mayor a fin de conseguir un beneficioso pernocte en la torre. Yo mismo se lo concedí después de hacer que se identificaran

—Estamos al servicio del arzobispo y regresamos a Compostela —contestó el más barbado que semejaba también ser el más viejo.

—Mucho os habéis alejado entonces de vuestras tierras —comenté, sopesando la probabilidad de una treta.

Ellos, no obstante, mostraban gran aplomo.

—Verdad es lo que decís, señor barón, pero la captura de este bellaco —señalaron al sufrido zagal— nos ha traído en jaque más de lo que quisiéramos.

Ordené que les franquearan el paso. Dieron las gracias muy cumplidamente, cruzaron el rastrillo y empujando con la pica su menguado botín para que aligerara el paso, descabalgaron en una esquina del patio. Con sucinto ademán, cuyo significado autoricé sin palabras, tomaron del brocal del pozo un cubo de agua del que bebieron por turnos ansiosamente y largo rato. El garzón, acuclillado junto a un peldaño, les miraba hacer tan ávida y envidiosamente que, una vez más desde que le viera llegar, sentí cómo algo se descomponía y rajaba dentro de mí.

—¡Dad de beber a ese muchacho! —les ordené.

Los dos me miraron a un tiempo. Había en sus ojos sorpresa, enojo y un mucho de rencor por mis palabras. Interrumpieron sus abluciones, llenaron el cantarillo de fresno y acercándose uno de ellos al cuitado rapaz, lo depositó a sus pies. Jamás vi beber con tal ahínco.

Cuando una vez satisfecha la curiosidad, mandé que las gentes volvieran a sus labores y procuraran de paso algo de comer para aquellos hombres, me acerqué al más veterano de los guardianes y le dije si no podía liberar al pobre muchacho de sus abundantes grilletes, ya que las marcas hechas en brazos y piernas eran tan profundas que en algún miembro asomaban los huesos ensangrentados.

—Somos responsables por él, señor —alegó rápido y asombrado por la sugerencia.

—Lo sé; pero mientras estéis en mi torre, os doy palabra de que nada ocurrirá. Recordad que sois mis huéspedes y que de alguna manera también lo es él —respondí. Y aseguro que mis palabras carecían del matiz de la súplica.

El hombre debió entenderlo así por la adustez con que me escuchó y el áspero silencio que guardó un rato. Después, se acercó a su compañero y en voz para mí inaudible intercambió con él algunas frases a las que el otro respondió con un encogimiento de hombros que venía a decir, más o menos: tú eres el que mandas, arréglatelas como te parezca. Yo, mientras, no dejaba de observar al rapaz que permanecía en la misma postura, la mirada fija en el suelo y el aire resignado de un cachorro irremediablemente destinado al degüello. Mi paciencia estaba a punto de llegar a su límite. El otro insistía en convencer a su compañero recalcitrante, en persuadirle de que poca era la resistencia que podían ofrecer a mis deseos incomprensibles pero, según se apreciaba fácilmente, irrechazables.

—Y bien, ¿habéis llegado a un acuerdo? —díjeles con tono más que molesto por la espera a que me estaban sometiendo.

Cortaron bruscamente su palique y ambos vinieron hacia mí. Una resignación culpable les dominaba.

—Nuestro señor el arzobispo nos encomendó muy encarecidamente la captura de este pícaro; hemos cumplido el trabajo y contra nuestros deseos os obedecemos. Si algo aconteciera al truhán que nos impidiera conducirlo ante nuestro amo, que caiga sobre vos la reponsabilidad y no sobre nosotros —dijo el uno.

Su tono propiciaba más la amenaza que la contención, pero lejos de darle importancia, de replicar a su insolencia convenientemente, me preocupé tan sólo por beneficiar en lo posible al desdichado rapaz que seguía inmóvil como roca, ajeno, al parecer, a cuanto se hablaba concerniente a él.

Confieso que he visto tantos cuadros de pánico y dolor a lo largo de mi vida que es difícil que uno más logre conmover y alterar mi espíritu. Pero algo constreñía mi recuerdo, lo agitaba cruelmente y hacía aflorar sus posos más acerbos. Ahora sé bien que mi sometimiento al pasado se extinguirá únicamente con la muerte y que lejos de atenuarse con el transcurso de los años, se intensifica y se impone, cerniéndose sobre mí como buitre de barranca. Es como una especie de venganza contra este Montemor que siempre intentó desechar las remembranzas por considerarlas inútiles y funestas.

—¿Cuál es tu nombre, muchacho?

Me mira y duda. A sus ojos yo también encarno el malhadado dominio sobre los hombres, el daño persistente y la continua amenaza. Sin embargo, en las tinieblas a que posiblemente estos sicarios habrán abocado su razón, puede pensar que quizás este barón se encuentre en uno de esos momentos de enfermiza debilidad, de increíble compasión, tanto más extraña cuanto que todavía hay vigor y fortaleza en su cuerpo no caduco, porque fue él quien mandó a Pero Mendes que aflojase mis ligaduras y me diera de beber. Pintoresco señor de rostro moreno y bruñido como dicen que tienen los agarenos del sur. Vestido con ese manto raído similar al del quiromante del arzobispo—condenada sea su alma— y cuya mirada atraviesa y desnuda, haciendo que uno se le someta sin resistencia ni dolor.

—Me llaman Gil —responde en un susurro.

Es claro que de cerca aprecio mejor su juventud, puesto que pese a las inclemencias y durezas con que el destino le ha marcado, este zagal no muestra superar los doce años. Su frente es noble y limpia, y en sus ojos —acostumbrados prematuramente a ver ensañamientos y liviandades— aún asoma un cierto poso de mantenida inocencia. Duros amos tienes para que ordenen reducirte a este lamentable estado, ya que no acierto a comprender la importancia de tu crimen.

—No temas, Gil, ahora estás bajo mi custodia —le digo.

Y él mueve la cabeza con gesto de asentimiento levemente dubitativo, porque jamás puede fiarse uno de los barones y obispos que se ocupan nada más que de incrementar sus haciendas y propiciar sus regaladas existencias a costa de los mil dolores, de la tribulación de las gentes. Quién sabe si éste no fragua un plan más nocivo que las asechanzas del compostelano; si no prepara una burla nueva y más cruel que las que ya conozco; hasta puede ser que me sacrifique antes que el otro. Todo cabe en estos señores, y uno tiene que estar alerta para lo peor. Ahora bien, éste usa de otros ademanes, habla y obra muy diferente a como lo hacen los capitanes y beneficiados de la corte arzobispal. Tal vez sea un hombre bueno aunque sea barón; pero nunca se puede estar seguro de lo que ha de acontecer.

Y ya al anochecer, cuando Gondín y Fernán regresan de inspeccionar los trabajos y les informo de las novedades que nos ha deparado el día; antes de que ellos se tropiecen con las nuevas caras de los huéspedes

—ocupados ahora en el cuidado de sus monturas—, ordeno a los marmitones que preparen algo especial para el yantar, lo cual es siempre bien acogido a pesar de que nuestros abastecimientos comienzan a verse notoriamente mermados. Pero no importa el dispendio porque mi plan incluye el que esos dos botarates compostelanos hinchen sus panzas a reventar, y el vino trine cánticos celestiales en sus oblongas cabezas.

—Vestid los mejores paramentos, colgad espadas de vuestros talabartes —digo a Fernán, al buen Gondín, al viejo Vermún—. Quiero que esta noche impresionéis a este par de sicarios del arzobispo; que guarden las puertas mesnaderos con yelmo y lanza; que nada falte a la mesa.

Ellos me miran sin salir del asombro —¿volverá a caer nuestro amo en aquella vieja dolencia, arropada ahora de otra guisa?—, pero espabilan y hacen cuanto digo sin mayores réplicas ni indagaciones.

A la noche todo está en orden y a mi gusto. Pero Mendes, cumpliendo mi deseo, se ha sentado al flanco izquierdo mientras que Fernán, el heredero, ocupa mi diestra. Gondín y Vermún Dolmedo atalajeados y bien dispuestos ocupan los extremos del banco, sin saber de cierto a qué se debe todo este convite y algazara. Los marmitones sirven pavipollo y lomo de cerdo asado; los mesnaderos —cuatro toscos mozos que adoptan a la perfección su papel de guardas adiestrados— vigilan la entrada de la sala. Advierto que los huéspedes se hallan complacidos por el banquete y hasta impresionados por este despliegue de fuerzas, sorprendente en el solar de un barón rural. Pero sí, ya lo veo, les halaga ser objeto de tantas pamemas y atenciones. Felizmente se entregan sin reservas a satisfacer sus estómagos, a endilgarse uno tras otro, cuencos de vino. Bebed, bebed a gusto maese Pero y vos también compañero, ¿cómo dijisteis que os llamabais? Benito Muñiz, barón; pues no paréis en miramientos, amigo, lo que hay en esta casa pertenece también a mis invitados; sois generoso, señor, y os lo agradecemos; ta, ta, no hago más que cumplir con un grato deber; sabed que es ley en todo bien nacido honrar a los demás, según las ocasiones, con mayor esmero que a uno mismo. Eso es, continuad sin cortapisas; reparad en esta hermosa tajada que os ofrezco gustoso, no me la despreciéis.

No, por supuesto que nada desprecian este par de gandules que devoran a dos carrillos; que resoplan como dos fuelles mal prensados; que apenas tienen ya tiempo de preguntarse a santo de qué vendrá tan opíparo agasajo, cuando pocas horas antes todo presagiaba conflictos y altercados por culpa de ese demonio de mequetrefe que nos ha traído en jaque días y noches, ¡maldita sea su alma!; menos mal que ya nos hemos resarcido en sus carnes a placer y la tunda lo habrá dejado tan lelo que difícil va a resultarle al señor arzobispo arrancarle una palabra antes de enviarlo a la rueda, ¡hijoputa rebelde y pendenciero! Pues claro que bebemos a vuestra salud, señor barón, que es demasiado bueno este vino para dejarlo dormitar en los cuencos. Razón tenéis al decir que es más gustoso y reconfortante que nuestros caldos del Ulla pero, ¿qué queréis?, a alguien ha de servir uno cuando no se tiene hacienda y se quiere medrar un poco. Porque habéis de saber que ni éste ni yo somos palurdos, que ya nuestros abuelos, si os place oírlo, lucharon en las huestes del buen rey don García y parientes tenemos que defienden ahora con harta nobleza el pendón leonés.

—Bien sabía yo que no erraba al daros cobijo en mi solar, amigos —les halago, conteniendo a duras penas la fatiga y repulsión que me produce su sola presencia. Pero el juego ha de continuar. No me mirés así, buen

Gondín, no me juzgues loco, Fernán Franquino, que a sabiendas hago lo que hago.

Que sé bien cómo se retuerce de dolor ese pobre muchacho tendido ahora sobre blancas pajas, al que por más emplastos que se le apliquen y suministren benignas pócimas, difícilmente conseguiré rescatar de la muerte cercana. ¿Acaso vivisteis vosotros las desventuras del cautiverio? ¿Por desgracia padecisteis en vuestras carnes ulceradas el mordisco de los grilletes, de los cepos insufribles, mientras esperabais la hora del sacrificio final, perdida ya la razón en las añagazas que tiende el hambre y la sed? ¿Qué sabréis vosotros, pues, de los secretos motivos que me mueven para dar cuerda a este par de rufianes y salvar así la vida del zagal? Bebed, bebed también y dejad que sea vuestro amo el que tome decisiones aunque carezca del poder y la sabiduría de mi señor El Rasch, de bendita memoria.

—¿Y es grande el crimen de ese muchacho? —pregunto al más veterano sin dar muestras de mucho interés.

El llamado Pero Mendes me mira de reojo y escupe con fuerza los huesecillos de su último bocado.

—¿Grande decís? —y se limpia de un manotazo la barba pringosa—. Figuraos que ese malnacido no solamente se atrevió a enfrentarse de palabra y obra al más respetado oficial de la corte, sino que —y parad mientes en lo que os digo— hasta tuvo la osadía de insultar a mi señor el arzobispo tachándole de hombre cruel y liviano.

—Vaya, vaya con el mozo —replico tan sorprendido por la ofensa que apenas logro tragar un par de sorbos—. Y decidme: ¿estabais vos presente?, ¿conocéis, acaso, la razón de tamaña insolencia?

—¡Por San Benito que si estuviera, allí mismo le rebanara el gaznate; pero el pícaro logró burlar los puestos de guardia y escapar de Compostela con ayuda del diablo —y el hombre se echa al coleto medio cuenco de mi mejor vino.

—Y seguro —insisto— que toda esa felonía no tendría la menor justificación.

—Os sobra razón, noble señor, que nunca puede haber excusa para semejante agravio y menos si, como en este caso, se trataba de un castigo bien merecido —replica.

—¿Y cuál era el castigo?

—Al parecer el pícaro se sublevó al ver cómo en su presencia le cercenaban las manos a su hermano, ladrón de dos hermosas palomas que mi señor tenía en gran aprecio.

—Cierto que el mozalbete es consumado bribón —comento, al tiempo que lleno el cantarillo de mi informador con nueva provisión de líquido. Él acepta complacido y sus ojos empiezan a enturbiarse en una red menuda de hilos sangrientos, al igual que los de su compañero, más proclive aún a la amable embriaguez. Pero la noche todavía es larga —probad este zanco, amigo, que ofrece una carne blanca y jugosa de gallina madre—, y en su transcurso se puede ir amortiguando la agresividad de tus sayones, pobre Gil, hasta que las menguadas voluntades se dobleguen a mi propósito.

Al filo de la medianoche doy licencia a mis hombres para que se retiren —por supuesto, Gondín, que ya adivinaste mi táctica— y me dejen solo con este par de galopines medio ebrios que no se cansan de pronunciar alabanzas y desearme mil venturas entre eructos y pedorretas que los tres celebramos festivamente. Satisfaceos a vuestro gusto, bellacos, no os sintáis coartados por mi presencia; disfrutad de esta noche regalada a la que vuestro señor purpurado no os tiene acostumbrados y, a la par, id desinflándoos de tantas prevenciones; parlotead a gusto de las injusticias y humillaciones a que os someten canónigos, oficiales, beneficiados y, sobre todo, ese magnánimo compostelano, maestro en artimañas y crueldades. Dejad que, poco a poco, os vaya minando el despecho y la codicia. Admitid, ya sin rubor, que es gratuita necedad perder este hermoso anillo de ónix y plata trabajada, este valioso dije de azabache y oro que tan gentilmente os ofrezco por olvidaros de ese cuitado zagal y privar, al mismo tiempo, a ese arzobispo que no acaba de reconocer vuestros méritos, de una venganza apetecida. Estad seguros que jamás saldrá de este solar una voz que proclame vuestra traición, pongo en ello mi palabra, y que ratificaré, si llegado es el caso, cómo encontrasteis al huido muerto y medio devorado por las alimañas, tan fétidas y corruptas sus carnes que imposible os fue transportar los restos a Compostela.

Ellos se miran y se consultan, pero bien se advierte su claudicación ante una propuesta tan inesperada y tentadora.

—¿Ónix le habéis llamado, señor? —preguntan codiciosos.

—Y del más preciado y fino, amigos; no consentiría que mis obsequios fueran de bajo precio —les tiento—. Observad que el azabache es de gran calidad y el oro no tiene baja mezcla.

—En vos confiamos, noble barón; en cuanto al mozo, que os sirva de distracción si logra salir de ésta. Que vuestros hombres hallen satisfacción en ese pícaro, aunque han de pasar muchos días hasta que se repongan sus nalgas —se burlan.

Y basculan sus cuerpos atrapados ya en el sopor de la borrachera y el cansancio. ¡Qué fácil me sería en este momento abreviar vuestras vidas! Pero no quiero que la liberación del muchacho —a vosotros estoy liberando, Martín Doaz, Nuño Perdomo; tal vez y de alguna manera también a mí mismo— se tinte con la sangre de estos galopines, que ya con las primeras luces de la mañana abandonan la torre camino de Compostela.

Les veo alejarse agarrándose a duras penas a la cruz de sus monturas, porque la noche no les ha dejado respiro y los cuerpos se hallan embotados por el dormir escaso y la inmensa melopea.

Acto seguido y sin que nadie me vea, corro al pajar y sin cruzar el umbral observo este otro sueño tan imperceptible que por un momento me asalta la terrible duda. Me acerco de puntillas, el corazón golpeando dolorosamente en el pecho. Pero no, todo ha sido una falsa alarma. El muchacho vive y ahora sé que su cuerpo atormentado ha de recuperar su antigua lozanía o poco ha de valer Payo de Montemor.

Respiro profunda, placenteramente este olor de hierbas secas y siento cómo una savia más fluida y vivificante recorre mi cuerpo. Nadie ha de hacerte regresar a la ignominia, muchacho. Tu Baalbek ha concluido antes que el mío.

* * *

Lo que pudiera suceder fuera de aquellas mazmorras había llegado a fundirse hasta tal punto con el mundo de lo imposible, de lo fantástico, que los que allí dentro padecíamos cautiverio renunciáramos mucho tiempo atrás a dirigir nuestros pensamientos —bien fuera recapitulando cronologías, barajando hipótesis, estableciendo quiméricas alianzas redentoras— al mundo exterior. Solamente contaba para nosotros superar el día presente sin claudicar ante las ratas insaciables o ante la legión de insectos deseosos de anidar en las llagas purulentas. Nuestras preocupaciones se concretaban en la posibilidad de que el vecino muriese dejando intacta su ración de agua y mendrugos; de que el carcelero se ensañase hoy más con aquel que conmigo; de que tras decenas de horas de trabajo, ceda mañana este eslabón que se me incrusta en los huesos, de dominar la técnica que me permita moverme un paso más hacia la derecha o la izquierda.

Los que habíamos aceptado el martirio de la supervivencia, teníamos sobradas preocupaciones dentro de aquellas mazmorras como para caer en el delirio de lo que pudiese acontecer a la libre luz del día. Este mundo de penumbra y tortura era nuestra única realidad; una realidad suficiente y apremiante. En cuanto a la imaginación, o lo que en otras circunstancias pudiera equipararse a ella, debería circunscribirse por entero a nuestro miserable entorno. La castración de las mentes —efectuada a lo largo de innumerables jornadas de terror y desánimo— impedía cualquier otra pesquisa, evitando así la falsía de la esperanza.

Por todo eso, cuando aquel día despertamos entre los clamores y los gritos de guerra, la zarabanda de las espadas y la comparsa afilada de chirimías y añafiles, apenas si pudimos expresar nuestro asombro, al considerarnos presas de una sugestión común. Pero, a poco, el golpeteo de los arietes contra las puertas reforzadas; los alaridos de victoria y la invasión de los calabozos por aquellas nuevas gentes —nuevas sí, pero igualmente sarracenas— nos convenció de que el anterior estrépito no había sido fruto de la alucinación. Y al ver de cerca aquellos rostros, aquellos atalajes embadurnados de sangre recientemente vertida, comprendimos cuán locos habíamos sido al dejar que tan siquiera por un instante, albergáramos la menor ilusión salvadora. Lejos de que esas puertas se abrieran para concedernos la libertad, se han franqueado para traernos la muerte, debimos pensar cada uno de nosotros.

Pero no, todavía no era llegada la hora definitiva. Incomprensiblemente, aquellos nuevos dominadores no nos ajusticiaron sobre los mismos cepos, sino que nos hicieron salir a la luz del día —¡tétrico espectáculo el de aquellos cuerpos ulcerosos enfrentándose al radiante sol de Oriente! —obligándonos sin excesiva crueldad a desfilar ante los oficiales; ante el caudillo invicto.

Nunca tuviéramos noticia de la existencia de aquel hombre. A decir verdad, tampoco nuestra embotada memoria tenía por qué almacenar reminiscencias sobre quién pudiera ser. Pero tal omisión, claro está, no garantizaba la menor esperanza. Era sarraceno y eso bastaba. Y si su porte magnífico y su ademán sereno no encajaban con el que corresponde a un jeque pendenciero y cruel, quizás se debiera simplemente a que sabía ocultar mejor que los otros su propia vesania. Pero en mi torpeza, en mi abotargamiento tan prolongadamente fomentado, algo pude apreciar. El respeto que sus hombres le profesaban, saltaba a la vista que no era producido por el temor. Había otra cosa; un halo incalificable que rodeaba su persona; un extraño poder que poco se relacionaba con la jerarquía que naturalmente emana del jefe guerrero.

Al pasar ante él, le miré. Sus ojos tenían la negrura de la noche, del abismo sinfín que nos devora en los sueños, del caos que debió reinar antes del inicio de los tiempos. Pero en su mirada no había desesperación, ni tan siquiera amargura. Me pareció que, en el fondo, únicamente existía una extrema soledad. Y el raro brillo que la soportaba no era como el del azabache o del ébano bien pulido, es decir, un fulgor aparentemente severo pero superficial y hasta juguetón, a fin de cuentas. No, la luz de aquellos ojos era como el alma de su soledad. Un punto firme, penetrante como pico de daga, inaccesible y atrayente como las nieves del Hebrón. Su mirada analizaba las personas, las cosas, como buscando en ellas alguna particularidad soterrada, algo que justificase verdaderamente su existencia. Y no había orgullo en su mirar —aquel despotismo que tan bien conociera en los jefes francos, en los nobles de Ultramar—, ni el habitual desprecio. También él se fijó en mí, no sé si un instante más que en los otros, y después de ordenar a su más próximo oficial algo inaudible para el resto, hizo voltear su corcel de inmaculada blancura y seguido por parte de sus capitanes, cabalgó hacia el corazón de los alcázares.

Permanecimos en aquella ardiente explanada, vigilados sin gran rigor por un escaso número de mamelucos, en espera de que se decidiese nuestra suerte. En pocas horas se había adueñado de nosotros una confusión a la que no estábamos acostumbrados. Deseos olvidados vuelven a dominarnos. Nos ciernen nuevos terrores. Hemos sido arrancados de un conocido infierno, pero ignoramos cómo será el próximo o si tal vez —¡quién podría adivinarlo!— se nos están abriendo las puertas de un inesperado paraíso. Mientras tanto, aquel implacable sol del que ya habíamos olvidado su existencia, se abate sobre nosotros con furia de venganza.

Unos esclavos, portando aceites y emplastos, nos limpian las llagas, las heridas infectas y tras cauterizarlas con hierros al rojo, las vendan con parsimonia. Después nos dan a beber un brebaje reconfortante y nos hacen subir a enormes y destartaladas carretas.

Los camaradas más desafortunados, aquellos cuyas enfermedades y lacras incurables no vaticinan la supervivencia al viaje, son apartados y posteriormente decapitados al borde de una cisterna. Los demás partimos hacia el destino que nos tienen fijado.

## VII

Las acertadas pócimas, el descanso regalado de unos días y la seguridad de que nadie va a causarle el menor daño, han sido medicinas más que suficientes para que mi nuevo protegido recuperase rápidamente y por entero salud y lozanía.

Por si acaso y a fin de prevenir desagradables sorpresas, un piquete de hombres armados vigiló durante estas últimas semanas el camino que desde mis tierras conduce a Compostela. Sé que el arzobispo, aunque taimado y diplomático en ocasiones, también se deja llevar con frecuencia por su natural crueldad y prepotencia. Sus mesnadas son grandes y se encuentran tan cumplidamente pertrechadas que si llegara el caso de un enfrentamiento entre sus gentes y las mías —el cielo no lo quiera— poco o nada tendría yo que hacer en el envite. Parece, no obstante, que por esta vez asuntos más importantes deben preocupar al santo hombre de Dios. Seguro que su ambición y sus arteros manejos, que ahora se centran en sofocar las continuas algaradas del pueblo que le detesta, no le dejarían tiempo para dirimir pequeños litigios con una baronía perdida en las montañas, en el caso de que aquel par de gandules se fuera de la lengua. No debo tener cuidado por este motivo.

En cuanto al rapaz, cada día me alegro más de haberlo rescatado de sus verdugos. Tan pronto como venció su recelo y comprendió que nadie iba a escarnecerle, mostró a las claras su buena condición y agudeza. Es hábil, vivo, frugal y tan deseoso de mostrar su agradecimiento que se pasa el día cumpliendo mandados, ayudando en cualquier menester, ofreciéndose para lo que los demás rehusarían de buena gana, callándose cuando surgen las nimias y usuales disputas, animando al decaído y disfrutando con todo. Pese a sus cortos años, puede realizar faenas que cualquier peón bragado consideraría como nada veniales. Resumiendo: el mozo es ya un hombre y de cuerpo entero, no faltándole a veces, la picardía propia de su edad y de su ingenio. En el solar, mi gente le mira con buenos ojos y hasta creo que se alegran de esta presencia joven, de este gracioso elemento, a caballo entre infancia y juventud, que puede permitirse el lujo de hacer saltando y corriendo lo que los demás han de cumplir con el sosiego de sus más abundantes años.

Desde el principio ha demostrado una particular inclinación por mi heredero Fernán; le atiende como si fuera su paje innominado y, siempre que su ocio se lo permite, le acompaña a todas partes. Me agrada esta relación, esta amable y lenífica camaradería que nadie, y menos yo, ha sugerido. Pero no quiero hacer apuestas. Tampoco, años atrás, las formulé sobre el joven Franquino. Me he propuesto no macular con mis naturales deseos lo que el destino depare a mis allegados. No encuentro acertado forzar las premoniciones, arriesgando asertos que quizá no se cumplan jamás. Estaba claro que Fernán había de dar en lo que ahora es: un buen caballero sin cuna. Gil, por el contrario, no muestra el menor interés por las armas, los jaeces, el mando o la milicia. Es como un fruto silvestre, como un ave libertaria que el vendaval ha traído hasta mi casa. Ahora se encuentra aquí gustosamente. Impredecible saber dónde se encontrará mañana.

Les dejo preparando atalajes y monturas en el patio de la torre. Sin que nadie lo advierta, excepto los mastines que me acompañan como mi propia sombra, salgo a dar un paseo por los aledaños. Las tardes son frescas, pero el otoño es lo suficientemente apacible como para olvidar la capa y confiar en la buena salud de mis huesos.

Camino sin premura, atravesando los campos y las rozas despobladas por la sequía, hasta llegar al primero de los tres alcores que vigilan mis tierras de meridión. Ya en la cumbre, tomo asiento sobre una roca; estoy cansado, mi respiración es anhelante porque para subir a esta pequeña loma he tenido que poner a prueba mis fuerzas. También los canes, que han correteado la pradera enzarzándose en persecuciones sin sentido se tumban a mis pies y jadean, perdida la mirada en lontananza. Acaricio sus lomos sin que su agotamiento me consuele: al igual que yo, pagan el tributo a sus muchos años.

La tarde es tan plácida que apenas si se mueven las hojas de los olmos, de los abedules guardianes del riachuelo seco. El aire es claro y su transparencia recuerda los frescos oasis del Jordán. Desde aquí se divisan, normalmente, buena parte de mis tierras; hoy me complazco en aceptar el espejismo de una mar océana enmarcándose sobre las ondulaciones más lejanas. Allá, a mi derecha, se alzan los riscos guardianes de las tierras del Norte; más cerca, al borde de la quebrada que casi podría ver si me alzase, se erige el nuevo castillo, mi obra. No hace mucho oí el toque del cuerno que marca el final de la jornada y no pude reprimir una corta oleada de satisfacción. Hasta es probale que se haya entibiado mi rostro con el calor de una breve sonrisa. Son vicios que todavía no he logrado eliminar.

Día a día voy comprobando los avances —ya es mucho lo que está hecho— de la alzadura exterior. Descontando la que mira a Levante, todas las demás murallas están concluidas y el aspecto que ya ofrece esa gran máquina, elevándose sobre las tierras llanas, me atrevería a decir que es impresionante. Yo acostumbro examinar la mole desde un ángulo distinto cada vez que me acerco a comprobar los trabajos. Así analizo con justa perspectiva la potencia de este baluarte o la esbeltez de aquel adarve. Me afianzo en la primera idea de la impunidad de los muros y de su cómoda defensa ante cualquier ataque. Estudio el futuro solar con la misma atención que dedica el chalán a su mula recién comprada, y después de repasarlo por entero —siempre cuidando de que nadie me acompañe en esos momentos— me complazco en él como lo haría un ardiente enamorado ante los encantos de su dama. Cuantos más sacrificios comporta su posesión mayor es la satisfacción de poseerlo.

Pero hoy, sentado aquí como uno de esos peregrinos que se permiten breve descanso ante la proximidad de su meta (ni siquiera me falta el cayado de boj que me sirve de apoyo y defensa), mi ánimo y la índole de los pensamientos que le embargan son, por extraño que parezca, muy otros. Me sorprendo de que por primera vez en tanto tiempo, el entusiasmo no se haga patente. Busco, con más ansiedad que apremio, las razones de esta frialdad, de este desaliento que ahora me posee sin lograr encontrarlas y me pregunto seriamente si los embates de una vejez que no quiere hacerse esperar estarán cebándose en mí. Sin embargo no busco lamentaciones; es necesario rechazar los malos pensamientos que me debilitan y confiar plenamente en buenos augurios.

El sol baja en el horizonte. Pronto no será más que una bola rojiza y claudicante a la que se podrá mirar sin riesgos de ceguera. Llega hasta mí el soplo de una brisa que se habrá engendrado allá en el mar y que vino solazándose sobre la mustia hierba y el agua de las albercas. La tarde se acaba sin réplicas ni blandos y gratuitos gemidos. El día muere con dignidad y con sabiduría. Se elevan de la tierra los primeros aromas de la noche aún no nacida que tanto me complacieron siempre. Ahora me topo más sereno, pero eso no quiere decir que la nostalgia no esté rondándome como un perrillo vagabundo. De todas maneras, buen momento es éste para hacer aflorar lo que durante la jornada se ha agazapado en el fondo del corazón, mi señor Ahmed. Tú lo sabías muy bien cuando, durante tanto tiempo, no me permitiste acompañarte al mirador de columnatas, adelantado de las arenas desérticas. No querías testigos de tu soledad en esta hora peligrosa. Yo te veía marchar hacia tu rincón favorito, arrastrando levemente los flecos de la túnica sobre la gravilla de los senderos y me preguntaba con quién te ibas a reunir en aquel paraje que me estaba prohibido. Envidiaba la suerte de ese acompañante desconocido que, seguramente, habría de ser el depositario de tus confidencias. Muchas cosas tuvieron que pasar para que se me abrieran los ojos de la mente y reconociese la identidad de tu consejero.

Veo acercarse en lontananza las figuras diminutas de los hombres que trabajan en la obra. Recorren el serpenteante camino sin prisas, pero tampoco se conceden demoras. El trabajo ha sido duro y el señuelo del seguro bocado y del vino ácido que les espera en la torre aligera su cansancio. Ellos son los acreedores de mi esperanza; sin embargo hoy les miro despreocupadamente, casi con un poco de lástima.

Me alzo, y sin necesidad de azuzar los mastines que han roto su largo sopor nada más verme en pie, emprendo el camino de regreso. A mis espaldas oigo las imprecisas voces y los cantos pícaros de los peones. Aprieto el paso porque no tengo intención de encontrame con ellos.

# VIII

Pasan los días mansamente. Se diría que el tiempo se ha detenido en una especie de rebalsa, de cómodo estancamiento que impide diferenciar el hoy del ayer o del mañana. Todo —las labores de los hombres, sus rutinarias disputas, los mínimos afanes de cada día— parece retraerse y cerrarse en sí mismo como una crisálida que no quisiera deshacer su capullo. Y sin embargo, por muy difícil que se haga notarlo, los días transcurren y van dejando su marca indeleble en todos nosotros.

La amistad surgida entre Gil y mi heredero se ha incrementado hasta el punto de que nadie diría que se desconocían no hace mucho. Gondín envejece a pasos de gigante; sus patas se ahorquillan como listones de tonel, su voz se puebla de cómicos falsetes, pero su jocundia y agudo talante no decrecen un ápice. En la torre, mis gentes esperan, con una ilusión que no comparto, que la culminación de las obras —allá para el inicio del próximo verano— marcará una nueva era de prosperidad de la que habrán de beneficiarse todos y cada uno de ellos. Por lo demás, este año jubilar atrae por estos lugares una curiosa parroquia de beatos, pillos y faranduleros a los que, según el talante en que me encuentre, dejo pernoctar en la tierra. Oigo, pues, aunque no quiera, toda índole de comidillas, decires y trápalas que producen el pasmo y la diversión de mis hombres. Se habla de una nueva cruzada contra los sarracenos del Sur que habrá de marcar hito en la historia por la calidad de los príncipes y la abundancia de las tropas que participarán en ella. Cuéntase que el rey leonés prepara también sus mesnadas para dirigirlas contra el compostelano en una prolongación de sus continuos pleitos, y dícese que en esta ocasión se derramará sangre abundante. Pero más que ninguna otra cosa se comenta la batalla habida por tierras de Flavia contra las huestes normandas, que por lo que columbro tuvo su lado chusco. Está claro que no se puede venir en tropa a reverenciar al viejo apóstol y menos aún si los devotos peregrinos alzan a muchos palmos sus rubias cabezas siempre aborrecidas. Los lugareños tienen buena memoria y la presencia de esos extranjeros sin duda les refrescó la visión de pasadas y terribles incursiones, en que aquéllos se despacharon a gusto. Nada sorprende, pues, que en esta ronda pagaran justos por pecadores y los hombres piadosos del rey de Dinamarca —que, por lo que se afirma, no pretendían otra cosa que hacer un alto en su viaje a Palestina, para impetrar la bendición de sus armas al señor Santiago— tuvieran recibimiento de picas y saetas, en lugar de las palmas y olivos que hubieran gustado. Ah, mi señor barón, ¡qué pronto se aliaron campesinos, siervos y villanos cuando alguien corrió la voz de que las gentes del Norte venían a robar la santa cabeza del apóstol!

—Y decidme, ¿no se otorgó bula arzobispal a los bravos combatientes, ni se vieron pelear a su lado ángeles que apoyaron su ánimo? —pregunto a mis informadores.

Ellos me miran de soslayo, niegan a regañadientes y hunden su testa en el cuenco para sorber con deleite el caldo de berzas.

No, pienso que no está bien que las santas fuerzas terrestres y las cohortes celestiales se despreocupen e ignoren tan vergonzosamente a unas buenas gentes que no hacen más que defender los patrimonios de su espíritu. ¡En fin! Por lo que a nosotros atañe, vivimos tan aislados y somos tan pocos que difícilmente llegarán hasta aquí, ángeles u hombres, para solicitar ayuda o meternos en aventuras desaconsejables.

## IX

Maese Pero Lupiáñez ha muerto.

Recibí la noticia esta mañana, recién levantado del lecho, de boca de uno de sus oficiales más veteranos. El hombre cabalgó casi una jornada sin desmontar para transmitirme la desgracia y entregarme un paquete que el maestro la encomendó minutos antes de su muerte.

Oí todo esto pensando que tal vez no hubiese concluido mi sueño nocturno y la noticia formase parte de una más de las singulares pesadillas a las que me estoy haciendo tan grande aficionado. Por un momento, me pregunté confuso y lleno de contrariedad cómo era posible que aquella situación se estuviera prolongando fuera de su medio habitual y a plena luz del día. Hice un movimiento brusco —uno de esos gestos defensivos, producto de una técnica con la cual logro sustraerme al mundo de las pérfidas ensoñaciones— y me froté los ojos con insistencia. El mensajero seguía parado delante de mí, confundido por mi actuación, afligido por el dolor, consumido por un cansancio que le doblaba las piernas, resignado y polvoriento. Percibí la mezcla acre de su aliento y sudor. Me di cuenta perfecta de que no formaba parte de ninguna comparsa nocturna. Era un elemento de carne y hueso, tan veraz y tangible como mis propias barbas. No hay lugar para el engaño, me dije, sin atreverme a recoger el envoltorio de pergaminos que me tendía. Le miré fijamente a los ojos. Era toda la viva estampa de un varón de dolores. Tampoco me está mintiendo, pensé, y al fin tomé de sus manos el legado de maese Lupiáñez.

He gastado el día analizando la injusticia de esta muerte, sopesando las consecuencias que pueda traer y reprimiendo mi amargura. Al ponerme a relatar estos hechos me sorprende que la desesperación no se adueñara de mí y, de alguna forma, me complazco en haber salido tan bien librado del trance. Cierto es que la salud de mi difunto amigo presagiaba un rápido y fatal desenlace pero, ¿por qué ahora?, ¿por qué tuvo que suceder justamente cuando su vida era más necesaria?

Releo la misiva que me escribió en sus días finales: «Continuad vuestra obra, barón. No desfallezcáis. Esa fortaleza sois vos mismo; no renunciéis a ella justificando el abandono con mi muerte. Proseguid.»

La letra es tan quebradiza y reducida como lo era su cuerpo en estos últimos tiempos. Descifrar sus palabras me ha costado largas horas, porque además de no estar acostumbrado a leer más que las mías, los signos se mezclan y confunden ante mis ojos. No debo entregarme tan por completo al dolor de esta falta. Tengo que convencerme que Pero Lupiáñez no me ha abandonado enteramente, que los planos que con tanto cuidado me ha remitido son su boca y sus ojos, lo mejor de su pensamiento y de su arte. Pero no valen de mucho estas componendas, pues la confianza que albergo en mí mismo es muy corta.

Antes de que el mensajero torne a la villa y me deje a solas con mi atribulada ignorancia, le hago todo tipo de preguntas que aclaren, por poco que sea, la confusión en que me hallo. ¿Qué sucederá con los aprendices y oficiales que trabajan en el castillo? ¿Quién se hará cargo del taller? ¿Cuál fue, en definitiva, la enfermedad que se llevó al maestro? Estoy seguro de que hay mil otras materias sobre las que me será imprescindible, en su día, una información apropiada, mas en este momento no quiero estrujarme el seso porque ya estos interrogantes me bastan.

El hombre me mira compasivamente —a regañadientes tolero esa compasión que me enerva— y con disciplina se somete a mi interrogatorio. Maese Lupiáñez, al parecer, lo tenía todo previsto. Su gente permanecerá en la obra hasta el final sin que su muerte modifique los planes ya trazados, «no paséis cuidado por eso, barón. En cuanto al taller de la villa, nada se cancelará tampoco. Cierto que es irreparable la pérdida del maestro, Dios haya acogido su alma, pero los encargos y compromisos tienen que cumplirse. Esta orfandad no impedirá que trabajemos ahora con más ardor que cuando le teníamos a nuestro lado, señor, y quién sabe si no nos prestará en adelante más grande ayuda». Curioso elemento este oficial cantero que sin faltarme en absoluto al respeto, se dirige a mí como si hablara con un zagal ignorante incapaz de entender el sentido de sus palabras.

—En cuanto a su muerte, bien extraña fue, pues no tuvo mucho que ver con la enfermedad que venía padeciendo —dice como para salir del paso.

—¿Qué le aquejó entonces? —pregunto.

Me responde veladamente, como si mencionar este asunto fuera cosa alejada de todo respeto. «Maese Lupiáñez ya pasó a un mundo mejor, señor barón, ¿para qué hablar de su agonía si nada hemos de ganar con ello?» Bien; decido no insistir en más indagaciones, pues parece como si mi interés profanara el noble recuerdo del muerto. Gondín, que avisado de la mala nueva, vino como un rayo (abandonando los rituales de la matanza de un hermoso cerdo) y no se despega de mi lado, hace señas de que ya me dará explicaciones de lo sucedido cuando llegue el momento oportuno. Así que no queda más remedio que callarme y esperar.

En verdad que mi caletre se encuentra tan revuelto y contrito que poco me cuesta admitir las imposiciones ajenas.

Todavía no me hago cargo pleno de lo sucedido. Todo sigue pareciéndome una historia demasiado penosa y repentina, algo tan inadmisible y distante como para que yo tenga que ver en ella. Sin embargo la carta de Pero Lupiáñez no admite dudas. «No flaqueéis, barón, que vuestra empresa va por buen camino; confiad en mis oficiales y artesanos que no os defraudarán —eso está escrito y muy claramente—. No mostréis prepotencia el día que coronéis vuestra obra; recordad que la fuerza ha de radicar en vos y no en el grosor de esas murallas.»

Al borde de la tumba algo muy serio debió acuciarle para hacerme sujeto de tantos consejos. Pero por más que releo la carta —gracias te doy nuevamente, dama Laya, por las enseñanzas que con tanta constancia me otorgaste y que ahora me permiten analizar este inapreciable documento—, nada encuentro en ella que haga referencia a la promesa que le hice; sin duda bien sabía él que no he de faltar a la palabra dada; que entre hombres de honor es innecesario reiterar los compromisos. Mi maestro de obras guardó toda su discreción y compostura hasta el final.

Una vez partido el emisario hacia la villa, disponed de mí como mejor gustéis, dijo por toda despedida, hago llamar a mi heredero Fernán Franquino.

—Que todo siga en las canteras como hasta ahora. Que nadie interrumpa el trabajo en las obras —le encomiendo.

Él asiente sin forzar ningún comentario, sin esbozar pregunta alguna. Es lo suficientemente listo para comprender cómo está mi ánimo en estos momentos y cuánto valoro su silencio.

Gondín brujulea a mi alrededor ignorando si mi disgusto podrá ocasionarle contratiempos. Pero no entra en mis cálculos emprenderla contra nadie. Necesito aclarar mis ideas y dominar la inquietud que me domina. Le hago tomar asiento.

—¿Qué sabes tú de esa muerte, sobre la que nadie quiere hablar? —le espeto a bocajarro.

Al contrario de lo que antes aparentaba, también éste se muestra remiso a la hora de hacer aclaraciones. Pero yo le acoso de tal manera que no le queda más remedio que contar lo que sabe que, por lo que veo, no es mucho.

—Parece ser, barón, que no fue solamente maese Pero el único que contrajo el mal que le llevó a la tumba —se arranca finalmente, con resabios de misterio.

—¿Qué quieres decir con eso?

—Pues quiere decir que corren aires turbios por la villa. Que desde las vísperas de San Martín han muerto ya más de seis personas —entre ellas el mismo abad de Santa María de Altar— de enfermedad ignota y fulminante para la que todo remedio se mostró baldío. Nadie quiere todavía hacer demasiadas cábalas de lo sucedido porque la cosa está envuelta en complicidades y silencios de los mismos familiares que prefieren echar tierra sobre el asunto; pero ya empiezan a surgir decires nada halagüeños sobre lo que nos puede aportar el futuro.

—¿Y qué más sabes?

—No mucho. Pero tampoco es necesario fomentar una curiosidad que sólo ha de acarrear el castigo del cielo, barón. Tomemos las cosas como son y tengamos confianza.

Sí, Gondín, seguramente estás en lo cierto; pero de todas formas permíteme que atribuya a la cómoda ignorancia —dejemos a un lado la presencia del miedo que no cesa— la razón de tus palabras. En cuanto a mí, la verdad es que poco voy a ganar con los interrogantes y pesquisas, pero nada puedo hacer para evitar mis tendencias naturales.

Me asombro al comprobar con cuánta rapidez y tolerancia he admitido la falta definitiva de mi buen amigo Pero Lupiáñez. En otros tiempos su muerte hubiera echado por tierra todos mis proyectos; la ruina y desesperación serían totales al saber que ya no dispondría de su estímulo y de sus sabios consejos. Ahora mi disposición es tan distinta que no me reconozco aunque, a decir verdad, me halaga esta capacidad de recuperación que raramente poseí. He mandado decir misas en abundancia y oraciones por su alma —lo hago simplemente porque es seguro que él hubiera deseado que alguien se preocupase por estas cosas—; he recordado en público las virtudes y excelencias de aquel gran viejo y como ya poco más puedo hacer por él, salvo evocarlo siempre con gran respeto, me dedico por entero a revisar planos y escritos que me trasladó antes de su muerte.

Para la mejor comprensión de estos intrincados galimatías, he llamado a uno de sus oficiales más avispados que cumple muy discretamente su papel de capataz de obras. Él me ayudó los primeros días en el desciframiento de tantas claves y signos. Éstos son los lugares en que irán los contrafuertes posteriores, barón, estas aspas marcan la situación de las plataformas laterales; aquí se abrirán garitas esquineras, allí un rastrillo, me explica. Yo apenas si entiendo algo de lo que me dice, pero sigo con todo interés sus palabras y el movimiento de los dedos sobre el pergamino, atendiendo sus aclaraciones, maravillado por aquella fe, incomprensible para mí, que le hace ver con precisión y singular realismo baluartes, poternas y paseos de ronda, donde yo no advierto más que líneas, trazos y garabatos sin sentido. Pero su paciencia es inagotable y muy grande su comprensión ante la ignorancia de que yo doy muestras continuamente. ¿Cómo te llamas, amigo? Martín Gonsálvez, barón; pues orgulloso debiera sentirse el maestro por tenerte a su lado, le digo. Y él baja la mirada que vuelve a fijar en los escritos, las mejillas teñidas por el rubor de una infantil vergüenza.

—También un día tuve yo un fiel compañero que llevaba ese nombre —le digo.

—¿Y qué fue de él?

—Murió muy lejos de estas tierras.

Calla por un momento. Mi extemporánea interrupción parece haberle confundido. Pero sigue, sigue, no hagas caso de mis palabras, te estoy escuchando.

Animado por el interés que advierte en mí, continúa sus explicaciones y se enfrasca en sus advertencias sin darse cuenta que ahora estoy al otro lado del mundo.

* * *

¿Por qué huí? ¿Por qué abandoné su cuerpo insepulto que servirá de mofa y escarnio a sus enemigos? El día que yo muera, renuncia a esta casa, parte hacia Sidón y únete a los tuyos. Esto me dijo en varias ocasiones, clavando en los míos sus ojos de noche abismal, apretando mis brazos con sus finos dedos de hierro. Nada tienes que proteger aquí; a nadie has de defender cuando falte, Montemor. Yo me rebelaba, no quería admitir que este trance pudiera presentarse algún día. Es sabio y poderoso; sus ejércitos están perfectamente adiestrados y sus capitanes le son fieles. No se entrega a rencillas ni a conquistas dudosas, ¿por qué ha de perder su reino?; ¿qué se puede temer?; ¿a qué vienen esos consejos que, afortunadamente nunca tendrán que ponerse en práctica? Me quedaré a su lado, pensaba, nadie logrará separarme de él. Los francos son para mí más extraños que todas estas gentes; sus costumbres y su barbarie me repugnan. Yo nada tengo que aportar a la gloria de la Cristiandad, por tanto permaneceré aquí. Eso me había jurado y, sin embargo, ahora estoy cabalgando hacia la ciudad salvadora. Devoro leguas de un camino que no se acaba, agobiado por el peso de la derrota, exhausto por la sed, amilanado ante la posibilidad de una escaramuza fatal.

El sol ha comenzado su lento declive y nada me indica que Sidón se halle más cerca. Mis fuerzas —la resistencia causada por la desesperación— están a punto de agotarse. Siento, a medida que pasa el tiempo, más frecuentes tentaciones de conducir mi corcel hacia esas aguas refulgentes y acabar así de una vez por todas. Pero me contengo y sigo cabalgando porque mientras yo viva él continuará conmigo.

Antes de que caiga la noche he de llegar. Esa ciudad no puede estar lejos y me espera. Por tanto golpeo con mis espuelas el ensangrentado vientre del caballo, cuyas patas se hunden tercamente en la arena de la bajamar.

* * *

Desde que nos hemos quedado sin arquitecto voy con mayor asiduidad a las obras. La gente, profundamente afectada en los días siguientes a la muerte de Pero Lupiáñez, ha superado con creces el rendimiento de los primeros tiempos y se entrega al trabajo con una devoción que maravilla. Los capataces han relegado su acomodada función de vigilantes para arrimar el hombro al tajo, puesto que ya nadie requiere sus avisos y amonestaciones. Peones y oficiales cumplen ahora dos y hasta más turnos de faena dura, cuando antes se limitaban honradamente al que tenían asignado. Nadie se entretiene remoloneando; a ninguno se le ocurre distraer con bromas y puyas malintencionadas. Me pregunto a qué se debe tan grande entrega sin que me preocupen las ocultas razones que la motivan —sé que tiene que haberlas aunque se escapen a mis entendederas— mientras todo siga de tan buen modo.

Gondín y Fernán Franquino alternan sus cometidos en la vieja torre con la ayuda que también prestan en las canteras. Nadie se lo ha pedido, pero ellos lo hacen muy a gusto, por lo que se ve. Naturalmente Gil les acompaña siempre y constituye para ellos y para mí una grata vecindad. No se puede pedir más a tan grande dedicación, y de nuevo albergo ilusiones de que la terminación de las obras se adelante notoriamente.

Por las noches —que ya empiezan a crecer en este otoño exageradamente seco y destructor— hago repartir especiales raciones de vino y mando que al puchero comunal se le añadan generosas raciones de carne desalada. Puesto que todo marcha tan satisfactoriamente, no quiero pensar que el gran beneficiado de esta situación es el amigo Xoel de Avia, oportuno financiador de mis dispendios, quien día tras día va amontonando en su haber nuevos réditos e hipotecas. Nada importa; que todo continúe así, no hay que sofocarse por tan poco. Que se alegren los ánimos y que alguien entone cualquier alegre canción.

No obstante y dentro de este favorable discurrir de los acontecimientos, llegan a mis oídos, cada vez con mayor frecuencia, noticias contradictorias de lo que sucede en la villa. Quiero pensar que todo obedece a chismes sin sentido, a cuentos fúnebres que se propalan con el único objeto de atemorizar a las pobres gentes y conseguir algún secreto propósito; pero aun así el tema se repite con tanta insistencia que voy a verme obligando a tomar medidas tajantes al respecto. No he de permitir que mis hombres se acoquinen ante la idea de que nunca abundaron tantas muertes oscuras en la comarca, que jamás se vieron durante las noches de luna nueva tantas comitivas espectrales cruzando los eriales y alberos.

—¿Cómo es posible que creáis tales dislates, simplones?, les hostigo a fin de tranquilizar sus mentes calenturientas. Pero es inútil; sobre ese punto no aceptan consejo. Lo más que puedo conseguir es que guarden un silencio cómplice y que simulen ante mí una tranquilidad que están muy lejos de sentir.

Habida cuenta de que sería poco menos que imposible imponerles una serenidad que, en el fondo, parecen rechazar, he determinado prohibir cualquier comentario sobre esa maligna enfermedad —quiero referirme a ella sin emplear otro nombre— y castigar, si fuera preciso, la contravención de mi orden. Fernán, Gondín y el veterano Vermún Dolmedo han sido avisados para que se cumplan mis órdenes. Aceptan el encargo con un sentimiento mezcla de resignación y tristura.

—¿También vosotros creéis esas patrañas? —les pregunto a sabiendas de conocer su respuesta.

—No son patrañas, señor; hay muchos hombres sensatos que lo afirman —replica Gondín sin altivez. El silencio de los otros dos vale por un asentimiento mudo.

—Pues bien —les advierto dejándome llevar por la ira—, en tal caso os incluiré en la misma hornada y ¡ay de vosotros si os sorprendo dando pábulo a esas mentecateces!

Se marchan bastante amoscados por la amenaza y yo quedo sirviéndome nueva provisión de vino y rumiando este desgraciado contratiempo.

# X

El golpeteo de los cascos, de las voces saludadoras llegaron en momento inoportuno. Había ordenado que se me dejara solo —bajo pena de potro al infractor—, para poder descifrar esos garabatos enredosos con que me obsequió Pero Lupiáñez antes de su muerte. Todos saben, por lo demás, que desde el día en que recomenzaron las obras no deben ponerse en duda ni mis amenazas ni mis promesas. Pero en esta ocasión no fue necesario que me interrumpiesen, porque yo mismo abandoné mi reducto —esta sala cuarteada, testigo de pesadillas y ficciones— para salir al patio, atado por un recuerdo que ya debiera haber fenecido.

El recién llegado, el caballero visitante aún no había desmontado. Naturalmente a la primera ojeada comprendí que no me habían engañado mis oídos. Su figura vigorosa de otro tiempo había dado paso a un cuerpo graso y relamido, que claramente hablaba de incontables festines y muelles jornadas. Con sonora carcajada me saludó desde lo alto de su ventrudo corcel.

—Bien hallado seáis, Payo de Montemor —dijo. Y su voz era tan basta y fofa como su panza.

—Sed bienvenido, Martín de Lobeira.

Un palafrenero corrió a sujetar su vacilante estribo. Descabalgó, al fin, dificultosamente y vino a mi encuentro con andar pesado. Estrechamos nuestros brazos, él efusivo y jovial, yo con disimulado reparo. Tan próximos y enfrentados, los dos nos examinamos largamente, no sé si por mor de revivir en nuestras caras antiguas andanzas o, más bien, por estudiar en ellas los rápidos estragos del tiempo. Éste fue mi compañero de largas jornadas, pensé, el animoso paladín de mi regreso; durante cientos de leguas envidié su talante y su vigor; si en esto que ahora veo se ha convertido, ¿en qué habré parado yo?

—Reconoced que es bien duro el camino hasta vuestro lar —dijo, al cabo, soltando mi brazo—. Por San Benito os juro que sólo el calor de una vieja amistad merece tamaño fuerzo —resopló.

—Os sobra razón —comenté; y aún añadí falsamente—; así que doblemente os estoy agradecido por vuestra visita.

Tiempo atrás me hubiera avergonzado la indiferencia sentida ante el encuentro con un viejo camarada; hoy da lo mismo. Este hombre, cuanto pueda acontecerle, nada tiene que ver conmigo; y la imposición de su presencia me subleva, porque el pasado que nos une no es más que un lazo humillante.

—Camino voy de Compostela en cumplimiento de una promesa, Payo de Montemor —me ronronea, ya con una copa de vino en las manos—, pero no pienso que una corta pausa reste valor a la intención, y menos si se hace en compañía de un viejo cruzado.

—A fe que habéis obrado bien —le tranquilizo—; aunque os demoréis un poco, seguiréis encontrando el sepulcro en el mismo sitio.

Me mira fijamente mientras limpia su boca con el dorso de la mano; una mano blanda y muelle como perdiz en sazón. Comprendo que mi broma no ha sido de su agrado. A pesar de ello, insiste:

—Imaginé que tal vez querríais acompañarme. También vos tenéis algo que agradecer al santo.

—Mis peregrinaciones se acabaron hace tiempo, Martín de Lobeira, y os puedo asegurar que jamás me fueron demasiado provechosas.

—Es duro oírlo, caballero —rezonga, en apariencia dolido por mi escasa piedad. Pero su amargura no le impide escanciarse otra buena ración de mi vino añejo.

—A fin de cuentas —concluye— vuestra salvación a nadie más que a vos importa.

—Verdad es, amigo, y por tanto no debéis afligiros al aceptar mi hospitalidad.

No, no se aflije mi antiguo compañero de jornadas. Devora panes, tocino y queso sin visible remordimiento. A cada nuevo trago, brillan como ascuas sus ojillos porcinos. Y diminutas gotas de sudor empiezan a orlar su crasa frente.

—Decidme —pregunta limpiándose los dedos en su juboncillo de estameña—, ¿os acordáis de aquel simpar Berenguel de Cas?

Muerto también, me digo; aquel necio badulaque yace tan muerto como tú.

—¿Qué ha sido de él? Mucho gustaba de trovar, si mal no recuerdo.

Con nueva provisión de vino llega Gondín, a tiempo para oír los primeros eructos de mi huésped

—Hermosa voz, no os equivocáis. Y bien que ha sabido aprovecharla para arrullar a la rica viuda con quien se desposó nada más pisar su tierra —informa, haciéndome un guiño que quisiera ser cómplice y se queda en simple y torpe mueca.

Tu cháchara me hastía, Martín de Lobeira, me cansa e irrita al extremo de que si el vino y el cansancio no logran doblegarte ni te ahogan de una vez, he de fingir cualquier disculpa que me libere de tu presencia, de tus chismes insípidos y enojosos, de tu parloteo de comadre maldiciente.

—Tampoco a vos debió iros muy mal —me dice ahora, perdida en los vapores del vino su escasa pudicia—, en toda la comarca no se habla más que de ese gran castillo que levantáis y volvéis a levantar desde hace tiempo.

Vamos, ya surgió aquello, el imperdonable pesar por el bien ajeno, la ruindad inevitable, la amada envidia. Me estaba temiendo, Martín de Lobeira, mi noble camarada de antaño, que concluyera la velada sin tu oportuno comentario. Hubiera sido una lamentable omisión el no hacer alguna referencia a una empresa que tú serías incapaz de acometer pero que, al igual que tantos, detestas que sea emprendida.

—Ya veo que estáis bien informado —y mi carcajada involuntaria consigue descomponer su orondo semblante—. Pero debo advertiros que, por desgracia, no hay en mi caso finanzas de ricas hembras.

Él se muerde levemente los labios y agrega mordaz:

—Tal vez aquel sarraceno, amigo vuestro, os introdujo en las artes mágicas. Por lo que he podido ver, la riqueza de estas tierras no permite muchos dispendios.

—De nuevo os sobra razón, y tan gran verdad es eso último que bien apurado me veo para seguir adelante. De cualquier modo podéis estar seguro —tan seguro, como que ahora estoy bebiendo con vos— que llegará el día en que podré ofrendaros mi hospitalidad en más noble solar —le digo.

—Bien, bien, ya veo que ánimos no os faltan —refunfuña entre hipos.

—Y en lo tocante al sarraceno del que habláis —añado—, gran favor me haríais, Martín de Lobeira, si en mi presencia lo nombraseis con mayor respeto. Sin duda fue culpa mía no advertiros en otro tiempo que aquel noble seguidor del Profeta, valía por cien caballeros como vos y yo. Pero mejor será que os acompañe a vuestro aposento. Descansad bien y reponed fuerzas, pues seguro que el Apóstol espera vuestra visita con impaciencia —concluyo.

Sus ojos, globúnculos plagados de menudos hilos rojos, siguen fijos en mí largo tiempo; desmesurados, atónitos, pendencieros.

¿Necesitabas tú, Ahmed el Rasch, que yo te defendiese ante la impertinencia de un craso y necio infiel? ¿Te alegrarías, acaso, por el arranque de mi lealtad aún no extinguida, que me lleva a comportarme como un zagalillo rebelde? Más bien pienso que no, que reirías mansamente —aquella risa fluida como discurrir de alfaguara— por mi conducta infantil; y alisando las guedejas azabachadas de tu barba —ese recurso tantas veces practicado en los dramáticos momentos, en las horas amargas, en los recatados instantes de meditación—, repetirías que todavía no había aprendido; que la impaciencia de mi sangre arrebatada seguía ofuscando mi cabeza y alterando la savia del corazón. Ya sé que no aprobarías tal conducta, mi señor El Benaftli, y que conduciéndome hasta cualquiera de tus recogidas atalayas, me harías contemplar el sol poniente, y dirías: «Míralo bien, cristiano; mañana volverá a surgir glorioso por Levante y ni tus quejas, ni tus dioses impedirán que así sea.» O tal vez, tal vez callaras, relegándome a mi propia ignorancia, sabedor de que no se puede anticipar el tiempo de la revelación. Me es imposible adivinar ahora cuál hubiera sido tu respuesta porque, no en balde, la soledad y el miedo van embotando mis luces. Sin tu ayuda, que nunca más volveré a tener, sólo me queda el recurso de proseguir en mi ciego camino y guardar la fidelidad que te debo, porque si bien tú puedes prescindir de ella, a mí se me hace necesaria.

# XI

Apenas si ha caído una gota de lluvia desde el inicio del verano. Los campos están tan resecos que por primera vez en mi larga vida veo abrirse la tierra en profundos y continuos surcos, como fauces implorantes de un líquido salvador. La hierba es pura yesca; los ríos —aun aquellos más caudalosos— muestran sus cauces vacíos y embarrados. En el transcurso de estos últimos meses hemos tenido que sacrificar más bestias de las que fuera menester; pero el ganado se ha vuelto tan excitable y magro que no tuvimos otro recurso que diezmarlo. Si por la Anunciación no llueve abundantemente habrá que pensar en racionar el agua de los pozos. Esto lo escribo hoy, casi a finales del mes de los muertos, y juro por mi honor que esta desventura comienza a preocuparme.

Por si esto fuera poco las noticias que nos llegan de la villa, de las aldeas más pobladas y hasta de algunos lugares remotos, acongojan el corazón más firme. Las últimas vinieron de boca de unos viejos peregrinos cuya honradez me pareció libre de toda duda.

—Veinte almas se llevó la peste en San Clodio, la semana pasada, señor barón. Otros siete murieron en un solo día en el término de Moniz. No son pocas las alquerías en las que solamente quedaron con vida los puercos —relatan sin parar de santiguarse.

No permito que tales desastres lleguen a oídos de mi gente pero mucho temo que las precauciones de nada sirvan. Todo el mundo sabe calificar al mal por su verdadero nombre y a nadie sorprenden las repetidas desgracias.

He decidido que en adelante se ize el pequeño puente cuando se aproxime a la torre cualquier forastero de la condición que sea. Que se le disuada con tiros de arco si fuera preciso. Pienso que de poco he de valer si no logro evitar que la plaga entre en mi casa. Y pido al destino que no haya tomado estas medidas ya demasiado tarde.

En la torre quien mejor acepta la situación es Gil, mi antiguo rescatado. Con frecuencia pienso —el demonio me lleve por hacerlo— si todo este desastre no significa para él una distracción insospechada, un juego macabro. Le veo saltar de un lado para otro con el bolso lleno de pequeñas manzanas, rojas como pétalos de amapola, de nueces y avellanas que devora a dos carrillos. No existe mala nueva que haga mella en él, que le impida tararear alguna de sus favoritas cantilenas o silencie sus breves y fáciles risas. Déjole hacer porque, a lo que veo, su alegre despreocupación sirve de solaz y descanso a mis hombres carentes de mejor diversión, y además tampoco estorba a mis propósitos. Pretendo que no haya ceños hoscos a mi alrededor; que, en la medida de lo posible, sepamos capear con el mejor talante la amargura de estos días. Pero es admisible que el resto de la gente no secunde mis intenciones porque la desgracia ronda demasiado próxima y nadie puede asegurar que estemos libres de su zarpazo.

El muchacho, aunque continúa siendo un ferviente seguidor de Franquino y a pesar de la dilatada permanencia en este solar, no ha vencido su timidez hacia mí, pero va poco a poco acercándoseme y no hurta jamás mi presencia. Yo dejo que me haga pequeños favores, dando la impresión de que no me entero de que es él quien los resuelve y procuro acortar distancias entre los dos. Desde que está con nosotros no se me ocurrió preguntarle por su familia, ni si le gustaría volver con ella. Debe saber que nadie le retiene aquí y que, por consiguiente, puede abandonarnos cuando le convenga. Pero bien se nota que ha echado raíces y que nuestra compañía es de su agrado. De todas forma, la reserva que muestra sobre su pasado y el aire enigmático con que en más de una ocasión le he sorprendido, me obliga a pensar que poco hay de simple en sus cortos años.

Desde que murió Pero Lupiáñez, las cosas en este solar han tomado para él un cariz muy distinto y presumo que aún mejor. Porque al ver la dedicación con que todos se entregan al trabajo en las obras y la necesidad, mayor ahora si cabe, de concluirlas cuanto antes, también él me solicitó acompañar a su amigo inseparable. Se lo concedí prontamente, dejándome llevar una vez más por un curioso deseo de complacerle siempre que esté en mi mano. La autorización sin reservas —sólo te pido que ayudes a los demás en lo que puedas— aumentó su agradecimiento y sirvió para que se acercara más a mí. No es raro el día que, al regresar con las cuadrillas, me pone al tanto —siempre con mucho comedimiento—, de la índole del trabajo que en el transcurso de la jornada llevó a cabo. Yo le estimulo para que siga haciendo progresos y aprenda, puesto que la situación se le presenta favorable, un oficio que le produzca utilidad en el futuro.

Tanto Franquino como Gondín me cuentan las pintorescas andanzas del muchacho.

—Rinde por dos de tus buenos peones, señor, y no sabe qué cosa es el cansancio —dicen muy satisfechos.

Me alegro de que el rapaz no me defraude. Aun así, al principio tenía mis dudas.

—Y decidme, ¿no distrae a la gente con sus correrías y jerigonzas?

Parece como si mi pregunta les sorprendiera. Sin duda conozco muy poco de su naturaleza.

—Nada menos cierto, barón. El muchacho se comporta en el tajo con tanta seriedad y buen tino que a veces nos olvidamos de sus pocos años y le encomendamos tareas propias de un trabajador veterano. Jamás le hemos oído rechistar por nada, o relegar un encargo por ingrato que sea. Un raro hábito ha tomado y es que a la hora del mediodía, cuando se hace un alto para engullir un bocado, coge su pan y lo va a comer en el rincón más alto y alejado de las obras, que es justamente la torre alzada que mira hacia las tierras compostelanas: Le vimos muchas veces con el mendrugo en la mano, la mirada perdida en lontananza y todo él ensimismado en id a saber qué suerte de pensamientos. Así queda largo tiempo como estatua de piedra, y os confiamos mi señor, que asusta un poco tan rara quietud; después vuelve las espaldas y devora en un santiamén el almuerzo —comentan un si es no es amedrentados.

—¿Y nunca le habéis preguntado qué es lo que mira con tanto ensimismamiento allá arriba?

—Alguna vez lo hicimos, pero siempre dio la callada por respuesta —me dicen.

Sorprendente zagal este, que ya de tan mozo sabe guardar sus pensamientos con discreción de anciano sabio.

Durante los últimos días ha soplado furiosamente un viento cálido que, por desgracia, no nos trajo la lluvia tan esperada. El cielo se ha cubierto de una pátina blancuzca que limita horizontes; la tierra pulverizada forma por todas partes remolinos alocados y nos cubre el cuerpo como una segunda piel. Nuestras caras semejan máscaras de saltimbanquis o de enajenados. Respiramos polvo, sudamos polvo y el agua que bebemos siempre está cubierta con fina y odiosa capa de polvo.

Aparte del enfurecido ulular de este viento maligno no se oye más que el mugir y balar de los animales escalabrinados, las coceaduras de las yeguas y los juramentos de mis hombres. Llega un momento en que salir al patio se convierte en un suplicio, martirizada la piel por el azote de las menudas arenas, irritados los ojos hasta la ceguera.

Al comprobar que el vendaval no cesaba, sino que por el contrario iba en aumento, hubo que suspender, con gran dolor por mi parte, el trabajo en las canteras. Las cosas habían llegado a una situación insostenible. Recluidos en lo más resguardado de la torre, pasábamos las horas oyendo el gemido del viento y dejándonos llevar por los más funestos presagios. Supongo que en esos momentos cualquiera habría dado lo que de más valor tuviera con tal de conseguir un poco de bonanza; pero nuestras mentes se hallaban tan alteradas, que apenas si podían imaginar lo que significaba la quietud y el silencio. ¡Oh, Dios, qué tiempo más aciago durante el cual todos estuvimos al borde de cometer una locura!

En medio de este caos, Fernán Franquino dio, una vez más, muestras de su gran valor y temple. Preocupado por la suerte que correrían en las obras las pilastras que soportaban los más altos andamiajes, pidióme autorización para ir a reforzarlas. La empresa era tan arriesgada que dudé en concedérsela, máxime cuando el huracán se había encrespado hasta el punto de que los propios muros de la torre parecían venirse abajo de un momento a otro. Pero él insistió con tanta firmeza y buenas razones que no tuve más remedio que ceder. Dos hombres, Roel Belindo y Ginzo Doaz —nunca olvidaré vuestro gesto, amigos—, se ofrecieron para acompañarlo. También el bueno de Gondín quiso formar parte del grupo, cosa que prohibí tajantemente.

Partieron avanzada la mañana y no regresaron hasta las primeras horas de la noche. El tiempo que permanecieron ausentes fue de gran zozobra para mí, arrepintiéndome mil veces de haberlos dejado ir.

Sobre este punto quiero constatar un hecho cuya explicación no encuentro. Desde el momento en que los tres hombres dejaron el solar, hasta aquel en que tornaron, el zagalillo Gil permaneció mudo, encogido y como traspuesto en una de las esquinas de la sala. En un momento dado —la hora nona sería, poco más o menos— profirió un grito sobrecogedor que hizo temblar a los que estaban cerca de mí; alzó los brazos como si quisiera sostener un peso invisible que se desplomaba sobre nuestras cabezas y en esa posición estuvo durante algún tiempo. Cuando volvió a su postura anterior —los ojos cerrados y el cuerpo acuclillado balanceándose rítmicamente de atrás adelante— su frente se encontraba bañada por abundante sudor.

Cuando Fernán y sus acompañantes regresaron, contó aquél que a duras penas consiguieron apuntalar los maderos y que de haber llegado un poco más tarde, gran parte del andamiaje se hubiera derrumbado

—Pasamos serios aprietos, barón —me dijo—. Especialmente cuando un gran travesaño estuvo a punto de desplomarse sobre nosotros, que en ese preciso instante habíamos quedado atrapados entre dos vigas. Pero aunque os cueste creerlo, quedó el madero como suspendido en el aire hasta que un feliz golpe de viento lo encajó de nuevo en su sitio.

Al oírlo se me ocurrió una pregunta:

—¿Recuerdas, por ventura, qué hora sería cuando os sucedió ese percance?

Franquino me escucha como, si de golpe, yo hubiera perdido el sentido. En todo caso me contesta que no tiene la menor idea. Pero alguien interviene en la conversación.

Es Roel Belindo quien responde.

—Por la posición del sol, no sería más allá de la hora nona, señor amo.

Pocas veces me he sentido presa de una inquietud como la que ahora vivo. Soy incapaz de permanecer, siquiera un rato, en el mismo sitio, escuchar con interés lo que se me dice o dedicarme con atención a cualquier tarea. Nada me distrae y todo me enoja. Los pergaminos de maese Lupiáñez duermen sobre una ménsula sin que apenas me ocupe de ellos. El gobierno del solar corre a manos de mi heredero que multiplica sus esfuerzos para estar en todas partes. Sé que algo nuevo está conformándose dentro de mí, pero no acierto a colegir de qué se trata. La inseguridad y una suerte de perenne zozobra me agotan. Para colmo de males he de contenerme en muchas ocasiones si no quiero preocupar a mis gentes, ya de por sí angustiadas con todo lo que está pasando.

Como en tantas otras veces, Gondín procura soterradamente adivinar lo que me aflige y paliar mi desazón, complaciéndome en todos aquellos puntos que son de mi agrado y evitándome molestias. Se afana en disimular su presencia cuando supone que es inoportuna y no sé cómo se las arregla que siempre está a mi lado cuando le necesito. Pero mi congoja no se palía con jarras de vino especiado ni con buenos fuegos en el hogar. Y creo que él lo sabe.

Para evitar más suposiciones y tranquilizar a mis gentes, márchome del solar y permanezco fuera casi todo el día. Me invento pretextos que suenen verosímiles y den la impresión de que el amo no hace otra cosa que ocuparse en los asuntos del feudo. Y así hoy les digo que quiero inspeccionar a solas los estragos de la sequía en las praderas bajas, y mañana comprobar el estado de los pozos en las alquerías vecinas. Ellos no insisten en brindarme compañía, pues algo deben barruntar de que no es protección lo que necesito.

Libre de su presencia, cabalgo largas horas con el único objeto de poner entre la torre y mi persona el mayor número de leguas, buscando una libertad que no se consigue en la distancia. Cuando veo que mi caballo muestra señales claras de fatiga, me detengo. Siempre hay un pequeño soto, un alcor o un molino en donde hallar descanso. Me acomodo sobre una piedra y dejo que la mente vague a su gusto.

Mis pensamientos se arremolinan y confunden como las aguas de una torrentera. Si miro hacia atrás en el recuerdo, no veo más que pesadumbre y un erial de insatisfechos deseos. El futuro se me presenta como una sima carente de fondo. No hay mucho más, me repito. La idea de que un caballero, un barón de tierras y limpia estirpe como yo, se entregue a tal suerte de enfermizos pensamientos y se aflija el corazón con ideas nocivas —cuando lo que debiera hacer sería ocuparse en abundantes cacerías, engrandecer su feudo y emborracharse santamente— me subleva hasta la desesperación. El señuelo de mi futuro castillo ya no sirve para tranquilizarme y nada vislumbro que pueda soportar el paso de mis días.

Cierro los ojos y me echo sobre la tierra húmeda por el rocío. Aprieto los párpados y procuro olvidar mis necias palinodias, todo lo que sin saber aún por qué, me abruma tanto. Oigo el crujido de la hierba bajo mi cuerpo, el graznido de los cuervos, el sordo quiebro de una rama que se desgaja, el murmullo de la tierra que cumple inexorablemente sus ciclos. Me sereno. Ahora no hay dolorosas imágenes en mi cabeza y el buen silencio me llena por entero. Soy también yo como una rama, como una piedra más del campo perdido. Tal vez en esto se encuentre la clave.

## XII

La plaga ha llegado hasta nosotros. Anteayer dimos sepultura a uno de los canteros de Pero Lupiáñez. La enfermedad en este caso fue tan rápida que apenas tuvo el hombre tiempo para percatarse de su muerte; en un par de días pasó el infortunado de las labras a la tumba, en paz descanse su ánima.

Este acontecimiento lamentable ha sido el golpe más traidor que pudiera recibir, porque si bien no me juzgo un elegido, verdad es que casi estaba confiado en que la peste no habría de hollar nuestra casa. Tenía justificación para esta esperanza, porque desde que empezamos a considerar seriamente las primeras muertes de la villa hasta que este desgraciado albañil fue presa del mal ha transcurrido un largo tiempo de tragedia y desolación para estas tierras. Parecía que tan sólo nosotros —protegidos por benévolos designios— íbamos a pasar sin daño; que nuestro aislamiento montaraz nos serviría de protección, al igual que anteriormente estuvimos a salvo de las incursiones normandas o de las apetencias de los grandes señores. Pero nuestras ilusiones, bien se ve, han quedado brutalmente quebradas. Al parecer, pocos se van a escapar de la señora Guadaña.

La consternación causada en mis hombres por esta desgracia no ha podido ser mayor. En vano Fernán

Franquino alejó rápidamente de los otros al apestado, enmascarando su mal, a fin de que nadie fuera avisado de que la plaga había hecho presa en nosotros. Inútilmente procuramos disimular su muerte con mentiras piadosas. Nadie ha caído en la trampa y hasta es posible que nuestras intenciones hayan servido para encandilar aún más los ánimos. En cuanto a las medidas que hemos tomado siguiendo los consejos de Vermún Dolmedo y los míos propios —que ya en más de una ocasión viví los estragos del azote— mucho me temo que de poco sirvan. A pesar de todo no hemos ahorrado previsión alguna. Las ropas y enseres del muerto han sido quemados prontamente; se han prescrito baños de vinagre para todo el mundo y suministrado buenas dosis de bezoar. Y a fin de que se conforten los espíritus he dado orden de que se reparta diariamente ración extra de aguardiente y doble de mi mejor vino. Pienso que si bien será difícil atajar los malos humores con buena bebida, al menos trataremos de sofrenar con ella tanto duelo.

Según dicen, la epidemia hace presa con preferencia en los viejos y en las hembras. Seguramente todo eso no serán más que habladurías de necios, pero si tal cosa fuese cierta es posible que el daño que haga en esta casa no sea irreparable. Mujeres no hay aquí cuya presencia nos sea imprescindible y en lo tocante a los viejos, pocos quedamos ya que no podamos ser sustituidos con ventaja. Sólo me cabe sentir piedad por mis buenos compañeros Gondín y maese Dolmedo que, según aprecio, no se resignarán fácilmente a su destino. Pero mientras no suene la hora, quisiera borrar de las caras que me rodean tantos signos de pesadumbre.

He decidido que esta noche nos reunamos en la gran sala y juntos celebremos de la mejor manera unos dignos funerales por el difunto. En lugar de serios manteos y letanías de muertos, quisiera disponer de laúdes, zanfonías y alegres instrumentos. En vez de quejas y lamentos, no estaría de más la voz risueña de un juglar. De todas maneras nos conformaremos con lo que haya. Y piensa, compañero, que no es un desacato a tu memoria lo que pretendo, sino levantar el valor de mis gentes. Bien mirado no creo que ya te importe mucho lo que hagamos.

A medida que corre el vino y se trocean buenos cachos de salazón, se van modificando los ceños y se destapan las lenguas. Al principio, liberados ya con esta muerte del silencio a que les sometiera, todos comentaron a más y mejor los desastres que la plaga está causando en la comarca. Oyéndoles me pregunto cómo es posible que sabiendo tantas cosas y afectándoles de tal modo, hayan sido capaces de callar durante este tiempo. Gondín hubiera explicado «que es el respeto que te profesan, barón, el que si es preciso sabe poner candados en sus bocas»; pero yo pienso que más ha contado el terror al mal que acechaba tan de cerca y al que no era saludable mencionar.

Después, animados por el mosto que se escancia sin medida, los comentarios toman muy diverso cariz y parece como si todos hubiesen olvidado de repente la amenaza que pende sobre nuestras cabezas.

Tulio Ximénez, mozo poseedor de una voz no despreciable, atendiendo los requerimientos de los otros, se arranca por coplillas:

*Ai, madre, a que me namorou*
*foise noutro día daquí*
*e, por Deus, ¿qué faremos í*
*ca namorado me leixou?*

Hay palmas y gritos laudatorios para el improvisado cantor que, metido en harina, se pone a narrar chirigotas carnales que encienden en sofocos las mejillas y promueven risas cachondas.

Les oigo divertirse tan despreocupadamente que parece como si viviéramos jornadas de chanza y romería. Pese a ello, no puedo sustraerme al impulso de ir repasando una tras otra las caras que rodean el banco, calibrando sin malsano avance quién de todos nosotros será la víctima siguiente.

Inmerso en estas cuentas no he reparado en que hay una mirada que no se aparta de mí.

—¿Es que acaso no has de beber más, señor amo?

Yo le contesto afirmativamente y le alcanzo mi copa que llena a rebosar. También le hago una advertencia:

—Los mozuelos de tus años no deberían holgar tan tarde.

Él fabrica un mohín lleno de gracia, limpia con hojas de vid la gran mancha de vino que hay en mi puesto y dice llanamente, «no debéis preocuparos, señor, que tampoco hay tempranos ni tardes para dama Parca».

Por ventura nadie escuchó su palabras, que tan sólo para mí se han pronunciado. Y yo siento al oírlas una corriente helada que baña mi cuerpo de punta a punta.

Apenas sin resuello, acierto una orden que quisiera pronunciar más firmemente.

—Ve presto al lecho y da gracias que no tome en cuenta la osadía. Los zagales como tú apenas saben lo que dicen.

Se levanta de inmediato y antes de marchar pide perdón y besa mi mano. Yo no se la retiro porque si bien a veces logra sobrecogerme, quiero bien a este muchacho.

Los demás, enfrascados en sus cuentos y ahítos de vino, nada han percatado.

## XIII

Desde que murió el cantero, paso las noches en completa vigilia. Ni el cansancio de mis frecuentes galopadas, ni las idas y venidas de la torre al castillo en obras y de éste a las canteras —hay días que con propósito de estimular a los peones, hago hasta dos y tres viajes— me aportan el sueño deseado. En el lecho me revuelvo cavilando qué va a ser de este feudo si la suerte se nos muestra esquiva, como todos los indicios hacen suponer; de qué habrán servido entonces tantos esfuerzos y dispendios. Pienso también en el conde de Bares y en sus secretos proyectos. Nada sé de él, pero seguro que a estas alturas, afianzado ya en su puesto de señor poderoso, no rechazará la oportunidad de seguir los pasos de sus ancestros y promover campaña contra mí. El cebo de la naciente fortaleza debe ser apetecible para él, y la peste que, como toda suerte adversa, perjudica más al débil que al fuerte, sin duda alentará sus planes.

Sobre ese punto hablé largamente con Fernán. El heredero se muestra tranquilo, pues asegura que ha llevado a cabo indagaciones y nada hace sospechar que mi vecino muestre intenciones belicosas. Pero Fernán es hombre propenso a ver las cosas en el aspecto favorable y su gran valor no está reñido con la confianza de que siempre hace gala.

A todo esto hay que añadir que el ritmo de la construcción ha bajado tan notablemente en este último mes que apenas si han medrado cuatro codos las murallas posteriores. Me aseguran que la calidad de la piedra ha vuelto a flaquear y con ello se desperdicia mucho trabajo y tiempo, pero yo sé que tal cosa no es más que una disculpa y que el retraso sufrido se debe a que están tan amedrentados que se pasan el día remirándose el cuerpo para comprobar si la plaga no los ha contagiado.

Es comprensible, pues, que el sueño no quiera venir en estas aciagas noches, y que hastiado de aguardarlo en vano, termine por levantarme e ir al patio en donde paseo de un lado para otro como fiera enjaulada.

Allí pronto aparecen las sombras conocidas, los espectros familiares surgiendo cada uno de su rincón favorito. Fácil es adivinar lo que pretenden. Yo dejo que me comuniquen su mensaje, que reiteren su llamada mortal. No pienso hacerles caso; tal vez porque su solución sería la más cómoda.

Las tumbas de Martín Costay, de Senén, el hijo de Marcial el rabadán de Nuño Laire las abrimos en el campillo de arriba, junto a la línea de fresnos y al amparo de los vientos norteños. Las de Yago Pires, el oficial cantero, y de los otros dos aprendices las situamos junto a las de su compañero, que fuera la primera de las víctimas.

En estas semanas la peste se ha ensañado de tal forma con nosotros que raro es el día en que alguien no cae contagiado por el mal. En el solar ha cundido el pánico hasta el punto que me he visto obligado a tomar muy duras medidas para atajar el desaforado proceder de peones y mesnaderos. Diez vergajazos al que use del cuchillo en ofensa de otro. Veinte para el que reincida. He doblado las guardias de pozos y despensas. Yo mismo colgué del viejo roble una soga que sirva de aviso a mayores fechorías.

Ante dolor y miseria tan grandes como los que hoy abundan he tenido que protegerme con la coraza del rigor. No quiero dejarme abatir por la tragedia ni claudicar ante el infortunio, porque algo me dice que el destino no pudo escoger prueba mejor para que se templen mis fuerzas. Creyéndolo así he tomado plenamente las riendas de este feudo, y en tanto no suene mi hora no delegaré en nadie el gobierno. Nunca se podrá decir que Payo de Montemor careció de arrestos en los días aciagos.

Esta misma mañana, antes de que partieran las menguadas cuadrillas hice un aparte con Franquino y el capataz de obras:

—¿Cuántos hombres son necesarios para concluir urgentemente la fortaleza? —les dije—. Sabed que no deseo prolongar esta empresa más allá del mes de marzo.

Se quedan estupefactos; «en tan escaso tiempo, barón, no podremos finalizar ni siquiera con la ayuda de toda vuestra gente. Pensad que debemos cuidar muy bien aparejos y armaduras, ahora que nos falta el consejo de maese Pero, que Dios tenga en su gloria».

Tanto apocamiento está a punto de encender mi cólera.

—La gente de la torre ha de quedarse donde está. Decid sin más, ¿cuántos obreros habéis menester?

El hombre parece cogido en grave aprieto. Se palpa las barbas una y otra vez, exprimiendo el caletre en busca de cálculo acertado.

—Con veinte mozos dispuestos, se podrían complacer vuestros deseos —responde

—¿Has oído lo que pide? —pregunto al heredero.

—Bien claro, barón.

—Pues entonces vayamos en busca de esos brazos y que Dios nos ayude.

Sin muchos preparativos partimos del solar. Vermún, Gondín y el mejor arquero de que dispongo vienen conmigo, porque sé que habrá contratiempos en esta leva. A Xoan de Lupo, que es hombre valeroso y de fiar, dejo el mando con encargo de que ha de responder con su cabeza si surge rebelión en nuestra ausencia.

—Vamos camino de la costa, y puesto que lo haremos ligero, esta misma noche llegaremos a Santa Marta y mañana a Boende. Envíanos mensaje por Gil si tuvieses necesidad de ayuda —añado, a fin de paliar su compromiso.

Durante las tres o cuatro primeras leguas nada surge que nos haga pensar en la calamidad porque atraviesan estas tierras. Los campos están yermos y abandonados, pero no es culpa de la peste sino de la sequía perniciosa. Muy de lejos avizoramos, de tanto en tanto, alguna cabaña de pastores o labriegos de la que se alza el humo blanco del hogar. Diríase que hay cierta placidez en este mar de soledades que recuerda mejores tiempos. Pero conviene no engañarse. Todos sabemos que la calma que nos entorna encubre triste sino.

Al filo del mediodía hacemos alto para reponer fuerzas y dar breve descanso a los caballos. Al atardecer llegamos al primer villorrio.

Nadie ha salido a nuestro encuentro. Puertas y ventanas hállanse cerradas, cruzadas por listones de madera que impiden toda pesquisa. Un olor pestilente envuelve la ermita. Bordeando el camino, hay un mísero camposanto de tierra fresca y cruces recientes. Gondín me interroga sin palabras. Fernán baja la mirada y palmea el lomo de su caballo. Sobra todo comentario.

—Vámonos de aquí —les digo. Y pico espuelas.

Hacemos noche al socaire de un espeso castañar y encendemos fogata de ramas para combatir la helada. Arrebujados unos con otros, evitando el inútil gasto de palabras, procuramos dar una cabezada. No creo mentir si digo que ninguno pegó el ojo hasta casi el alba.

Por la mañana me encuentro tan molido y ardiente que apenas si puedo moverme. Mantener los ojos abiertos es tarea bien dolorosa, porque la luz me hiere como si el aire estuviera formado por miríadas de flechas diminutas. De todas formas, prefiero callar mi estado y seguir adelante.

Llegamos por fin a las riberas de este mar océano que se extiende ante nosotros como una mansa pradera sin término. Los hombres han frenado el galope porque no saben sustraerse a la magia de estas aguas. Yo, sin embargo, rehúso mirarlas muy seguido porque son reclamo demasiado peligroso para mi cabeza afiebrada.

Al bajar el sendero que conduce al pueblo, estoy a punto de caer del caballo. Siento brazos y piernas como barras de plomo. La cabeza me estalla. A mi alrededor se borran los perfiles y todo se vuelve una turbulencia de menudas luces rojas que se centuplican a cada paso, que crecen rápidamente y se convierten en proyectiles de fuego destructor que vienen recto hacia nosotros. Quiero dar un grito, avisar a mis compañeros para que se protejan del peligro, pero no consigo emitir más que un sordo gorgoteo que nadie oye. Las lucecillas, no obstante, se agrandan por momentos y ahora son como globos del tamaño de cabezas, como inmensas gotas de sangre en las que pronto aparecen simétricos agujeros y excrecencias. Entonces caigo en la cuenta de que no son bolsas sangrientas sino caras, cientos de caras en las que brillan ojos como brasas y se abren bocas encendidas que profieren gritos terribles y hostiles que no puedo entender. Quiero volverme hacia Gondín, hacia mi buen Fernán Franquino, pero no hay forma de moverse, porque mi cuerpo está clavado en la silla y sólo puedo mirar adelante. ¿Qué me sucede? ¿En dónde me he perdido? ¿Por qué no viene nadie en mi ayuda y me rescata de esta barahúnda, de esta horda vociferante que repite frenética?: ¡la peste! ¡la peste!

Han debido portearme al solar sin que yo me diera cuenta. Siento bajo la espalda la superficie mollar del jergón de lanas; huelo aroma de laurel cocido, de albahaca y vinagre. Han tapado con gruesas pieles el ventanuco para que la claridad no irrite mis pupilas. Guardan tan buen silencio que apenas si oigo el rosmar de los mastines que arañan la puerta de mi celda. Tampoco a ellos les permiten entrar. Así pues he debido contraer el mal y, dado que ya estoy sentenciado, no les queda otro recurso que esperar lo más alejados posible —¿es justamente esto lo que hicimos con los otros?— el momento de mi muerte. Nada tengo que reprocharles. Obran de acuerdo con el mejor criterio y cumplen lo que yo les ordené. Si me toca la desgracia no tengáis miramientos; obrad conmigo como si fuera uno más de vosotros. Eso hacen ahora. ¿Y yo? ¿Qué he de hacer sumido en esta oscuridad de agonía? No tengo claras las ideas, cómo he de tenerlas si soy no más que un pedazo de carne que se consume en la última fiebre.

Me abrasa la sed. Esto es lo que más me tortura. Alargo la mano para coger el cuenco que han dejado a mi alcance y bebo este agua fría, a largos sorbetones. Siento cómo mi garganta llagada se lubrifica con el bendito líquido. Ya no he de morir sediento. Ya puedo cerrar los ojos, descansar. Tengo un oasis cercano en el que hay pozos abundantes que nadie vigila. Bebed también vosotros, Martín Doaz, Nuño Perdomo, hundid vuestros labios en este manantial cantarín que viene del monte Hebrón; saciad vuestras ansias, amigos, que muy pronto hemos de llegar a Jerusalén. Confiad en mí; no sigáis lamentando la pérdida de ese brazo o la eterna ceguera. Yo os conduciré hasta la ciudad santa sin permitir que sarraceno o turcomán os toque un solo cabello. Reparad que voy bien armado y sabré proteger vuestras personas. No tengáis cuidado, compañeros, que todo ha de salir como planeamos allá, en nuestra tierra. Y no me digáis ahora que mejor haríamos volviendo a ella porque habláis sin medir las palabras. Poco sabéis. Ni siquiera os informasteis que mi solar está amenazado por fieros mastines, por bestias carniceras que rondan sin cesar, en espera de que, extenuados por la larga marcha, caigamos en su garras. ¿No os dais cuenta del peligro que entrañaría el regreso? Eso es; hacéis bien callando. Recordad el aviso del muchacho que liberé del yugo compostelano. Tened muy presentes sus palabras: «En los cimientos de la fortaleza que construyes hay cuatro tumbas abiertas; la primera es para la hija de maese Lupiáñez, las restantes para ti y tus secuaces.» Sabed que el muchacho jamás se equivoca porque le han enseñado a ver el futuro; conoce todo cuanto hemos hecho y lo que habremos de llevar a cabo. No os detengáis; seguidme de cerca aunque me sepáis apestado. Que no os importunen mis llagas porque no habré de contagiaros. Sois mis amigos, los más fieles que ningún caballero haya tenido jamás y no se me ocurriría haceros mal alguno. ¿Qué decís a esto? ¿Acaso ponéis mis promesas en tela de juicio? ¿Os atrevéis a dudar de mí, Payo de Montemor, hijo y nieto de señores, triunfador en más justas y torneos de los que hayáis podido ver en vuestra vida? No; renuncio a tener disputa con vosotros, que si bien no sois más que aldeanos venidos en escuderos, gozáis de mi estima. Sigamos adelante sin rencores, que no podemos distraernos en minucias bajo este sol terrible. Os prometo que cuando lleguemos a nuestro final y besemos el Sepulcro, os regalaré hermosas túnicas de estanforte bermejo, más ricas y mejor acabadas que las tejidas por la noble dama Laya, mi señora esposa. Apresurad el paso, no miréis atrás calculando si todavía nos persiguen los francos o son las tropas de la Media Luna. Si no aligeramos, de nuevo recalaremos en Baalbek, donde ahora son alcaides dos malnacidos que llevan por nombre Xoan de Men y Gaitán de Lugrís. Poseen un espíritu tan bajo y sanguinario como el de los peores verdugos damascenos y alientan odio inextinguible hacia mí, que soy su natural señor y les hice oficiales de armas y guardianes de mis tierras. Nada les detiene a la hora de buscar placer derramando sangre inocente; no respetan infantes ni pastores sin guarda. Tampoco harán excepción con vosotros, que sois mis vasallos más leales. Espolead vuestras yeguas, amigos, no cejéis en el empeño, que vuela el tiempo y el camino es largo. ¡Eso es!, animad los rostros que han de ver grandes maravillas, mostrad vuestro temple que mereció el que os escogiera entre muchos para formar esta empresa. No olvidéis que hombres de pro como Fernán Franquino, que habrá de heredar mi feudo y baronía, quisieran gustar de vuestra suerte. Hasta mi fiel criado Gondín Gondínez os envidia sin reservas. Pero yo sólo os necesito a vosotros, amigos, que habéis compartido mis primeras esperanzas. No permitáis que la sed os cause desfallecimientos, ni este calor que os consume apague vuestro ardor. También yo sufro de lo mismo y tengo la boca cuarteada como las tierras abiertas por la sequía. Bien las vi, compañeros, mostrando las entrañas rojizas a través de sus grietas; y os diré que nuestras campiñas están ahora igual que las estepas del infierno pintadas en aquel tapiz de Bizancio; igual que mi gaznate. Pero si carecemos de pozos o regueros y ni siquiera tenemos una vasija con dos pintas de agua —¿recordáis cuánto bien nos hicieron aquellos sorbos de antes?—, gozamos del favor de nuestro señor Santiago que ha de velar por todos nosotros. En Jerusalén nos saciaremos de refrescantes hidromieles, beberemos en talladas copas de oro sin mezcla cuanta agua de rocío quepa en nuestros buches. Cerremos los ojos, descansemos un poco; lo que haga falta para reanudar camino y conseguir nuestra meta. Es necesario llegar a la ciudad del Crucificado. También un hombre me espera allí, que ha de limpiar mis ojos de toda ignorancia. No mencionaré su nombre para no mancharlo, pues ya veis que la miseria que porto es bien grande. Pero él es señor importante y su ciencia no tiene límites. Os dirá cómo sanar esa ceguera, cómo reponer ese brazo sañudamente cercenado. Por todo lo que os cuento es forzoso marchar adelante y no caer en tentaciones de abandono. Seguid el lema de mi casa, ¿por desgracia no lo recordáis ya?, pues mirad en vuestros escudos, en la hoja de mi espada. Ved en ella la leyenda escrita: SEMPER AUDAX, con letras primorosamente grabadas. Es oportuno cumplirla porque nadie puede corregir nuestro temor salvo nosotros mismos. ¡Prosigamos! No nos complazcamos en los padecimientos que nos aquejan. Protegeos en la oscuridad que proporciona ese ventanuco bien tapado, reponed fuerzas en el silencio de esta noche, pero tened presente que no podemos renunciar.

Esta agonía debe ser muy lenta o quizá sea yo quien la juzgue así, careciendo de motivos. Pero es el caso que ellos no vienen ni aun para saber si ya he muerto. Seguramente habrán perecido y soy yo el más recalcitrante. Me avergüenza que el barón de esta casa sea perezoso a la hora de la partida. En mi descargo diré que si ésta se demora no es porque yo lo quiera. Nada me impulsa a posponer la marcha aunque puede que sea el cansancio, este caos que reina en mí, el que no franquea el paso a la inquietante Señora, cuya intransigencia no permitirá muchos retrasos.

No se oyen los canes. La torre ha debido convertirse en una tumba; tal vez en algo más tétrico. Pero se me ha evitado la ocasión de contemplarlo por estar encadenado a este lecho de mortajas. Me pesan los ojos como losas y respirar es ejercicio insoportable. Tan sólo me libera el letargo. Quedarse quieto, no despertar. Entregarse a lo inevitable.

Al principio —el principio tal como ahora lo recuerdo fue una época muy larga e imprecisa, pero no desprovista de remotas esperanzas— mi admiración no se centró en ti sino en lo que tú poseías.

Apenas si me estaba permitido verte, porque al igual que a la mayoría de los esclavos —especialmente a los pocos infieles que habíamos sido traídos aquí— se me apartaba bruscamente de tu proximidad a fin de que mi aliento inmundo no maculase el aire que te rodeaba. Nuestro amo no deseaba ver rostros contritos ni cuerpos dolientes a su alrededor. Entregado a reflexiones y trabajos tan alejados de los míos como los propios cuernos de la Luna, cuidaba de no ser distraído por presencias impuras que, indudablemente, alterarían el sereno discurrir de su humores. En tu lugar, aun sin pretender dedicarme a cogitaciones tan excelsas como las que seguramente practicabas, quién sabe si yo no hubiera hecho lo mismo. Pero lo cierto era que al no conocerte, difícilmente podía admirarte.

Lo mismo que todos los servidores de la casa —incluso nosotros los más despreciados, los más execrables— también oía yo constantemente hablar de ti, de tus máquinas incomprensibles, de tus renovados inventos, de tus continuas excentricidades y de tu raro saber, todo lo cual he de confesar que me interesaba muy poco. En Oriente —y por desgracia podía considerarme un veterano en esas tierras— era frecuente oír fábulas, historias plagadas de todo tipo de exageraciones acerca de singulares personajes famosos por su crueldad, su extravagancia o sus conocimientos. El hecho de que mi amo perteneciese a esta última categoría no paliaba, en absoluto, mi condición de siervo ínfimo, ni era causa suficiente para modificar mis sentimientos. Para mí era lo mismo pertenecer a un nuevo Salomón o a un todavía más brillante Saladino. Lo único que contaba era que formaba parte de tus pertenencias con menor valor, por supuesto, que los azulejos primorosamente trabajados de tus baños y fuentes, los marfiles incrustados en las celosías, los pavos reales triunfantes de tus jardines.

Puesto que aún no te conocía, mi señor Ahmed el Rasch el Benaftli, me complacía exclusivamente y a mi manera —sabida es la rudeza e ignorancia de nosotros los infieles— en tus inmensas riquezas. Curiosamente, a través de ellas o de su reflejo, todavía desconozco este punto, llegaría a ti. Cuidándotelas en la medida en que se me confiaban, poniendo en ello todo el esmero de que eran capaces mis manos, también sabrías algún día de mi existencia. Bien pensado, no creo que abunden medios tan gratos para llegar al mutuo conocimiento. Pero en un principio este conocimiento nos estaba vedado a los dos. Y por lo que a mí concierne, me bastaba con limpiar tus limoneros enanos, aquellos diminutos arbustos cargados de frutos de oro que jamás viera antes.

Recuerdo que los vergeles rebosaban de mirtos y cipreses, de jazmineros y granados, de amarantos y cinamomos pero, en verdad, mis desvelos se centraban en aquellos gráciles y reducidos frutales. Lustraba sus hojas una por una, espulgaba de insectos sus brotes, regaba mañana y tarde la tierra en que se enraizaban. Careciendo de un motivo especial, había escogido los arbolillos gozosos para hacerlos objeto de mis cuidados

—con un amor que se me hacía extraño por su intensidad— sin poder imaginarme que en ellos centrabas tu preferencia.

Durante muchas lunas vigilé aquellos jardines que enmarcaban la bien guardada mansión, antes de volver a verte, hombre poderoso, rico pagano que me liberaras de las mazmorras de Baalbek.

Los días eran cortos para admirar tanta belleza y mis ojos, preñados de los horrores y miserias pasadas, se hallaban atrofiados para poder enjuiciarla. Pese a todo, Ahmed el Rasch, bastaba con lo que cada aurora me era dado contemplar para que fueran innecesarios los grilletes nocturnos con que se aprisionaban mis miembros. Y así, cuando tus mamelucos —cuyos golpes tampoco se hacían intolerables— me conducían al tajo, habría juzgado locura impensable intentar la huida, escapar a tu invisible y elevado mandato. Porque más que por tu vigilancia y el rigor de tus guardianes, me sentía sojuzgado por la visión de tanto esplendor.

## XIV

Han repuesto la provisión de agua. Un cuenco mayor que el de antes permanece siempre a unos palmos del lecho. Cuando recobro la lucidez bebo de él ansiosamente sin preocuparme por saber de quién será la mano que lo repone. Después, una vez saciada esta sed que no me abandona ni siquiera en sueños, entáblase nuevamente el debate de las preguntas sin respuesta. ¿Cuánto tiempo llevo aquí? ¿Quién me vigila? ¿Por qué no se acaba esta espera? En las tinieblas oigo el golpear de los cueros que impiden la entrada de luz en esta celda, como planazos de mandoble en una espalda deshuesada. A duras penas logro discernir el día de la noche. Sin embargo todo debe ser también oscuro allá afuera. Pienso que, con certeza, la oscuridad me rodeó perennemente sin que me apercibiese de ella. Jugué calculando los días y las noches, midiendo un tiempo de luz que no existía, engañándome con promesas. Ahora las cosas vuelven al sitio que les pertenece y del que nunca debieron salir. No hay separaciones ni distancias establecidas por mi capricho. Todo se incrusta en el mismo velo de negrura.

Mi cuerpo arde. Las pieles de lobo —cosidas por mano poco experta y estragadas por los años— que lo cubren rezuman el sudor de las fiebres. Chapoteo en esta humedad maloliente —que repugnaría tu delicado olfato, mi señor El Rasch—, como si me encontrara cruzando de nuevo las ciénagas venecianas. Berenguel de Cas, persona remilgada, sufre con estos inmensos pantanos que la bajamar ha llenado de olores corruptos. Martín de Lobeira y Pero Lubián se afanan por pisar buena tierra firme y poder así avanzar rápidamente. Para ellos no existe más que un propósito: llegar cuanto antes a sus hogares de los que faltan hace cuatro años. Ese tiempo de ausencia les parece una eternidad, mi señor El Benaftli, y yo no quiero hablarles de que la mía ha durado casi el triple. Claro que ellos no tuvieron la ventura de conocerte; tan sólo se limitaron a guerrear, a perseguir empresas que dieran lustre a su fama escasa, a conseguir nuevas divisas para sus escudos. Regresan con el premio de su vanidad satisfecha. Se sienten ufanos e importantes; me dicen, ¿y vos, qué habéis hecho en Palestina, Montemor?, con la intención de que les distraiga el tedio del viaje. Pero nada tengo que contarles; mis aventuras son demasiado lastimeras y escasamente les entretendrían. Por lo que se refiere a la estancia que pasé a tu lado. ¿Cómo explicársela? Imposible hacerles una breve recapitulación tan siquiera. Dañaría con mis palabras la seguridad que les ampara y además de mostrar indiscreción perdería el único patrimonio que me resta. Así que con ambigüedades procuro evitar la respuesta. Pero es un ardid que no aceptan, e insisten en sus tientos, ¿qué podéis contarnos, barón?, ¿es que acaso habéis estado durmiendo todo el tiempo? Y se miran entre sí, incapaces de ocultar un aire de burla. Entonces, cuando les veo engallados —uno más que otro— en su impertinente sarcasmo, estoy a punto de sacar mi espada y retarles a duelo singular, porque es hora de que reciban una lección. A duras penas me contengo, razonando que no es momento apropiado para que se derrame sangre de compañeros cristianos. Por otro lado, ¿quién sabe si no tienen razón?, ¿por qué su lógica no ha de ser de más peso que la mía?, me pregunto; y la duda que bien quisiera rechazar por su misma improcedencia, se encueva en mi corazón con la terquedad de un animal acosado. Ellos advierten mi perplejidad y prosiguen: ¿servisteis al conde de Flandes o al señor de Ibelin? ¿No fuisteis vos uno de los que tomó parte en la batalla de Artah? Miento. Relato una historia sorprendente de escaramuzas, azares y riesgos sin cuento que ellos escuchan entre la admiración y la envidia, embelesados como pajes inexpertos; porque se ha extinguido ya el influjo de Oriente y no son más que asendereados caballeros de romo caletre. Y yo prosigo, mi señor Ahmed, me enardezco en bulos y mentiras sin apenas sentir el aguijón de la vergüenza. Es así como me hago acreedor de su admiración y adorno mi gloria inexistente. Cuando ya les veo sometidos, apocados ante la vorágine de triunfos y arriesgados hechos

chos de armas de que fui partícipe falso, no me importa mencionarte y hasta me atrevo a referirme de pasada al honroso cautiverio que viví en tus dominios. Tu grandeza queda a sus ojos tan deformada que no significa menoscabo haber sido tu ocasional prisionero. Mas callo tu nombre porque jamás me perdonaría que lo profanasen. Grande ha sido ya mi imprudencia al hacerles saber de ti, para que incurra en más graves errores. Es por esto que cuando adivino en sus miradas, en sus contraídos silencios y alusiones que Payo de Montemor adquirió una imagen nueva y más respetable; cuando, en resumen, mi vanidad se resarce de las afrentas soterradas, acepto la indiscreción por aliada y renuncio a prolongar mi juego.

Con este talante vamos cruzando señoríos, feudos grandes como posesiones realengas, ciudades francas y nobles lugares, camino de nuestra tierra que está allá, en el extremo de Occidente, en el confín del mundo. Nada tengo que contarte, mi señor, salvo decir que una curiosa especie de incertidumbre, mezcla de esperanza y desazón, presidió las interminables jornadas del regreso. Tan sólo por las noches encuentro en las estrellas —muy distintas a las que tú me enseñaste a contemplar— una amigable compañía. En los turnos de vela, esfuérzome en recomponer el dibujo que señalan en el cielo, en descifrar su oculto mensaje hasta que el vértigo y el cansancio me aniquilan y nublan la razón como ahora en que el ardor del cuerpo me deforma el pensamiento.

Cuando abro los ojos al filo del alba —¿quién me asegura que no son las horas cenitales?— desmenuzo la insidiosa negrura que me circunda con la misma pericia de un ave nocturna. Nada hay en su vientre que merezca mi atención ni compense el escrutinio. Los bártulos que me rodean son como viejos conocidos que por mucho que deformen sus caras, no aportan cambios de interés. Los miro un instante con la desgana de la postración y, al punto, renuncio a ellos para recluirme en otro tipo de visiones. Me pierdo en intrincados laberintos de los que no sé si quiero o no salir, porque la astucia de los sentidos hace tiempo que me abandonó. La razón navega sin tino por este mar de asechanzas; tan desarbolada como la nave que nos condujo a Oriente después de sufrir aquellas tempestades y vientos adversos. A nadie quiero ver, suponiendo que alguien haya sobrevivido y se aventure a penetrar en este rincón vedado. Aun así, la imaginación, que no descansa, me tiende celadas y crea artificios sorprendentes. Acepto, pues, sin reparos que en medio de las sombras surja la cabeza de mi heredero y suene su voz conocida preguntando, ¿qué necesitas, barón?, ¿qué puedo hacer por ti? De igual forma le respondo, sin preocuparme por la calidad de mis palabras que no tienen otro cometido que rescindir cuanto antes su presencia y permitirme el regreso a tu lado.

Nunca me produjiste temor. Ni antes de conocerte —cuando tantas maravillas y cosas singulares oí de ti— ni después, cuando solicitaste mis servicios al oficial de la guardia y pude observar sin impedimento y bien de cerca tus costumbres y sorprendentes manejos. Sin pararme a considerar la verdad de tu ciencia, porque mi ignorancia nunca sabría juzgarla, algo me decía que tu camino era grande y que mi fortuna había sido mucha al haberme traído a tu presencia. Quizás, en el fondo, esto fue lo que te decidió a escogerme entre los demás para convertirme, al pasar el tiempo, de criado en amigo y confidente. Nunca me alié a la cobardía, mi señor El Benaftli, y siempre pensé que el mundo de lo que se oculta a nuestros ojos debe ser un reino magnífico y bien guardado. Pero claro está que mis palabras eran pobres y mucha mi sorpresa. De todo esto buenas pruebas te di. Los francos sois como las rocas del desierto, tenéis la piel clara y el corazón duro, me decías cuando caía en preguntas maliciosas. Y yo callaba porque sabía que veías muy bien dentro de mí. También guardo ahora silencio, mientras paseas tu mirada por mi cuerpo enfermo y muestras desaprobación y reparo por mi conducta. Sé que es mejor no hablar y así dejar tu ira en descanso. Pero no me escrutes, Ahmed el Rasch, porque no puedo soportar tus censuras. Conozco mis miserias, te digo, ¿pero es que, acaso, no ves nada bueno desde que dejé tu lado? ¿No es acertado abandonar indolencia y lamentos para ponerse a trabajar en pro del nombre familiar y del beneficio de mis gentes? ¿Fallo en el gobierno?, ¿elijo mal mis actos? Aguanto tu silencio porque aún te debo respeto, pero no olvides que mi casa es ésta y aquí soy el señor por muy doliente que me veas. Comprende mi estado. Sé misericordioso como Alá. No me contestes que tampoco lo es Aquél; que está muy por encima de los atributos que los necios como yo quisiéramos otorgarle. No te vayas ahora, espera y déjame que te hable de mi obra, del castillo que aguarda tu visita, de la razón por la que soporto calamidades tan grandes. Piensa conmigo que ese motivo lo avala todo, y no pongas ceño y te diluyas en la sombra sin darme contestación, te ruego. Pero ya es tarde. Dentro de mis ojos hinchados por la fiebre, no se traza el dibujo de tu rostro.

La postración —este continuo estado en que ahora me encuentro— es un excelente lenitivo. Me he convertido en ducho manipulador de las imágenes de los recuerdos que cada vez se hacen menos lancinantes. Dejo que la mente se deslice a su antojo, sin oponer las resistencias pasadas que de bien poco me sirvieron. No me preocupa que el tiempo siga transcurriendo al otro lado de estas paredes, ajeno e impasible a cuanto me acaece. Es probable que esté condenado a este lecho, a esta nueva y silente prisión para el resto de mis días. No me importa. Por fortuna el calor de mi cuerpo enflaquecido por resudores y quebrantos no fomenta aquella sed inextinguible. En mis sueños ya no camino por senderos abrasadores; la arena es fresca y tan sutil que la tomo a puñados para rociarme con ella la piel. Es como bañarse en un mar de estrellas diminutas. No hay dolor, no hay gritos ni deseos que puncen esta larga vigilia. Dejo que mi razón se vaya componiendo despacio, sin someterla a ninguna prueba, sin pedirle la menor ayuda. Pienso que este descanso me resarce de anteriores sufrimientos.

## XV

Tan despejada está mi cabeza en esta mañana que el recuerdo de la enfermedad se me hace borroso y lejano pese a la debilidad de los huesos y el resabio doloroso de las carnes enflaquecidas. Me siento como un mozo que ha dormido tan profunda y restauradoramente después de una jornada laboriosa, que de nuevo se encuentra en la mejor condición para volver a la faena. La atracción de medir las fuerzas y mostrar su vigor ante los otros, supera la tentación del caliente lecho.

Esto es lo que pienso cuando mi heredero Fernán Franquino —ven a mis brazos y deja que te vea bien, después de tantos días de sopor y oscuridad— entra en mi alcoba y se planta ante mí ofreciéndome un tazón de leche recién ordeñada. Orgulloso me siento de este hombre, esbelto como el ciprés y fuerte como el roble, que ha de perpetuar mi nombre aunque no lo lleve de cuna. ¡Qué afortunada elección fue la mía! Aprieto con efusión sus manos y miro fijamente esos ojos cuya claridad nunca empañaron torpes pensamientos.

—Salud, barón —me dice—. Ya veo que, al fin, habéis superado vuestro mal. —Y en su voz aprecio un tono satisfecho que bien pudiera ser de franca alegría si algo, que presiento me está ocultando, no la refrenase.

Le atraigo hacia mí y le abrazo. Él corresponde un tanto sorprendido por esta manifestación a la que no está acostumbrado.

—La muerte no ha querido aceptarme, muchacho. No debo ser una presa codiciada —le digo.

Sonríe. Pero su mente, por lo que adivino, sigue ocupada en otras cosas.

—¿Cuánto tiempo he permanecido aquí, Fernán?

Ahora sí me atiende.

—Más del que imagináis —me contesta con palabras que, seguro, han sido bien pensadas—. Tanto os duró el mal que nadie hubiera apostado por vuestra vida.

Yo quisiera hacer alguna otra pregunta, pero me contengo. Es innecesario que me ocupe ya de lo pasado. ¿Para qué saber los motivos por los que me respetó la peste? Mientras el mal me tuvo preso, vi y oí más de lo que hubiera podido imaginar. Nada importa, pues, indagar por el daño que causó en mi carne, o las vicisitudes pasadas en su transcurso. Mejor será interesarse por los otros, por las gentes, por los criados y siervos de los que nada sé. Después, amigo, háblame de cómo sigue mi empresa, de cuáles fueron sus avatares durante esta larga jornada de postración. Haz que de nuevo sienta mi vida no como una ficción, sino como un desafío.

Y él me habla. Pero sus palabras son como dardos precisos que se van clavando en mi cuerpo débil.

—El tiempo de la desgracia no ha terminado, barón. La plaga no dejó de cobrar víctimas mientras yacías presa del mal. Tus mejores hombres han muerto. Ya no queda gente para vigilar las fronteras ni proteger el feudo. Las aldeas están abandonadas y los campos en barbecho. Hasta aquellos que usaron de la peste para saquear y destruir han desaparecido. El que pudo huir, huyó dejando insepultos a sus muertos —dice.

Le oigo expectante. Sin necesidad de interrogarle sobre la cuestión que me lancina, intuye la demanda; toma asiento en un pequeño banco, apoya los codos en sus rodillas y fija en la mía su mirada que ahora aprecio nublada por el cansancio.

—Tu castillo sigue en pie; es lo más que puedo decirte —y después de pasar el dorso de la mano por la frente, como si quisiera limpiarla de un sudor molesto, continúa—. Bien quisiera darte otras noticias, barón, pero es conveniente que sepas la verdad. Durante algún tiempo procuré mantener a los hombres en el tajo. Les oculté tu estado para no aumentar su desánimo. Cuidé que, por el día, nadie se hurtara a sus obligaciones. Vigilé por las noches a fin de que no se causara daño a tus obras, pero poco pude hacer. Los peones fueron cayendo uno tras otro y cuando quedaron bien diezmados, los que escogieron morir junto a los suyos fueron desapareciendo sin que de nada valiera mi diligencia por evitarlo.

—¿Dónde está Martín Gonsálvez, el oficial cantero? —le pregunto.

—Murió.

—De los hombres que había, ¿cuántos quedan?

—Ninguno, barón. Tan sólo maese Vermún y tu escudero Gondín mueven ahora las poleas y arrastran los sillares. A pesar de sus achaques no quieren renunciar al trabajo. Dicen que si han de acabar, que sea allí donde les quiebre la peste.

No puedo oír más. Me incorporo en el lecho y pídole que me ayude a vestir. Él se muestra asombrado. «¿Qué vas a hacer, señor? Repara en tu debilidad, date cuenta que ni siquiera conseguirías mantenerte erguido; has estado al borde de la muerte y pretendes olvidarlo al primer día. Trata de reponer tus fuerzas, barón, porque si caes de nuevo nada podrá salvarte.»

Nunca he visto suplicar a un hombre con tanta vehemencia, con tanta desesperación; pobre Fernán que te asustas ante la decisión de este esperpento resucitado; tranquilízate, nada debes temer. Lo que hago está bien pensado. Mientras el hombre vive no le queda otro recurso que enfrentarse de la mejor manera con la vida. Tú lo haces sin necesidad de pensarlo; déjame que yo lo intente.

Póngome en pie sostenido por sus brazos. Mi cabeza gira como un estafermo bien lanceado. Siento unas bascas atroces que disimulo como puedo. A cada movimiento parece como si los huesos crujientes fueran a descoyuntarse. La cara me arde en sofocos de mujer preñada: No voy a resistir, me digo, no podré aguantar un instante más. Pero dejo que me calce los escarpines que aprisionan los pies como cepos bien tensados, que me vista la cota, que me cuelgue de los hombros la vieja capa. Haz que traigan mi yegua, le pido camino del patio. Y él quiere replicarme algo. Sus ojos tan implorantes repiten mudos sus palabras anteriores. Me sé tus consejos, amigo, pero no pienso llevarlos a cabo.

—¿A dónde partís? —me pregunta.

—A las obras —contesto.

Él, entonces, solicita acompañarme.

—¿Acaso piensas que me voy a derrumbar por el camino?

—No lo sé, barón, pero deja que vaya contigo —insiste.

Bien, si ese es tu deseo no me importa complacerlo; pero ayúdame a montar este animal que me parece alto como una montaña, doloroso como el más gigantesco de los erizos. Introduce mi pie en el estribo; no voy a caerme, no temas, ya me sujeto bien; la costumbre es una fiel maestra. Ella irá marcándome los pasos.

* * *

Aun para los más avezados en los rigores de la desgracia, en la siempre presente vecindad del horror, la escena resultaba patética y espeluznante. Muchos de aquellos ilustres varones buscaban afanosamente una excusa que les redimiese de prestar su atención a lo que estaba ocurriendo, y así bajaban la celada y rehuían la situación concentrándose aparentemente en guardar un correcto equilibrio sobre la montura. Otros pretendían distraer esos terribles momentos dando ocasionales órdenes a sus escuderos, comprobando el buen estado de sus mandobles o atisbando en el cielo abrumadoramente azul, un presagio favorable sobre cuya fiabilidad albergaban serias dudas. Los más fuertes de espíritu, sin embargo, seguían los preparativos sin pestañear, sin avergonzarse de su papel de testigos, de fieles notarios de la egregia desdicha.

Le estaban preparando para el combate.

Entre cuatro mesnaderos —él mismo prohibiera que le ayudasen sus propios notables— le auparon hasta la rica silla, hecha del mejor cuero damasceno. A medias erguido en la cabalgadura principiaron a calzarle los guanteletes de hierro troquelado sobre aquellos muñones vendados que un día no lejano constituyeran sus manos. Después hicieron pasar gruesas tiras de becerro de uno al otro lado del arnés para fijar sus muslos a la silla. Ataron sin miramientos sus canilleras al vientre del animal e introdujeron el asta de la pesada lanza de cedro entre su codo y su peto. Él les dejaba hacer sin una queja, sin una reprobación por la dureza con que tensaban las cinchas de cordobán que trituraban las carnes de su cuerpo podrido. Simplemente se dejaba manipular como un espantajo, puesto que su orden no admitía paliativos. Si había mandado que le sacasen de su lecho de enfermo ya condenado para dirigir sus huestes a la batalla, era obligado someterse al sinfín de humillantes torturas; inconcebible la propia compasión. Por tanto todas las maniobras eran justas, acertadas, honestas; consecuencia fiel de su deseo, al fin y al cabo. Iré a la cabeza de mis hombres mientras este cuerpo aliente un soplo de vida, dijera la víspera. Ni físicos ni camarlengos osaron persuadirle de lo contrario. Todavía era el rey de Jerusalén, el monarca de Ultramar, el adalid de los cristianos en la difícil pugna contra la Media Luna. Y si bien fuera de la tienda real se murmuraba, se hacía correr la noticia de que la enfermedad, terrible y nauseabunda, había llegado al extremo de minar su razón, nadie contradecía aquella orden pronunciada en susurros. El joven rey cabalgaría al frente de sus tropas hasta las mismas llanuras de Jericó.

Todos sabían que desde mucho antes de haber sido coronado, desde los mismos años de su infancia, diera tantas muestras de indomable valor que ni las hazañas de los más insignes paladines admitían comparación con las suyas. Y ahora, cuando el mal le devoraba todo el cuerpo, anquilosando sus miembros, royendo sus extremidades hasta convertirlas en grotescos muñones, borrando sus nobles facciones en la sombra de una llaga purulenta, él, el joven rey sentenciado por la muerte próxima, les daba una prueba más de su arrojo invitándoles a la lucha. ¿Quién se atrevería, pues, a contradecirle, a poner su mandato en tela de juicio?

Con la punta de una pértiga bajáronle la celada a través de cuyas rejas de plata, unos ojos semiciegos se empeñaban todavía en vislumbrar el fulgor de su gloria postrera. Por última vez apretáronle un poco más las cinchas que le sujetaban a la montura y, alzando levemente su lanza, él mismo dio la señal convenida para la par-tida.

En silencio le siguieron sus capitanes, los barones de su Consejo, el gran Bohemundo de Antioquía, el noble Raimundo, los dos señores de Ibelin, el bravo Hunfredo de Torón, la flor y nata del ejército. Para evitarle mayores torturas se omitieron los sones marciales de clarines y timbales. De esta forma, a la parca sombra de estandartes y gonfalones, empezaron a moverse las huestes bajo el sol justiciero, como una legión de espectros vigilantes. Infantes y caballeros, maestrantes, prebostes y escuderos, abandonaron el campamento camino de las colinas, en un largo, mudo y polvoriento séquito tras la quebrada imagen del indomable rey leproso.

También ibas tú allí, Payo de Montemor, y no lograste comprender cómo podía haberse llegado a dar aquella trágica situación, ni pudiste borrar la escena de tu memoria.

* * *

Gondín, eso que resta del fiel escudero que conocí, medio deja caer de las manos la pica que sostiene y se me queda mirando como si yo fuera un aparecido, el espectro de alguien a quien ya se renunció a ver con vida. Mientras el heredero desmonta prestamente para venir en mi ayuda y maese Vermún corre a besar la diestra de su barón, Gondín Gondínez, el viejo truhán, el camarada jocundo, sentencioso compadre, resignado y leal sabueso cae de rodillas y agarrado al mango de su piocha, la frente postrada en tierra, prorrumpe en llanto amortiguado. Y viéndolo, a punto estás de lanzarle una puya por su blandura, pero te reprimes a tiempo y acercándote a él pones la mano sobre su testa desnuda y le dices, levanta del suelo, compañero, abraza si quieres a este amo que te deparó el destino, pero guarda tus lágrimas para mejor momento que no soy yo quien más las merece. Y él asiente y límpiase el rostro como un párvulo al que acaban de perdonar su fechoría y murmura un Dios sea loado, que surge de su boca como sordo quejido.

—Recoged vuestras cosas y volvamos a la torre —les digo por toda advertencia.

Y para que no se presten a dudas mis palabras, yo mismo doy ejemplo portando a la carreta los utensilios de trabajo. Y no me detengo a observar con detalle en qué estado se encuentra el objeto de tantos sacrificios e ilusiones porque no es éste el momento de escrutar arquitecturas ni el de inventariar fracasos. Mejor dejarlo todo así, antes de que mis últimos hombres perezcan en estas murallas inconclusas. Volvamos a la torre, amigos, y no os preocupéis por consolarme, por estimular mi decaimiento, por alentar fuegos que bien extinguidos se encuentran ahora. Callad, no me sermoneéis con buenos deseos, con frases alentadoras de, barón las cosas tomarán nuevos rumbos cuando haya pasado la desgracia; señor, ya verás como todo ha de terminarse felizmente u otras amables falsedades de igual corte. ¿Por ventura creéis, buenas gentes, que la peste reblandeció mi seso hasta el punto de que no sepa distinguir blanco de negro? Ea, ea, regresemos ya lo mejor que podamos y tomad un descanso merecido. Olvidaos del castillo, como haré yo si puedo, y encendamos un buen fuego en el viejo hogar.

# XVI

Las manos no me sirven ya con la presteza de antaño. Cuando, a veces, me detengo a mirarlas —y tiempo me sobra para ello— no puedo por menos de reírme al comprobar cómo el tronco viejo se empecina alimentando ramas tan marchitas. Si os dejara caer sobre el fogón, arderíais como sarmientos bien resecos, les digo; cuidaos de que no haga la prueba un día de éstos porque mi paciencia se colma rápidamente.

No es para menos. Tengo los dedos tan anquilosados y sus junturas tan deformadas por la hinchazón, que garrapatear unas letras en el pergamino no es poca hazaña. Y así sucede que paso semanas y hasta meses sin tocar el estuche escribano.

Gustosamente recuerdo que dama Laya me hizo el presente cuando, tras mucha dedicación y trabajo, logré aprender la escritura (nunca imaginarías, señora, las desdichas que habrían de relatarse con tal precioso obsequio). Pero no sé por qué extraño designio se me antojó hoy retomar la pluma de oca. Al hacerlo comprendí que tal vez no haya descanso para ella mientras pueda sostenerla. Es una simple cuestión de viejo terco.

Por la Epifanía cesó la plaga. Días antes trajo el viento unas pocas nubes plañideras que humedecieron la tierra y limpiaron los aires de miasmas y contagios. Que yo sepa, ninguna víctima se ha producido en la comarca desde entonces y alabado sea por ello quien deba serlo.

Como es menester, pronto se han olvidado los muertos. Bastante trabajo tienen las gentes con reparar los estragos causados, sobre todo cuando las cosechas se prevén muy escasas y el hambre amenaza de cerca.

Mis hombres han vuelto, en el solar, a sus quehaceres normales. Son bien pocos ahora y por eso deben multiplicarse de tal forma que abolí clases y prebendas. Ni escuderos, pajes o peones. Todos hacen lo que apremia en el momento, sin privilegios de ninguna especie. Nadie ha tomado a mal mi rasero, porque lo que importa es seguir viviendo por dura que sea la suerte. Ha llegado el tiempo en que, sin desprecio para el que manda, todos formamos parte de todo anulando pasadas reservas.

Una salvedad quise hacer con la última escapada que promoví a la villa.

Aunque el plazo no había vencido y por tanto la deuda admitía demora, algo me dijo —nunca sabré por qué los impulsos han marcado el curso de mi vida— que no estaría de más adelantar la promesa hecha a maese Pero Lupiáñez. Al menos este nuevo huésped, pensé, no será una carga para mis flacas despensas. Y me las ingenié de forma que la misma carreta que un día portara al padre hasta mi casa, sirviera para traer ahora los restos de la hija.

En este caso, la discreción era obligada y ni siquiera al bueno de Gondín participé mi proyecto. Andar de aquí para allá con despojos no sacramentados me pareció aventura que requería gran cautela, sobre todo en los tiempos que vivimos. Irás solo y nadie conocerá el secreto, Montemor. Ése era el deseo, la decisión rumiada con infantil juicio. Pero repito que la fuerza de mis brazos no permite grandes arrojos, y el temor a que un tropiezo imprevisto echase por tierra el plan trazado, me obligó a la sensatez que, no cabe duda, merecen mis muchos años. Fernán Franquino hubo de acompañarme y, a la postre, no me importa que él participara en el asunto porque no está de más que un futuro barón se entere prontamente de los oscuros compromisos que apareja el mando. Y necesitado ya de su compañía quise hacerle doblemente solidario. Por tanto hubo de escuchar primero mis regateos con el judío remiso a desprenderse del oro imprescindible, y después ampararse en la noche como un rufián para despojar la tumba de los restos proscritos. Todo lo soportó con el mejor temple, sin enojarme con preguntas ni manifestar recelos comprensibles. Y quizá fuera por eso mismo, por mostrar tanta discreción y coraje, que me pareció adecuado aclararle ciertos puntos.

—Esto que hago, Fernán, no es más que el cumplimiento de una palabra —le confesé, cuando por fin depositamos nuestro bagaje en el lugar que yo había prometido.

Él asiente, y sin necesidad alguna de paliques muestra una conformidad que yo agradezco. Excusado hubiera sido añadir que mi deseo incluía que nadie más que nosotros conociera el hecho. Pero los recelos me obligaron a que lo aclarara con términos bien precisos.

—Nada debes temer, barón —me dijo, un tanto dolido por mi desconfianza—, ni en el potro conseguirían arrancarme una palabra.

Así pues, todo está concluido y mi tranquilidad al respecto me proporciona un bienestar que compensa muchas otras adversidades. Ya puede rodar la suerte como mejor se le antoje, Pero Lupiáñez; tu voluntad se ha cumplido.

Gondín, que a duras penas se repuso de sus achaques y pasadas aflicciones, convertido ahora por fuerza de la necesidad en despensero y mayordomo, me acosa día y noche haciéndome patentes las penurias de nuestra hacienda.

—¿Piensas, acaso, que hemos superado la peste para morir de hambre? —casi le increpo. Y nada más pronunciada me doy cuenta de lo injusto de mi amonestación. Porque es gran verdad que los víveres escasean, que los colonos apenas suben a la torre sus diezmos amparándose en que no hay brazos que trabajen la tierra; que ésta se encuentra tan estéril por la pasada y aún presente sequía, como una matrona de sangre rancia.

—Muchos son los que comen las simientes y sacrifican los perros guardianes para seguir viviendo, barón —me dice atribulado.

Yo sé que no exagera; que todavía hay extremos mucho más penosos. Pero no quiero dar pábilo a nuevos temores y angustias. Las tierras de este feudo poseen bosques de caza abundante. No se agotarán los recursos, tenedlo por seguro. Saldremos de este mal paso al igual que ya lo hicimos de otros. Y mis ánimos y buenas palabras surten en ellos el efecto apetecido, porque si el barón tiene esperanzas, razones le avalarán para ello.

Y, así, para mantenerlos firmes y confiados encabezo monterías y batidas que aportan nuevas raciones y ejercitan sus miembros abotargados. No ocultaré que estas expediciones se van haciendo, a fuerza de repetirse, más arduas y prolongadas, pero nunca venimos con las manos vacías. Y aun diré que hay jornadas tan provechosas que sólo la sensata previsión impide generosos convites.

En ciertos momentos me he parado a pensar lo curioso de esta situación que me fuerza a cumplir ahora por obligación lo que antaño relegara por placer; pero ya no doy importancia a tales hechos; me limito a tomar las cosas como vienen sin concederme demasiadas quejas, porque algo me dice que los caminos del destino se escapan a todo juicio. Esta disposición, de la que prefiero omitir aclaraciones, origina en los que me rodean conductas muy particulares que admito sin inconveniente mientras no impugnen el orden que se debe respetar en esta casa.

En ocasiones tengo que recurrir a la dureza para que estos principios no se deterioren. Tal sucedió el otro día, cuando llegaron a la torre varias familias limosneando un mendrugo que apaciguase su hambre. Fue Gil quien me avisó de su presencia y de los malos modos con que los dos hombres que hacían la guardia —sobran motivos que justifiquen tal vigilancia— rechazaban su demanda.

—Dejad entrar a esas gentes y repartid con ellas lo que tengamos —ordené.

Ellos trataron de dar largas, confabulando sus miradas en una sofocada hostilidad cuyo significado se me hacía transparente: «¿Qué pretendes, barón? Apenas si nos queda un bocado y ya quieres desperdiciarlo en estos patanes ociosos?»

Tal connivencia, pues todos parecían estar acordes, hizo rebrotar mi vieja ira.

—Nadie va a poner en entredicho mi palabra, amigos —les dije desnudando la espada que siempre porto—. Y cuidad de que esta fiesta no termine mojada en sangre.

Pocas veces me vieron tan arrebatado y decidido. Yo mismo dudé por un momento si mi cólera no sería excesiva. Pero recuerdo que me enseñaron ya de mozo que ante situaciones enrevesadas, mejor le va al que manda pecar de dureza que de abandono.

Saciaron, pues, su hambre los paisanos y cuando las escudillas quedaron tan limpias como patenas abaciales, hice que llenaran dos alforjas con grano y carne fresca.

—Volved a vuestras casas y no se os ocurra contar lo que ha pasado aquí —advertíles claramente—. La suerte os fue propicia hoy; que nadie intente repetirla o más de uno habrá de sentirlo.

Partieron satisfechos y un tanto amedrentados, repitiendo un largo rosario de bendiciones que la distancia se encargó de acallar.

—¿Creéis vosotros que una arroba de trigo, más o menos, ha de solucionar nuestro futuro? —pregunté a mis hombres, cuando los aldeanos hubieron desaparecido cuesta abajo—. ¿No alcanzasteis que estas gentes poco tenían de haraganes y que a punto estaban de caer desfallecidos? Vaya, vaya, tornad al trabajo, que temple os sobra para apretar un poco más la correa cuando se hace obligado —les amonesté ya calmado y hasta palmeando amistoso más de una espalda.

Ellos se disgregaron cabizbajos, quién sabe si más arrepentidos por su conducta de lo que yo mismo hubiera pedido.

## XVII

Las cosas andan revueltas en el solar. Corren por esta tierra los más peregrinos rumores y los ánimos se aprecian, más que nunca, exaltados y descompuestos. Naturalmente no faltan agoreros que desempolvan los viejos terrores del milenio, afanándose en propalar cualquier tipo de infortunios para buscar en el pánico de los otros una excusa a su propio miedo. Cierto es que sobran motivos que apoyen la labia de estos truhanes. Las lluvias que siempre fueron nuestro más seguro patrimonio, parecen habernos olvidado con despecho. Salvo muy escasos y breves chubascos puede decirse sin temor a excesos que la tierra no ha sido regada desde hace más de un año. En este panorama de tristezas renace el extinguido recuerdo de la peste para auxiliar al hambre ahora reinante y cimentar así entre ambas un formidable bastión de espantos.

—Ni siquiera vuestros abuelos conocieron tiempos tan malignos —me asegura Gondín, para el que la historia de las pasadas incursiones normandas representaba la cima de la desgracia.

Yo le tranquilizo —cansado me siento ya de que esta labor forme parte de mis actuales funciones—, asegurándole que el próximo invierno traerá lluvias más que abundantes y todo volverá al frescor y riqueza de los buenos tiempos.

—El cielo te oiga, barón —suspira el hombre, marcando repetidas cruces sobre el pecho—. Pero dime, ¿en qué ciencia te basas para afirmar tu vaticinio? —me pregunta con sabia desconfianza.

Yo busco respuesta que pueda convencerle y tras mucho maquinar adopto aires de consumado nigromante.

—Has de saber que he estudiado con mucho detenimiento ciertos manuscritos de maese Lupiáñez que prevén satisfactorias conjunciones de astros en corto plazo —le digo—. Hazme caso y apacigua temores. Todo habrá de arreglarse con ventura.

—Ojalá sea como dices —me responde. Y parte confiado en busca del primero que quiera oír las felices previsiones del amo.

Con estas y otras mentiras procuro capear la época de infortunios en que vivimos, sin que me afecte el remordimiento por infundir tan descabaladas profecías. De alguna forma considero necesario equilibrar el abatimiento que se esparce por doquier, el aire de culpa y sacrificio al que todos parecen entregarse sin reparos. Que no cuenten conmigo para fomentar esa larga ristra de procesiones penitenciales, de cilicios y cuaresmales plegarias que me persiguen allá donde voy. Es gran verdad que nuestra tierra sufre, pero cierto es también que las gentes parecen complacerse en fomentar su dolor.

Tampoco mi buen Fernán muestra sosiego y une a la cuita general otra que presumo de muy distinta naturaleza y de la que, tan sólo él debe ser conocedor. Repetidamente he procurado sonsacarle cuál es la causa de su nuevo pesar. Ha sido en vano porque con mucha discreción soslayó el tema, conduciendo la conversación por otros derroteros. Dejo, por tanto, que guarde el secreto; sus años y condición no me permiten tratarle como a un mozo protegido. Pero en su caso como en el de los otros es obligado buscar recursos que espabilen tanto abatimiento. Y creo haber encontrado uno apetecible.

Las obras del castillo no han progresado un solo palmo en los últimos tiempos. Después de este largo descanso, que yo mismo instauré, es hora ya de reanudar el trabajo y desmentir la opinión común de que, al fin, el amo renunció a su empresa. No me importa que sean escasos los brazos con que puedo contar y que, por tanto, hayan de prolongarse una vez más los plazos de algo que hace años debiera haberse concluido.

Tanto el heredero como Gondín y algunos otros —no muchos, en verdad— han acogido satisfactoriamente mi determinación, que a más de uno sorprendió en extremo. ¿Cómo es posible que el barón persevere en su terca afición, cuando otras graves preocupaciones deberían merecer su cuidado? ¿A quién se le ocurre entretenerse en lo superfluo, ahora que no hay más que miseria a nuestro alcance? Sé que esto es lo que se piensa y juro que no les falta razón. Pero no tengo ganas de explicaciones prolijas que, seguramente, no convencerían demasiado. Quiero, eso sí, dejar constancia en esta fecha que si vuelvo al viejo empeño no es movido por el orgullo de poseer altiva morada, ni de coronar con gran derroche una vida que careció de glorias más notables. Bien enterrada está la vanidad de antaño. Pero dejar inconclusa —y tan cercana a su remate— una obra que costó generosos sacrificios y en la que no sólo yo sino también otros muchos pusieron sus miras, me parece desacierto y obtusa cobardía. Éste es el motivo que hoy me impulsa a terminar lo que un día constituyó mi gran anhelo.

Y puesto a dar ejemplo, quiero ser uno más de los peones. Lejos de imponer órdenes, las admito sin reservas, como lo haría un bisoño aprendiz. Ayudo al arrastre, desmenuzo la piedra, tenso poleas y arrimo el hombro como cualquiera a la hora del faenar más duro. Pero somos tan pocos y estamos tan escasos de fuerzas que el rendimiento es bien mezquino y difíciles resultarán los progresos.

A pesar de todo, Fernán se muestra más locuaz y animado desde que hemos vuelto al trabajo. No se atormenta porque dejen de cumplirse las previsiones marcadas para cada día, ni porque haya que ir, poco a poco, desechando a los peones más desfallecidos. «Cuando pase el hambre, barón, ya veréis como han de acudir al tajo más hombres de los que podamos necesitar», me repite. Y yo seco el sudor que ciega mis ojos y le digo que tiene razón, que sin duda pronto ha de llegar esa feliz jornada.

Desde la última dominica echábamos en falta al mocillo Gil. Su ausencia nos contristó profundamente porque no en balde el muchacho se había ganado afecto general y, olvidando sus ratos de extraña soledad, constituía con su buen hacer nuestro deleite.

Puesto que nadie tenía la más remota idea de su marcha y a fin de encontrar su paradero, se distrajo un tiempo que nos era precioso. Durante varios días, temiendo lo peor, intensificamos batidas y rastreamos a fondo estos contornos. Fueron vanas todas las pesquisas; el zagal había desaparecido sin dejar la menor huella.

—Tal vez decidiera volver con su gente —insinuaba Gondín, tratando de suavizar mi desconsuelo.

—Tal vez —respondía yo, sabiendo que tal cosa era improbable.

Y henos aquí que ayer, cuando iniciábamos la faena, vemos aparecer ladera arriba un grupillo de esmirriados aldeanos capitaneados por la figura vivaz de nuestro ausente. Trabajo me costó dominar el júbilo y no correr a su encuentro para estrecharle fuertemente.

—¿Por dónde te perdiste, descarriado? —le espeté nada más tenerlo a mi alcance.

Él me señala con orgullo a sus secuaces y me pregunta si no les reconozco.

—Estos son, mi señor, aquellos a los que un día acogiste en la torre y con los que repartiste tu alimento. No tuve que hablarles demasiado para que me siguieran sin pedir nada a cambio —me explica.

¡Endiablado rapaz, y qué bien lo has hecho!

Fernán, Gondín y los otros han esperado impacientes a que terminara de hablar para llenarlo de palmadas y amistosos pescozones. En cuanto a los recién llegados no pierden el tiempo: tras el breve saludo de rigor, se han puesto manos a la obra.

Como un rito marcado por la penuria, oteamos el cielo cada mañana en busca de las nubes deseadas. Las esperanzas mantenidas a lo largo de la noche se abandonan prontamente porque no existe el menor indicio de que la lluvia redentora haga su aparición.

En las pasadas calendas sacrificamos la vieja mula. Nada queda en esta hacienda que sirva para amortiguar el hambre. El único afán que nos domina es superar de alguna forma el día presente, y ni siquiera los rumores de bandas armadas que, acuciadas también por la escasez, se desplazan asoladoras en todas direcciones, nos infunden el menor respeto. En estas condiciones daría cualquier cosa por tener algo con que poder calmar la angustia de mis gentes, pero sólo me queda el recurso de eximirles de todo trabajo y dejar que, Dios sabe cómo, busquen el sustento donde puedan.

Todos los días salen en procura de vituallas: unos panes, leche agria, un atado de berzas. Éstas son las pretensiones con que abandonan la torre; pero si encuentran, si rapiñan algo distinto y comestible por inmundo que sea, volverán satisfechos. Hace tiempo que es locura pensar en una pieza de caza; cobrar una simple alimaña en los bosques constituiría un triunfo. Nadie sabe hacia dónde han huido. No se descubre un rastro en los montes; nada se otea en los cielos salvo exiguas bandadas de cuervos.

Hoy se han ido todos: Fernán, Dolmedo, Gondín y cuatro hombres más. En la torre me quedo con los peones rencos que nunca superarán los estigmas de la pasada peste. A duras penas arrastran sus adargas por el patio. Hacer su ronda por las barbacanas les supone un trabajo ímprobo. Los han dejado para que mi soledad no pareciese tan oprobiosa, supongo, ya que resultaría un sarcasmo, una broma impía imaginar que con tales refuerzos esté garantizada la defensa de esta torre. Además, ¿a quién puede interesar estas viejas y descalabradas murallas? ¿Qué riquezas ocultas cabe imaginar tras ellas? No, resulta inconcebible, plenamente estúpido, gastar en los tiempos que corren un mazo de saetas, destrozar un mandoble para conseguir un botín que a nadie le interesa. Lo que ahora importa es sobrevivir, franquear aunque sea a base de miserias y vejámenes este malhadado día que nos ha tocado en suerte. Las proezas, las gestas heroicas carecen ahora de sentido. Llevar a las bocas hambrientas un mendrugo constituye la verdadera hazaña. Si me dejaron estos hombres fue simplemente porque constituyen un estorbo para sus correrías. Si yo me he quedado también, es para que la muerte que me acecha no tenga que buscarme lejos de este lugar. Bastantes huidas jalonan mi vida para emprender una nueva a estas alturas.

Los mastines, flacos y cansados como escuerzos, rondan cansinamente en mi torno y acaban por tenderse a mis pies. Acaricio su lomo en el que los huesos asoman escasamente cubiertos por la piel áspera. De vez en cuando, alzan sus hocicos, me taladran con lastimosa mirada y bostezan prolongadamente, mostrando unas fauces rojas, grandes como llagas húmedas. Nos hemos hecho tan inseparables compañeros que no albergo la menor duda de que conocen al dedillo mis pensamientos más íntimos. Pero no hay mucho que conocer, amigos; indagáis en mal momento porque mi cabeza está demasiado cansada para establecer vanos discursos. Callar por fuera y por dentro es lo mejor que puede hacer en estos tiempos un hombre sensato. Esperar quizás, esperar, aunque no se sepa bien qué. Pero estad seguros de que si algo no ha de acabar conmigo, es el miedo.

Me acerco a una tronera y miro distraídamente el campo. Los canes también se han levantado y vienen perezosamente hasta donde estoy para apoyar sus costillares en mis piernas. Sin saber cómo, el recuerdo de lo que fueron otros tiempos me nubla los ojos y va deformando cuanto veo.

El beleño y el narciso crecen con paralelo vigor. A veces la mirada acierta a distinguirlos no muy lejano el uno del otro. También canta el cuco estúpida y alegremente en las mañanas, mientras el escorpión traza su espiral de muerte cuando se siente ceñido por el fuego. El jabalí afila sus navajas en los troncos jóvenes y el gavilán devora gozosamente el blando cuerpo de la tórtola. Entre los matorrales corren alocadamente los gazapos y no es raro topar jugosas raíces si uno sabe escarbar en el sitio apropiado. En los bosques hay abundancia de criadillas, bayas y frutos salvajes de sabor fresco y grato. En las charcas, los viejos sapos siguen hinchando sus papilas, y el musgo crece sobre las rocas umbrías como seda de China. Esta tierra, buenos amigos, tiene savia tan abundante que bien encauzada podría semillarlo todo y con su limo crecería un nuevo vergel del Edén.

Cuando amanezca el feliz día, haré roturar más campos, campos que extenderán sus alcorques hasta donde se pierda la vista, y es seguro que habrá pan para todos. Pero ahora es todavía de noche y la noche se aplasta sobre nosotros y se ceba en nuestros huesos como una fiera segura de su impunidad. A esta noche, amigos, aún no se le adivina el alba.

Al toque de vísperas regresa mi tropa. Vienen más escuálidos que cuando partieron y reventados por el cansancio. Descargan sin prisas sus miserables trofeos y allí mismo, sobre la tierra, escogen lo que tiene mejor traza. Alguien vuelca todo en un puchero. Alrededor del fogón esperamos que se cumpla el cocimiento porque no todos los días hay con qué entibiar las tripas, aunque sea a base de aguachirle enriquecida con huesos y despojos.

Vierto en cada cuenco una porción igual y en sepulcral silencio sorbemos el condumio.

# XVIII

Durante largos días, se desplomó del cielo tal rabiosa tromba de agua que nadie recuerda en estos pagos un diluvio semejante. Tampoco aquellos que por gracia del destino sobrevivimos a los pasados desastres, creímos superar esta nueva prueba que, mientras duró, no dio respiro. Y así, lo que en un principio se festejó como bendición del cielo, como el más preciado de los dones, cobró muy pronto visos de hecatombe.

Los furiosos vendavales sacudieron de tal forma los muros de esta vieja torre que todas las manos fueron pocas para reforzar vigas y arcos. Con el agua convertida ahora en pertinaz enemiga, trabajamos sin descanso día y noche olvidando hambre, sueño y arriesgando la vida a cada instante. Todavía hoy nos parece imposible que estas paredes cuarteadas soportaran el terrible daño y que todos nos podamos contar ilesos.

Cuando amainaron los aguaceros, volvieron a su cauce los ríos desbordados y hasta asomó en el cielo un sol desvaído entre nubes de plomo, en medio de una alegría como no recuerdo otra igual, reuní a mi gente y pertrechados de cuantos utensilios topamos a mano partimos hacia las obras, pues ya no quería prolongar por más tiempo la incertidumbre de lo que allí hubiera podido suceder.

Entre cantos festivos, chirigotas y alocado barullo cruzamos los campos embarrados hundiéndonos en el cieno con placer, atropellándonos en alegres carreras, arrojándonos unos a otros pellas de tierra mojada, radiantes porque sabíamos bien que lo que entonces se nos mostraba como un desorden turbio y caótico habría de ser mañana fuente de riquezas para el feudo. Quien más quien menos parecía haberse olvidado de las malandanzas pretéritas y se entregaba a bromas y retozaduras más propias de infantes que de sufridos adultos.

Este jolgorio se extinguió por ensalmo ante la primera visión de las ruinas.

El panorama que se abrió ante nosotros mostraba tales síntomas de formidable devastación que más de uno pensó que era falsía cuanto le aclaraban los sentidos. No podía concebirse que la gallarda mole que pocos días antes se alzaba soberbia, hubiera quedado reducida a un triste montón de piedras desparramadas sobre charcos y hondonadas.

Con la prevención del que habiendo sufrido insólito descalabro, no rechaza que en cualquier momento pueda surgir otro nuevo y aún peor, así nos fuimos acercando al antiguo emplazamiento.

Ya de cerca, contemplamos las causas meridianas del desastre. Torrenteras imprevistas agrietaron tan profundamente la pequeña meseta en que se elevaba la construcción que, socavados los cimientos, toda la gran máquina habíase desplomado como si de un frágil dique de arena se tratase. Nada quedaba en pie salvo dos medios lienzos de un muro lateral, cuyos soportes a punto estaban del desmoronamiento. Éstos eran todos los residuos de la gloriosa fortaleza.

Víctimas todavía de su enajenación, los hombres permanecían bastante alejados, temiendo que en cualquier momento mi dolor y desesperación fueran a estallar en temibles arrebatos de cólera. Solamente Fernán Franquino y el escudero Gondín se situaron a mis flancos como si me encontrase en campo de batalla y fueran ellos los encargados de vigilar mi persona a punto de caer en grave lance. Pero tampoco advertí tranquilidad en sus rostros. Es seguro que el barón aún no ha encajado este golpe cruel; preparémonos para lo que pueda suceder en cualquier momento, pensaban sin duda.

En resumen, todos mis acompañantes empezaban a encontrarse presa de un pánico cerval por las consecuencias de esta peligrosa contingencia. Pero el barón, el señor de estas sufridas tierras, el patrocinador de la gran obra ahora devastada, había tomado asiento sobre una piedra y contemplaba las ruinas con una serenidad que él mismo no acertaba a comprender. Al barón, inesperadamente, se le habían acabado las palabras.

Durante un largo rato estuvo allí como un bloque más de granito, como otro encenagado madero; envuelto en el aire húmedo de la tarde, atento a los ruidos del campo, ausente de cuantos, no lejos de él, esperaban su respuesta. Y aunque parezca engaño, aunque nadie llegue a comprenderlo, diré que Payo de Montemor, por primera vez en su vida, no sintió pesar ni mengua alguna ante tan gran derrota; porque sentado en aquella roca dióse cuenta —con una sencillez que le asustó— que la débil luz que desde tiempo atrás viniera serpenteando en su cabeza, sin que él se ocupara en fomentar, crecía de pronto hasta convertirse en una especie de astro cuyos haces luminosos aclaraban aspiraciones y demandas nunca satisfechas, explicando con toda nitidez graves cuestiones que nunca antes habían sido enteramente comprendidas.

Que esto lo sepan cuantos vengan tras de mí y lean mi escrito. Que no busquen otras causas de mi silencio, ni de la pasividad de aquel momento decisivo.

Finalmente, me levanté y llamé a Fernán Franquino que se había reunido con los otros.

—Haz que se organicen estos hombres de manera que, en el menor tiempo posible, echen abajo esos lienzos de muralla que aún quedan en pie. No deseo que reste vestigio alguno de esta obra —le dije.

Él me miró asombrado, incapaz de articular palabra. Cuando logró reponerse, transmitió la orden con voz quebrada.

—Así está bien —le apunté por lo bajo.

Y sin permitir que nadie me diese escolta, regresé al viejo solar.

No es raro que mi proceder cause desconcierto. Ni yo mismo hubiera imaginado en otro tiempo que mi actividad habría de parar en estas lides; pero no voy a pregonar a los cuatro vientos que pocas veces encontré más placer en cosa alguna que en esto que ahora hago. Nuestro señor barón ha cambiado sus antiguos adarves por faenas de labriego, oigo murmurar cuando se supone que no escucho. Nunca me paro en reprimendas. Es mejor así, porque de lo contrario gastaría sus lomos a zurriagazos.

Al principio tampoco Gondín comprendió gran cosa y hasta se atrevió a emitir algún juicio que no quise tomar a mal, pues sus muchos años le eximen de toda impertinencia. Por fortuna se ha ido calmando y tolera, al presente, que el amo complete sus días vigilando acequias, recomponiendo gradas o haciendo desecar huertas pantanosas. El buen anciano ha llegado al extremo de asesorarme en esta clase de labores, de las que le hubiera juzgado gran profano. De seguir así tendré que ir pensando en nombrarlo capataz perpetuo o preboste general de labranzas y cultivos, cosa que estoy seguro no habría de parecerle mal.

También el mozo Gil —porque su florida juventud no admite ya otro calificativo— me acompaña sin desmayo. Juntos vigilamos los progresos que se hacen en las tierras, sopesamos la eficacia de toda nueva industria y establecemos convenientes previsiones. Él, que no ha nacido para andanzas guerreras ni brillos cortesanos, disfruta tanto como yo.

Necio sería decir que, a fuerza de mucha dedicación, mi ciencia no ha medrado. A ciegas distingo la calidad de la simiente, adivino el caudal de un regato o reconozco el brote de un arbusto. Camino de sol a sol revisando las cebadas, las junqueras, los altos hierbazales. Y cuando la fatiga hace temblar mis piernas, no necesito buscar la protección de un grueso tronco; me tiendo cuan largo soy sobre la tierra y recojo en mi cuerpo la fuerza que emana de la Gran Madre.

Por las noches me siento cabe el hogar y acariciando mis viejos mastines —cuya pobre vista no les permite ya tomar parte en cacerías ni ojeos— me abismo en el mágico trazado de las llamas.

## XIX

Como era de esperar, Fernán Franquino, mi heredero, ha partido en busca de glorias que den merecido lustre a su persona. Nada me extraña esta decisión que presentía desde hace mucho tiempo y que yo mismo promoví. Su lealtad y el encomiable deseo de no abandonarme en las pasadas desgracias le habían obligado a sofocar su inclinación y prolongar la estancia en esta casa. Sin embargo nunca quise ignorar ese disgusto que iba en aumento, minando peligrosamente su buen natural. Me alegro que la ocasión, que tan ardientemente debió aguardar, se presentara en momento oportuno.

Por San Cosme pernoctaron en la torre cuatro jóvenes que, según dijeron, iban camino de las tierras leonesas para unirse a las tropas que partirán en breve a las campañas del Sur. Hablaron y no pararon durante una larga velada de las oportunidades que ofrecía el acontecimiento a cualquier hombre adiestrado en el manejo de las armas.

—Los reyes cristianos se han aliado para dar la gran batalla al sarraceno —comentaban enardecidos, entre sorbo y sorbo—. No hay caballero que dude en unírseles para tomar parte en la victoria —aseguraban.

A mi lado, él escuchaba deslumbrado, bebiendo cada una de aquellas palabras con tensa fruición, perfilando los senderos de una fama que le era desconocida, tal vez maldiciendo la esquiva suerte que le ataba a un feudo sin renombre, perdido en las agrestes montañas del Norte.

Cuando los jóvenes huéspedes se retiraron a descansar y él se quedó mudo y ausente, fija la mirada en las amortiguadas brasas del fogón, abandoné por un momento la estancia para regresar de inmediato cargado con mi yelmo, cota, escudo y la vieja tizona de doble filo. Deposité mi cargamento a sus pies y sin darle tiempo a decir palabra le espeté mi última orden:

—Todo esto te pertenece, Fernán Franquino de Montemor. Antes de que mañana partan esos garzones, viste tu armadura, monta el corcel que más te agrade y toma el pendón de tu casa. Pero Boende y Xoan Galíndez serán tus escuderos. Parte hacia el Sur y que la suerte te acompañe —fue todo cuanto dije.

Ignoro si por un momento su mente trastornada hízole pensar que el barón se complacía en una burla imperdonable. Si fue así, pronto mi ademán le convenció de lo contrario.

Abrumado por una dicha que ya no consideraba posible, aún tuvo el noble rasgo de afirmar que no abandonaría este solar mientras yo viviera en él. Sé muy bien que sus palabras eran sinceras, pero me pareció sensato rechazarlas de plano. Él, entonces, tomó mis manos y postrándose hizo juramento de que todo cuanto de honroso pudiera llevar a cabo, por mí sería hecho; que las glorias y prebendas que llegara a conseguir siempre me pertenecerían por entero.

—Prometo que no te arrepentirás, barón, de lo que haces y que muy poco valdré si no logro que a mi regreso se alce en esta tierra el fuerte y noble castillo que un día proyectaste. Nada impedirá que tu nombre perdure y sea bien recordado en los tiempos futuros —dijo con voz firme y exultante.

Le alcé del suelo y le abracé sin pronunciar palabra. Después él me pidió licencia y se retiró.

Bien está lo que haces, Fernán, pensé cuando me hube quedado a solas. Vete ahora y descansa, que la jornada se avecina dura. Déjame aquí con mis viejos canes, frente a este fuego que aún calienta. Piensa que las brasas son para mí más importantes y su resplandor más rico que todas las soñadas fortalezas que puedas erigir. Y discúlpame si mañana cuando rompa el alba no salgo a despedirte. Tengo en mi haber tantos adioses que esas palabras se vuelven llagas en mis labios. Ve tranquilo, amigo, y cumple como mejor puedas lo que de ti se haya de pedir. No te inquietes por cuantos quedan en esta casa, que sólo a ellos incumbe acometer su tarea.

* * *

He tenido que abandonar la orilla. Si mis conjeturas no son falsas, éste es el punto en que deberé tomar otro camino adentrándome por tierras procelosas para llegar a mi destino.

Cae el sol en el horizonte y el cansancio es tan grande que apenas si consigo orientarme. No tendré en adelante la fiel compañía de las aguas que jalonaron mi cabalgada preservándome de extravíos y revueltas. Más que nunca es forzoso que extreme ahora la vigilancia, que mi atención no decaiga porque doble es el riesgo y las consecuencias igualmente fatales. He galopado el día entero sin apenas concederme respiro; bebiendo mi propia sed, acuciado por el temor de una escaramuza mortal, presa de la amargura y del atroz remordimiento. He llegado hasta aquí a pesar de las dudas que me embargan. Esta mañana, cuando me vi acosado por el inminente peligro y huérfano para siempre de tu amparo, la decisión apresurada me pareció también la más conforme. No ha mucho, todavía seguía vigente la seguridad de que mi proceder fue acertado. Pero a estas alturas, confundida la mente por tantas preguntas sin respuesta, ya no sé si valdrá la pena alcanzar Sidón. Cuando mi caballo —pobre animal exhausto— afloja el paso y hasta parece que renuncia a seguir adelante, estoy a punto de desmontar, darle libertad y abandonarme a lo que el destino me quiera deparar. No por ello debes juzgarme duramente, mi señor El Rasch, ya que la tribulación no es inventada. La resistencia del hombre tiene un límite y se acorta cuando las adversidades le abruman. Pero tranquilízate; si he llegado hasta aquí, si a pesar de todo no he querido ceder al desaliento y mal que bien procuro encontrar justificación a la porfía, no voy a renunciar ahora. Todavía queda luz suficiente para que conduzca mi montura por buenos atajos; y cuando el sol se ponga y caiga la noche cubriéndome con su manto de añagazas, estoy seguro que han de surgir en el firmamento benéficos luceros que marcarán la ruta conveniente. No claudicaré, ésta es la promesa.

Veo a lo lejos las primeras lomas; tras ellas se perfilan altas montañas y apostaría cualquier cosa que no serán ésas las últimas. Sé que éste es el trecho final y también el más duro. Los belfos del corcel no paran de temblar, babeando una saliva espesa y atormentada de animal agonizante. Los cascos arrancan constelación de chispas de este áspero sendero de pedernal. Al fin desmonto y continúo la ascensión a cortos pasos.

El sol se ha ocultado y ahora llega hasta mí el primer soplo de la noche. Pero en lontananza, al cabo mismo del último arenal, me parece divisar Sidón...

Mayo del 79

Mariano José Vázquez Alonso (Vigo, 1936), pasa parte de su juventud en Sudamérica, que constituye para él un magnífico crisol de soledades. De regreso a Europa, y tras una estancia en París, estudia en Inglaterra una literatura que le conducirá inevitablemente a Blake, Priesley y Beckett. Entre su obra literaria destaca *Negro vuelo de cuervo* (Ediciones 29), 1978, premio de novela Ciudad de Marbella; *Los días de Lot* (Argos Vergara), 1983; *En un verde lejano confín* (Seix Barral), 1985; *Nefertiti* (Exadra de Ediciones) 1989, y su última obra, *El libro de Daniel* (Robin Book), 1999. Entre sus ensayos se cuentan: *Aspectos herméticos de la poesía de William Blake* (Río Nuevo de Ediciones), 1990, y *La leyenda del Grial* (Ediciones 29), 1989.